破浪

艋舺女首富黃阿祿嫂傳奇

陳瑤華——著

本故事以地方史料與史學研究做為寫作基礎，並參酌諸多已公開發表之文獻紀錄，然文中絕大部分之情節與人物設定均屬虛構，不代表特定人或團體之實際狀態與立場。

目次

前言：一個女人的名字

艋舺，對我這個下港囝仔來說，一直都是神祕遙遠的所在。

從歷史課本，我得知「一府二鹿三艋舺」的繁華昔日。到臺北上大學，聽男生們樂道華西街的粉味和殺蛇進補如何刺激，宛如那是個良家婦女的禁區。抱著探險心態去龍山寺周邊訪古蹟吃美食，我還得先屏住呼吸，加速穿越遊民天堂。難以揮去的印象，則是商業電影裡黑道幹架、大哥小弟灑熱血噴子彈的舞臺，還有凋零煙花女討生活的地盤。除了當個愛好古蹟的觀光客，我未曾想過，臺北萬華的這片老街區與我會有任何連結。

家姊到萬華剝皮寮參加導覽行程，回來跟我提及晚清艋舺有位女首富黃阿祿嫂，她經營樟腦生意，與寶順洋行的租屋糾紛，正是大稻埕取代艋舺崛起的關鍵。這是我頭一次聽說有這號人物，立刻就被吸引住了。她真實活在十九世紀末的臺灣艋舺，是萬順料館商人黃昭祿之妻，生了七個孩子。丈夫過世之後，她獨力撐起家業，把生意做得比丈夫在世時還興旺。民間流傳的俗語：「第一好張德寶，第二好黃阿祿嫂，第三好馬俏哥」，說的正是當時的艋舺三大富商。當時我正在追陸劇《那年花開月正圓》，沒想到同一個年代的臺灣，也有這樣的傳奇女子。

參觀位於臺南的國立臺灣歷史博物館，遊客能看見黃阿祿嫂、英國商人陶德和買辦李春生的蠟像，展示的正是艋舺租屋糾紛的情境，顯然是臺灣史上的重要事件。但我找遍圖書館和網路資料，關於黃阿祿嫂的生平，都只有寥寥數行記載。她的閨名叫什麼？從哪裡來？識不識字？為什麼她會嫁給富商黃阿祿？一個弱女子，如何與工人們深入山林去砍伐樟木煉製樟腦？為何黃家的族譜上，完全找不到這位重要祖先的位置？

發跡不久的艋舺和草莽的臺灣，我們所知太少。晚清被湮沒的女性聲音，如今也只剩下被遷到二二八公園裡的黃氏節孝坊。關於黃阿祿嫂的身世之謎太多了。但謎題是最好的靈感來源，而我最愛的解謎方式，就是寫小說。

和孫儷主演的山西首富周瑩不同的是，黃阿祿嫂獨當一面掌管家業時，已經生了七個孩子，她不是元配，既成了寡婦，還是個母親。受到身分的束縛，她的愛情戲無法像陸劇那麼多采多姿，重心必須放在商戰情節，對我來說是全新的挑戰。

為了融入當時氛圍和地景，構思鮮活的人物和情節，我除了大量看書找資料，多次踏查老萬華和黃氏家廟、舊碼頭區和頂下郊拚的遺址，還請教當地文史工作者、也是黃家後人的黃適上老師。透過史料、傳記和在地人的口述，加上腦中的想像，艋舺在我心中有了新面貌，動筆寫黃阿祿嫂的故事，我更能理解她對這個家園的深厚情感。

早年臺灣女人地位的低落，並非正室的她，要得到族人認可更難。除了和眾多男性商業對手競爭，同時身兼母職，她必須孤身披荊斬棘，去應付層出不窮的艱難關卡，該具備何等過人的勇氣與智慧？黃阿祿嫂的現存資料太有限，後人也沒有聽長輩談論她的其他軼事，我只好用關於她的幾行文字記述當地基，大量參考晚清臺灣的地圖、產業和生活記述，加上郊商們的帳目、改變臺灣的戰役、在臺洋人的傳記，發揮天馬行空的想像力。

萬華至今還能看到她當年留下的足跡，供奉料館媽祖的啟天宮，以及黃氏家廟種德堂。但是黃阿祿嫂的芳名和生年，翻遍各種資料都不可考，只知道她本姓吳。然而根據黃家的族譜記載，黃昭祿有兩門妻室，莊斗娘和林對娘，卻沒有吳氏的存在。不在族譜上的黃阿祿嫂，只有簡單的點狀史實，大量的讚美之詞，但是她的私生活，她的真正想法，統統無人聞問，這就是當時臺灣女人的宿命。

身為艋舺第二首富，當時有人不認識她嗎？有人能直呼其名嗎？應當不可能。人們用「黃阿祿嫂」這個某人之妻的頭銜，表達對她的敬意。她是妻子，也是母親，但她憑著膽識和勇氣，卻能掙脫那個時代銬在女人身上的各種枷鎖。她的形象如此鮮明動人，吸引著我憑藉少許的資料，給她取個新名字，隨著早年流離和身分的變化，她應當不只有一個名字。

故事得由福建渡海來臺的青年黃阿祿說起。他是個孔武有力又好賭的「閑仔仙」，流連在妓院和賭場，在艋舺青樓當保鑣，因為一次護送新莊富商有功，得到一百元佛頭銀。他立刻拿這筆鉅款奔赴賭場，卻一夜間贏了三千多元。黃阿祿相信冥冥中自有天意，從此戒賭，拿這筆錢在艋舺開設萬順料館，開始做木材生意，開採樟腦，正趕上當時全球的樟腦熱。

有了他的真實故事當背景，黃阿祿嫂從哪裡來，她的模樣和性情，很快從我腦海中翩然浮現，也替她為何沒在族譜留名，找到合理的推測。《破浪》本是源自歷史靈感的虛構之作，為她取名之後，她生動的形象便躍到紙上，替我領路。故事從此行雲流水地誕生，也找到屬於我的答案。

我相信黃阿祿嫂的故事會有別種版本。期待這本書的拋磚引玉，會讓更多佚史被挖掘出來。

某一年，關於居禮夫人該不該正名的事，網路上吵翻了天。性別平等、主體性到國際觀，甚至觀落陰等說法都搬出來了，最後爭議的始作俑者又宣布回到原點，要大家別吵了。但女人的名字怎麼稱呼，特別是一個有傑出成就的奇女子，真會在乎後世的說法嗎？沒有自己的名字，她覺得委屈嗎？會不會沒有自我存在感？只有天曉得。

我所知道的是，在對女性極其殘酷的時空環境裡，黃阿祿嫂孤身奮鬥，肯定是寂寞的。但她掙來的名聲，留給後代的豐厚遺產，她的傳奇色彩，早已深烙人心，遠超過任何名字所代表的意義。

序章 渡海

1

天空淡成鴨蛋青，拂曉的海風吹來，浪花不時飛濺到甲板上，鷗鳥繞著破舊的船帆桅杆呀呣叫。

從泉州的潘湖渡頭搭小舢板到廈門，經過一天兩夜的暈船嘔吐，在大旦門[1]換乘戎克船[2]之後，黃姜生和黃昭祿父子總算適應海上的風浪。擠了快五十人的底艙又悶又熱，依然能酣然大睡。

阿祿半夢半醒，以為自己還枕著妻子斗娘的胳臂，一睜開眼，才發現他正躺在別人汗髒的肚皮上。

他翻身坐起來，揉揉惺忪的雙眼。船艙裡充滿尿臊和汗臭味，轆轆作響的腹肚提醒他，包袱裡還有斗娘偷塞的兩顆拜祖先用的發糕。前晚吃的大餐，一出海沒多久就全吐出來餵魚了，昨天根本沒有半點胃口。

放了兩天，紅糖發糕的顏色和質地有點可疑，但是在餓了兩天的年輕人眼裡，它們比紅燒豬腳還誘人。剛嚥下第一顆發糕，正要把第二顆送進嘴裡時，感覺到有道晶亮的視線牢牢盯著他。

越過七橫八豎躺在地上的人體看去，是一個約莫六歲的清秀小孩，巴掌大的小臉沾著泥，眼珠像兩尾水靈的蝌蚪，厚顏無恥地不停磕頭，用清脆的聲調向他乞求。

1　大旦門：今金門縣大膽島。

2　戎克船：中式古代帆船。

「好心的阿兄，我好餓喔，分我吃一半好嗎？」

肚子剛踏實一點，阿祿的玩興就來了。他向那孩子招招手，孩子立刻拎起寬大的袍角，在河上跳石頭似地，跨過睡在地上的人，奔到他跟前。

孩子戴頂黑緞瓜皮帽，太大的灰布長衫罩著纖弱的身軀，背後的辮子跟田鼠尾巴一樣細，乍看像個營養不良的蒼白小老頭，就像村塾裡愛雜唸[3]的先生，阿祿忍不住想捉弄他一下。

「你講看看，我們又不相識，憑什麼要把這塊糕分給你？我有什麼好處？講得在理，我才賞你。你叫什麼名字？今年幾歲？」

「我叫吳帆，就是咱頭上那塊帆布的帆。我肖虎，今年五歲。」

「喔？這呢督好，我也肖虎，咱倆個大小漢怎麼差這呢多？」

「既然如此，虎大兄分一點給虎小弟吃，也是應當。」

阿祿笑了，小傢伙還真厲害，這樣也可以攀關係？

「哪有應當？真正的虎要靠打鬥爭搶，強者做王，輸的就等著餓死。來啊！你試看嘜，看你能不能從我手上搶走？」

吳帆眨著一雙溼潤的大眼，看著他高舉過頭的那塊糕，嚥下口水，彷彿那是雲端的月亮，但是再怎麼踮高腳尖，他依然搆不到。忽然，他兩眼一翻，往後一栽，軟綿綿的身子跌在阿祿腳邊。阿祿嚇一跳，急忙蹲下來，用力搖晃動也不動的孩子：

「喂！你怎麼了？還好吧？」

3　雜唸：閩南語tsap-liām，嘮叨、囉嗦。

他的喊叫聲驚動旁人，紛紛過來圍觀。

「害啊！少年仔，你把這囝仔怎麼了？」

「沒有啊，他就突然昏倒了……。」

「是餓著了吧？剛才我聽見他在跟你要吃的。」

「對啊，我也有聽見。你大人大種，還跟這麼小的孩子計較？」

「我……。」

一個老漢掐了孩子的人中，吳帆總算緩緩睜開眼睛，一臉昏茫。

「怎麼了？為什麼我會躺在這裡？」

有人一把奪去阿祿手上的發糕，送到孩子面前。

「喏，你餓壞了吧？這給你吃。」

孩子道聲謝，搶過去放懷大嚼，狡獪又得意地睨了阿祿一眼。阿祿恍然大悟，他竟然栽在這小鬼手裡！

等旁人散去，小鬼拿著吃剩的半塊糕起身要走開，阿祿從後方揪住他。

「想走？你敢騙我，好大的膽子！」

孩子被他凶狠的表情和拳頭威嚇住，委屈得隨時要哭出來。

「你是大人耶，說話不算話，輸了又不甘願？」

「你再裝嘛！我才不會上當，看這次誰來救你。」

孩子真的哭出來，滿臉眼淚鼻涕，哀哀求饒：

「歹勢啦，阿兄，我另天一定會報答你。先讓我拿這塊糕回去給我阿爹，他破病了，要吃點東西才有體力。」

「又在騙人！」阿祿想了一下，「帶我去見你爹，我倒要看看，是哪個不速鬼，會生出你這尾小隻鱸鰻……。」

順著吳帆的手指看去，船艙陰暗的角落裡，果然有個身形憔悴的中年男子，半躺半倚在盤起的霉黑粗草繩上，要不是偶然幾聲劇烈的咳嗽，還真會把他誤認成一堆蔴袋。

「阿爹，你好一點了嗎？這位阿兄送我們發糕，起來吃吧！」

「水……。給我水……。」

吳帆立刻熟練地從草繩後方摸出個葫蘆，打開木塞，湊近他爹的脣邊。男人抖著手捧住葫蘆，咕嚕嚕灌下喉，水滴沿著嘴角流到衣襟，像隻嘬尖嘴的老鼠，一丁一點地啃食乾硬的發糕。

看來吳帆這次沒說謊，他爹確實病得不輕。阿祿不忍心再看下去，正想轉身走開，卻被吳帆喊住了。

「阿兄！稍等一下，阿爹有話跟你說。」

男人似乎恢復元氣，盤腿在草繩蒲團上坐直，清癯的臉上燒出兩顆黑而深的洞，洞裡放出的光芒有種頑強力量，讓阿祿莫名地心生敬畏。

「多謝你，這位先生，還沒有請教尊姓大名？」

吳帆爹的腔調虛弱卻文雅，聽上去像個書生，阿祿本能地收斂平日的粗魯，搔著腦門回答：

「呃，我本人……。我姓黃啦，名萬鐘，字昭祿，大家都叫我阿祿。」

「原來是黃萬鐘先生，失敬。不知祖籍是否在晉江潘湖？」

「是啊，你怎麼知道？我們見過嗎？」

吳先生緩緩搖頭，脣邊露出一絲莫測高深的微笑。

「在下是同安人，苦讀多年，雖中了秀才，卻一直沒通過鄉試，只好四處教書維生，也略懂一點相法。聽說潘湖有口龍穴，將來必出大富大貴之人。我看黃先生少年有英氣，天中紅潤，印堂飽滿，雙眉有凌雲之氣，將來必享富貴功名，是人間少見的吉相。」

接下來就該討賞了吧？阿祿在心中冷笑一聲，又是個江湖騙子！從前多少算命的都說他命中有財有庫，見鬼了，要是真有財，就不會十賭九輸。要不是這些騙子的話術太誘人，他也不至於一賭再賭，淪落到離鄉找生路的地步。他直接戳破吳老爹的妄想：

「多謝，不過我現在離富貴還遠，褲袋空空，連一角銀都掏不出來。」

吳老爹只是文文笑著。

「不必介意，我很少替人相命，也從沒收過錢。要不是黃先生儀表堂堂，面相非凡，世間難得，我也不會開口。能否借你的手一看？」

反正閒著也是閒著，倒要看你怎麼唬爛。

阿祿爽快地兩手一攤，吳老爹鄭重捧起他的左手，細看掌紋，口中唸唸有詞，扳著自己的手指數算。再看右手，忽然眉心一皺，蒼黃的臉漲紅了，抬起頭看看阿祿，又驚奇地瞪著吳帆。

「奇怪……。」

他自語著，又重新審視右掌。吳老爹異樣的神態，刺得阿祿心頭突突直跳，忍不住催促：

「怎樣？看出什麼了？」

吳老爹抹去額上滲出的幾滴汗，不復先前的安詳，淡紫的嘴唇顫抖著，又是一陣停不住地狂咳，幾乎坐不穩。吳帆緊張了，不住地替他拍背：

「阿爹，你還好嗎？」

「沒事……。」

他逐漸緩過氣來，重新抬起頭來，望向阿祿，眼神變得出奇柔和，斬釘截鐵地說：

「沒有錯，你命中有官位和財富，只不過，打拚要趁少年，就怕享受不到晚年福氣。」

「什麼意思？是說我命不長？呸！反正我黃昭祿也不希罕，這世人只求能盡情吃喝玩樂就夠了。」

吳老爹摸摸孩子的頭，眼神裡有無限的愛憐。嘴上卻說：

「除了享受人生，更重要的是天倫人情。你命中有三個妻子，只有一個日後能幫夫，做出傳子傳孫的大事業。千萬記得，凡事要有節制，不要貪圖眼前快樂，枉送了性命。」

這話是在對吳帆說吧，完全是長輩訓話的口吻。阿祿頓時感到無趣，但是就這麼不發一語拔腳就走，不但失禮，還顯得度量狹小。他只得搓著雙手，隨口一問：

「你們只有父子倆？到了臺灣，有什麼打算？孩子還這麼小，能做什麼工作？」

吳老爹長歎一聲：「我也實在是沒辦法，才會帶著孩子一起來。擺接堡[4]有個同鄉寫信來，說他打算在臺灣開辦學堂，很缺教書先生，邀我過來試試看。本來半冬前就該出發，沒想到我妻子突然生病過身，族裡的人也因為旱災歉收，自家人都餵不飽了，沒法請他們收留這孩子，苦不離衷，只好一起帶來。」

「這樣啊……。」

阿祿撓著發癢的腦門，不知道怎麼安慰這對不幸的父子。據船家說，順風的話，至少還要兩天才會到臺灣，他們的食物夠嗎？

正在思索時，只聽頭上一陣吆喝和鑼鼓聲，咚咚的腳步奔來跑去。

他青茸茸的腦袋探出艙門，只見一雙黑大的赤腳從眼前快步走過，急忙出聲喊：

「大哥！唷呵，大哥！」

那雙腳站定了，不耐煩的口氣回：「衝啥？」

「開船了是嗎？官府的人不會上船了，我可不可以出來透氣？」

「給我乖乖待在下面！誰知道他們什麼時候要來？」

4　擺接堡：今板橋土城一帶。

「你們有欠工嗎？你看，我很壯喲，收繩子搬木桶爬竿都沒問題……。」
「麥亂啦，現在沒空理你！」
那隻腳正要踹下艙門時，船頭那端有人喊：
「周仔，你紙錢準備好了沒？要過黑水溝了！」
「靠北！我還要修火灶，沒閒啦！叫別人去……。」
腳的主人忽然住嘴，蹲下來和阿祿眼對眼，是一張黝黑乾皺的老臉。
「喂，你來一下！」
阿祿心頭一喜，用雙手撐著甲板，輕快地跳上來，站在水手跟前，足足比他高出一個頭。
水手不得不仰頭打量：
「喝！生得這呢大欉？正好，跟我來。」
水手領他走到主桅杆下方，指著綁在離地三尺高的粗麻包裹。
「去把那包東西拿下來！快點！」
「綁這麼高？沒有梯子嗎？」
水手指指扔在另一頭七橫八豎的木條。
「壞了，我還沒閒修呢。你要是想做工，等下再去把梯子釘好。」
阿祿估算粗大的桅杆，不難，他是爬樹高手，杆上的坑洞是挺好的落腳點。他攔住正要走開的水手問：

「做完這些事，我有工資拿嗎？」

水手往地上啐一口：「錢？別肖想了，要是老大高興，大概會賞你一頓飯吧。」

一頓飯也好。阿祿精神都來了，三兩下拿到那個包裹，照著水手的吩咐，屏息忍受海面飄來的惡臭，把一疊疊紙錢撒向大海。他忍不住問：

「咱是在拜誰？水鬼嗎？」

「噓！莫亂講話！」

水手攀住船舷探出上半身，示意他跟著往下看。只見遠處是碧綠無垠的海水，在船身周遭，竟卻是一片寬闊濃密的墨黑，水流很急，陽光照射下，不時還能看到黑沉海水中點點閃光。

「這就是黑水溝啊，不只這一條，更大的黑水溝還在後頭。嘿！看到沒有，底下游的，一條一條的，全是水蛇！阿娘喂，阿彌陀佛喔，希望祂們莫來報冤仇，不要起風颱，保佑咱行船平安順遂……。」

定睛一看，原來那些閃亮點不是陽光反射。他從船身切過的白色浪花清楚看出，原來是上百條紅黑相間的細長水蛇，像滾水裡扭結的麵條，結成好幾丸，不停地蠕動翻轉，看得他起了一身雞母皮。水手一邊叨唸，一邊把整疊紙錢塞進他懷裡，叮嚀他撒完紙錢，莫忘了去修梯子。

2

一整個早上，被水手當奴才使喚工作，阿祿沒有怨言。能在空氣流通的甲板上自由伸展手腳，學習關於船務的新知識，總比悶坐在下船艙裡，鼻孔裡聞著各種臭味，耳朵塞滿旁人的廢話好。

他不單學會航程如何計算、要怎麼觀測風向和雲腳、三張大小不同船帆的差別和作用、什麼時候該放帆收帆，還殷勤地幫忙總鋪生火殺魚，俐落的刀法引來側目。他嘴甜，招呼周到，又肯虛心討教，原本臭臉難纏的水手們都被他哄得眉開眼笑，放飯時也少不了他一份。

阿祿把殘菜剩飯分裝在兩隻缺角陶碗，藏在衣服底下，走進氣味濃烈難聞、滿是煙霧的船艙。先找到吳帆父子，把一碗飯菜交給他們之後，再去找父親。

黃姜生正和幾個同鄉圍著爐火煮粥，一見到兒子就板起臉孔：

「整個早上不見人影，又跑去哪裡胡鬧了？」

阿祿也不分辯，做個手勢要父親過來。等黃姜生納悶地跟他走到沒人的貨物堆後頭，他才端出飯碗來。

「這是我在上面做工賺來的，接下來幾天不用煩惱沒飯吃了。」

黃姜生瞪大了眼：「做什麼工？頂頭那些只顧收錢的凶神惡煞，怎麼可能這麼好心？他們沒逼你做什麼壞事吧？」

「我又不傻。好啦，你慢慢吃，我得趕緊回去做事了！」

船身顛得厲害，強勁的風勢壓著艙門，阿祿好容易用肩膀頂開它，爬上溼滑的甲板。天色魆黑像半暝，強風呼呼咆哮，雨水瘋狂斜飛，海浪一波波打上來，船板和桅杆吱吱軋軋地不停亂響。水手們手忙腳亂地收帆收網，弓身頂著四面八方狂嘯的風。阿祿一步一滑趕到船頭，險些被大浪捲下海。

掌舵的塗老大渾身都溼透了，眼睛被雨打得幾乎睜不開，朝他大吼：

「抓穩！把腳下的繩子丟過來！」

大綑粗麻繩吸滿海水和雨水，幾乎跟鉛塊一樣沉重，根本丟不動。阿祿索性把繩子前端纏在自己肩上，使出全身蠻力，頂著風雨，舉步艱難地朝往上斜的舵盤走去。

「從這頭繞過去，多繞幾圈再綁緊！那頭綁到柱子上，會打結否？看著！」

才剛固定好舵盤，那頭又有人大喊：

「不好了！貨艙破洞進水了！」

塗老大不知從哪拿出裝有鐵鎚和釘子的工具袋，往阿祿手上一塞。

「你先下去！想辦法擋住破洞，我去找些木板，隨後就來。」

「要怎麼擋？」

「不管，擋住別再進水就好，快去！」

下了船艙，只見地板上淹水幾乎及踝，左邊的板壁裂開了兩指寬的小洞，海水洶湧而入，船客們驚恐地全逃到右邊去。船身已經略微傾斜，再這麼下去，非沉船不可。

阿祿沒時間多想，涉水往裂縫的方向跑，隨手抓起散落一地的雜物：草蓆、棋盤、斗笠、棉被……。一股腦全塞進洞口，水流變小了。還有一條細縫，他索性用自己的背去頂住，奮力朝眾人大喊：

「不要全部擠在那邊，會翻船！誰去多找些木板來，一起把這個洞釘死！」

這麼一吆喝，立刻有人分頭找出木盆和箱板，合力壓住洞口海水強勁的流勢，阿祿趕快用鐵鎚釘上。等塗老大扛著廢棄的木槳趕到時，破洞早就補上，不再進水了。

「幹！手腳這麼快，害我做白工！」

塗老大檢視淹水的災情，特別是貨物的損失，最底下的幾袋棉花和藥材是沒救了，他粗聲咒罵幾句，吩咐阿祿清理善後，免得水再往上浸漫，順便把泡水的貨清點一下，處理完再上來報告。

塗老大一離開，阿祿就指揮大家動手收拾，舀去積水，把還沒遭殃的貨物搬到安全的地方。

黃姜生把兒子和塗老大的互動看在眼裡，心裡大感驚奇，嘴上卻不吭聲，擰乾衣鞋，也加入善後的行列。

吳帆蹦蹦跳跳地跑來湊熱鬧，伸手就要幫忙抬麻袋。

「閃開！囝仔人不要擋路！」

「那我幫忙擦地板！」

「把你的寶貝帽子脫下來接水不就好了……。」

阿祿開玩笑地想揭去他的瓜皮帽，吳帆慌張抱著頭跳開了。

「不行！不能脫！」

阿祿哈哈一笑：「為啥？你是臭頭唷？」

「你才臭頭哩！」

說著就跺腳走開了。阿祿沒閒理他。忙了半天，總算把船艙弄乾，清點完泡水的貨物數目，就到甲板上去找塗老大回報。

船已脫離暴風範圍，陽光重新露臉，海面又恢復平靜，要不是四處還淌著亮晶晶的水漬，真教人懷疑剛才的風暴是做夢。

有水手指點他去船尾的小艙裡找找。茅廁大小的木板隔間，塗老大正背對門外半蹲站著，裡頭飄出一縷輕煙，阿祿以為他在放尿，不好意思挨得太近，只能遠遠站在外頭，故意輕咳兩聲。塗老大沒理他，躬身趨前放下什麼東西，這才緩緩轉身，龐大身軀後方露出一個小小的神壇。

「咦，這是……。」

「拜媽祖啦，感謝祂讓我們平安閃過風颱。」

塗老大鑽出來，讓他看個清楚，只見掛著黃幔的神壇裡供著一座木雕的女性神像，飽滿莊重的圓臉被香火熏黑了，珠簾冠後一雙溫柔鳳眼，看上去慈悲而祥和。

阿祿從來不相信鬼神，要不是他娘硬逼他拿香拜祖先，或是有求於神，他絕不踏進廟裡一步。看塗老大的一臉虔敬，讓他覺得好笑。

「要是拜媽祖有用，海上就不會有沉船了。」

塗老大在他後腦勺拍了一下：「嘜在神明前亂說話！你知道什麼？媽祖是咱討海人的守護神，有拜就有保庇。」

說著又雙掌合十，轉身面對神壇，惶恐地喃喃自語：「囝仔人不懂事，多有得罪，拜託媽祖婆別跟他計較。你過來，跟媽祖賠罪！」

阿祿只得低頭合掌，照著塗老大的教導唸了一遍。好容易從神龕前脫身，他這才能向塗老大報告清點貨物的結果，塗老大皺眉聽著，帶他去找倉口李仔，讓李仔拿出帳本記下，順便用算盤計算一下損失的金額。

只見李仔的指頭飛快地撥動珠子，很快就計算出數字，用沾滿墨水的毛筆寫在帳本上，字體清秀端正，看得阿祿欣羨不已。能做到倉口這個位子，八成是個了不起的聰明人。正要開口拍馬屁時，塗老大就把他趕出船篷外，叫他去清理甲板。

船在澎湖停留，上岸補貨，夜裡再度起錨，順風而行。趁水手們休息時，阿祿偷空到灶上煎好一帖藥，等藥湯不再燙手，小心翼翼地端著走下船艙。

吳帆睡得正香，頭上依然戴著那頂瓜皮帽。靠在板壁上的吳老爹睡得不沉，一聽見靠近的腳步聲，立刻警戒地睜開眼。

「來，吳先生，這是剛煎好的藥，趁熱喝了吧。」

「那怎麼好意思……。」

「我聽藥店的人說，這味什麼公的母的，治你這種病最好。呵！我也聽不懂啦，反正試試看，也許有用。」

吳老爹不好拂了阿祿的好意，勉為其難接過碗，道聲謝，在阿祿的監視和催逼下，一口口喝下去。阿祿又拿出在街上買的幾塊大餅和肉包子，蹲在吳帆身邊。

「這些你們留著吃，吃完再跟我說。你們一個小一個病，要找吃的不容易。這裡還有幾包藥，若是吃了感覺不壞，可以吩咐阿弟仔再煎給你吃。」

吳老爹紅了眼眶，鼻頭一酸。

「多謝，我們非親非故，卻接受你這麼大的恩惠，我吳某無法報答，真正過意不去……。」

說著就要起身磕頭，慌得阿祿伸手攔住他：

「不要這樣。平平都是出外人，互相幫忙是應該的。」

一天之內，船已行過三更，即將順利越過黑水溝。照這樣的速度，大概頂多再兩天一夜，就能踏上臺灣的陸地了。

阿祿把這個好消息帶到甲板下方，船客們立刻精神一振，熱烈討論起登岸後的種種美夢：伸手就能摘到果實的蒼翠森林、保證不讓人挨餓的肥美土地，種一冬就能吃三冬，還有多到淹腳目的錢⋯⋯。在一張張營養不良的蠟黃臉上，燃起朦朧興奮的紅暈。

不知是阿祿抓的藥有效，還是好消息起了作用，吳老爹的氣色好了許多，也能起身走動，來找黃姜生父子閒談和下棋了。吳帆清脆的笑聲，打發了沉悶漫長的時光。

順風推著快船，第二天下午，一看見綿延蔥鬱的樹林和黃土地時，阿祿幾乎不敢相信自己的眼睛：這就是臺灣？比他想像的還大還美。海豚在波濤間歡快跳躍，鹿群在林間奔跑，猴子和飛鼠盪過結實纍纍的樹梢，這片土地彷彿敞開雙臂的慈愛婦人，向他許諾數不盡的美好與繁華。

手忙腳亂地換乘小船，進入滬尾港。岸上查驗身分的粗魯官兵對船客呼來喝去，檢查後又把他們的行李丟落一地。滬尾碼頭比澎湖還大，也更擁擠，一不小心就會被穿梭來去的扁擔和人潮給撞倒。

還來不及向吳帆父子和其他同船者道別，人們便像沖上岩石的浪花一般，迸裂四散，隨波而去。

黃姜生問明往艋舺的路要怎麼去，和一個舢板船夫討價還價之後，向阿祿招手：

「喂！還在發什麼呆？走了！」

第一章　春風桃花

1

乾隆年間，吳家出了個舉人，稱得上是同安的書香門第。可惜這舉人後來時運不濟，五次會試都落榜，沒能加官進爵，只好守著田產過活，在祖祠設學堂當塾師。

到了吳向熹這一代，讀書不再是條好出路，顧飽肚子最實在，還跟著舉人族叔識字的孩子，只剩四五個。其中吳向熹最聰明好學，前舉人對他的期望也最大，特意替他取了學名「向熹」，就是希望他日後能像朱熹，成為一代大儒，流芳百世。

可惜這名字冒牌意味太濃，再怎麼努力，也很難超越真正的一代鴻儒。因為會讀書，他豁免了兄弟們下田或當學徒做粗工的義務，只管準備考試。二十二歲那年中了秀才，全族欣喜若狂，擺了三天的流水席，巴望他再中個舉人進士，好替吳家揚眉吐氣。

沒想到，秀才就是他的生涯最高點了，此後他的人生只是不斷的下坡路：兩次鄉試不中，妻子產後失調多病，為了她的醫藥費和補品，他花光分家得來的一點財產，依然無力回天。

為了獨力撫養幼女，他只得到鄉塾去教書，或是幫人寫家書擬契約，混口飯吃。然而連年飢荒，有餘力送孩子唸書的人越來越少，他家的米缸也經常見底。被艱難的生活催逼，吳向熹正值三十壯年，卻早已愁白了鬢角，被現實折磨得未老先衰。

就在走投無路之際，他收到來自遠方的好消息。他的同門學友紀雲卿，八年前就隨長輩到臺灣的擺接堡開墾，發了財，妻子出身當地望族，想替親族籌辦一間私塾供子弟學習，但人手不足。想起昔日的優秀同窗，希望他能不憚路遠，助他一臂之力，讓孔孟道統在臺灣這塊富饒寶地傳承下去。

紀雲卿把臺灣說得像寶島一般，遍地黃金，不用挨餓。但最讓吳向熹動心的，是他隨信附上，讓他打點行裝的十兩銀票，一出手就這麼闊綽，可見他信中所寫的絕非膨風。

但是回頭看看天真活潑的女兒，他又猶豫了。這是他在世上唯一的骨肉，怎麼捨得丟下她就走？渡臺禁令近年雖然寬鬆了點，但是船家怕晦氣，聲明若帶婦女上船，還要多收一倍的錢，他哪裡拿得出來？

帆兒腦筋動得快：「我可以裝作查甫啊！」

「怎麼裝？」他撫摸女兒茂密柔軟的黑髮：「難道要真的給你剃頭？」

「不要不要！剃頭很醜耶，戴帽子就行了啊！噢，還有這個，拿掉就好了。」

她伸手摘掉從小戴著的金耳環，放在吳向熹的手心裡。但是……。他的視線不覺往下移，幸好妻子走得早。病中幾番想替女兒纏足，卻沒有力氣，臨終前還交代他，為了帆兒的終身大事，一定請人好好幫她纏出最美的小腳。

族中的女眷有人願意幫忙，但是帆兒怕痛，力氣又大，纏腳婆來時，不是溜得不見人影，就是哭喊亂扭，根本抓不住。勉強纏好了，夜裡她又會偷偷解開裹腳布。

請人纏腳，總要奉上薄禮酬謝，纏了又放，等於白花錢，對好意幫忙的婦人更說不過去。他義正辭嚴地勸戒女兒：

「這是你娘最大的心願。你看隔壁的阿娟姐，還有比你小一歲的蘭表妹，不都是一雙漂亮的小腳嗎？」

「阿爹，你覺得我這雙腳不好看嗎？」

「好看，可是……。」

「那為什麼你不用纏？」

「我……。」

「你知道那有多痛嗎？我才不要像那些姐姐妹妹一樣，纏小腳，連踢球跳房子都不能玩了。」

女兒連珠炮的問題，堵得他啞口無言。他倒沒想過，為什麼女人非得纏小腳才美？朱熹據說是鼓吹小腳之美的始作俑者，他的名字雖叫向熹，對這一點卻不完全苟同。

有一次不小心撞見妻子洗腳，變形得像豬蹄似的赤腳，還曾經讓他反胃了好幾天。但妻子那幾雙繡得極精緻的三寸金蓮，他還珍藏在衣箱底下，思念亡妻時，還會拿出來賞玩一下。

這些矛盾反覆的心思，總算霍然解開。幸好女兒沒纏小腳，不然光是要帶著她走上十四里路去渡頭，假扮成男孩上船，就沒這麼方便了。

就算不纏腳，還天生斷掌，但他排過命盤，這孩子命硬，有將軍之相，即使不嫁人，也能過著不平凡的一生吧？給她起名吳帆，就是這個意思。

孩子的娘聽他算出的命相，既喜且憂，要是她是兒子，該有多好！女將軍？聽來就是不對勁，那要比男人多吃幾十倍的苦，才當得上啊！

直到在船上看過那個年輕人的八字手相，他才恍然大悟。黃昭祿，字萬鐘，這個名字烙在他腦子裡了，但是天機不可洩露。他只是納悶，登岸各分東西之後，這位善心貴人的命運，究竟會在何時何地，再與他的寶貝女兒連結得上？

可惜還來不及看到那一天，吳向熹就因水土不服，病得更重。加上子弟頑劣，不堪長期勞損，落腳擺接堡不到兩年，就撒手向西了。

該怎麼安排老友留下的孤女，讓紀雲卿傷透腦筋。幸而妻子翁氏果決，葬了吳向熹之後，第二天一早，翁氏就叫婢女替吳帆換上一套乾淨的新衣鞋，把她帶到艋舺凹肚仔街的得月樓，找上她的童年舊識，鴇母金桃姨。

金桃姨起初嫌這女孩腳大，不過既是免費奉送，長相清秀，還比鸚鵡多幾分口才，得月樓其他粗大丫頭的應對都沒她機靈，賤賣可惜。不如先把她留在身邊調教，一兩年後，慢慢再做打算。

金桃姨嫌吳帆這名字拗口又沒有女人味，替她改名叫杏芳，讓她和三個剛買來不久的女孩住一間房。比她大三歲的桂香特別照顧她，教她穿衣梳頭，對年長的女僕大娘該如何稱呼，又各有什麼脾氣和喜好。

杏芳對這個姐姐百依百順，也更會察言觀色討好他人了。得月樓從門房廚娘到男僕，無不稱讚杏芳懂事貼心。

比起擺接堡紀家施捨的剩飯菜和破衣裳，這裡有吃有穿，簡直像天堂。學唱曲、彈琵琶月琴和梳簪化妝，杏芳總是一點就通。唯獨在纏足這件事上，任憑金桃姨再怎麼威嚇責打罰跪，她就是不肯屈服。

被打得遍體鱗傷，關在柴房裡餓了兩天之後，桂香扶著一個小丫頭，受命來招降。一看到杏芳紅腫的臉和磨出血的赤腳，桂香就紅了眼眶。

「別這麼固執好不好？要是被打死或餓死，我就沒有你這個妹妹了。」

「挨打是小事，要是綁了小腳，我就跑不動了。」

桂香用袖子抹去眼淚，拿出油膏輕輕替她抹在傷處。杏芳咬牙忍著刺痛，不吭一聲。

「妳想跑到哪裡去？我們被賣進這種地方，哪能說走就走？唯一的辦法，就是乖乖聽話，孝順阿娘，討客人歡喜，像玉蘭和銀鳳姐那樣，好好學彈唱，當上紅牌藝旦，多賺點錢。運氣好的話，遇上好客人，讓他花錢幫你贖身，就能離開這裡了……。」

「贖回去，然後呢？」

「做人家的細姨，一世人不愁吃穿。要是生下兒子，成材的話，大家還要叫你一聲『夫人』呢。」

杏芳歪頭想了一下。

「難道沒有男人，我們就活不下去嗎？」

「有個尪婿，咱的終身就有依靠，有人養你，怎麼不好？」

「金桃姨沒嫁人，廚房的張四媽是寡婦，她們也能養活自己啊！」

她們也是靠男人賺錢……。不對，這麼說等於自打嘴巴了。桂香逼不得已，只好祭出她最不想用的法寶：

「金桃姨說了，要是妳不綁腳，就只有兩條路可選。一是不用學藝當小姐了，去當查某嫺幹粗活。第二條路，就是出去街上當乞食。妳真的想這樣嗎？」

杏芳答得很快：「好哇！就當查某嫺吧。反正我也不愛學琴當什麼小姐，講話要細聲細氣，規矩一堆，高興的時候還不能大笑，難過死了。」

「當查某嫺更累，有一堆做不完的工作，又髒又臭的……。」

「那更好，反正我坐不住。整天坐著吃、坐著學琴，我快無聊死了。」

「但是……。這樣，我們就不能在一起了。」

桂香幽怨白皙的鵝蛋臉，在一縷光線的照射下，彷彿半透明的易碎瓷器。杏芳不覺伸手輕摸一下。

「過兩年妳當上小姐，就讓我當妳身邊的查某嫺，永遠服侍妳，好嗎？桂香姐，將來有一天，我們一起離開這裡。」

桂香握住她的手，點點頭。

「嗯，我們之前說好的。等到離開這裡，就要恢復本名，妳沒忘記吧？」

「當然記得。林對娘，」杏芳高興地笑了，指指桂香，又指向自己：「吳帆。」

杏芳自甘降格當婢女的消息，很快在得月樓傳開來，大家都嘲笑這個傻丫頭，怕痛怕到不顧前程，總有一天會後悔。

金桃姨倒要看這倔強的丫頭有多少能耐，命令她立刻把鋪蓋從樓閣搬出來，挪到下人住的大通間裡。故意指派最嚴格的阿英姐監管她，天不亮就叫杏芳起床，去把每個房間的馬桶提到後門，等挑糞的來收走之後，再一個個用井水洗刷乾淨。除了打掃擦洗廳堂，還有幾大桶的衣服要洗，窗臺橫梁和煤氣燈、畫軸，架上的珍玩古董花瓶，她個頭小，再高也得架梯子爬上去，擦得晶亮反光，沒半點灰塵才能過關。

草草用過變冷的午餐，就到了一天最忙碌的時刻。幫忙小姐們梳妝打扮、端茶倒水迎接上門的貴客，跑腿去街上買消夜零食打酒，收拾客人酒後的嘔吐物和痰盂，隨時清理地上的花生瓜子殼，幫忙燒水煙袋和鴉片，還得鎮定地躲開客人蛇上來的鹹豬手。

繁重的工作、阿英姐的嚴厲挑剔和責罰、冬天的冷被窩、酷夏的揮汗如雨、手上磨出的水泡和挨鞭子的傷痕……。杏芳依舊勤快地幹活，人前總是笑嘻嘻的，從不抱怨，也絕不出聲求饒。

兩年之間，金桃姨冷眼看著杏芳成了個伶俐的小大姐，屋裡屋外地招呼應對，做事非常地老成周到，成了阿英姐得力的助手。清秀的素顏不再孩子氣，黑亮的粗辮子，一雙水亮的大眼睛，透出聰慧的靈巧，抽高的背影開始有了玲瓏的輪廓。

連她的老相好邱三爺也看得兩眼發光，直說再等幾年，好好把她妝扮起來，絕對是凹肚仔的一朵名花，連對面繡春閣的千紅都要閃邊站了。

除了那雙大腳……。金桃姨在心底歎口氣。也罷，這丫頭心氣高，條件這麼好還犯賤，那就是她的命，怨不得金桃姨了。

2

杏芳端著留宿客人用過的早膳托盤，走向廚房。今天是標會的日子，她還有兩個會腳的錢還未收齊，心裡一急，腳下的步伐更快了。穿過迴廊時，險些撞上剛跨出房門的金桃姨。

「妳這個青仔欉！趕去投胎是否？連你祖媽也敢這樣撞來……。」

杏芳低聲下氣賠不是，金桃姨最近心情不佳，惹毛了她，最好別多話，乖乖聽訓就是。等她的罵聲像雨後的幾點滴答，烏雲即將散去時，金桃姨忽然想起最要緊的事：

「方老爺呢？還在桂香房裡吧？」

「方老爺說他今天有事，要我天一亮就叫醒他，吃完早飯就走了。」

金桃姨急忙問：「桂香怎麼說？方老爺有沒有說什麼時候再來看她？」

「沒有。」

「哎呀！桂香這孩子就是憨直，妳怎麼不幫她一下？當初讓妳服侍她，不是叫妳多幫忙用心招呼嗎？光靠她一張漂亮的臉蛋，只會唱歌彈琴，不懂得撒嬌講好聽話，有用嗎？不花心思在客人身上下工夫，讓他捨不得放手，那怎麼行……。唉！算了算了，我自己去跟她說，你們這兩個傻丫頭真是，天上掉下來的金飯碗也捧不住！」

杏芳收完會錢回來，金桃姨剛走，屋裡還殘留著她濃郁的髮油和粉香。桂香披散著烏亮的長髮，默默坐在床前，扣著胸前的如意鈕，目眶紅紅，顯然剛才挨了一頓斥罵。

「怎麼了?阿姐,你沒跟金桃姨說那個姓方的有多可惡嗎?」

「我說了啊,阿母一聽,就逼我脫衣服,讓她檢查,說人沒受傷就好,下次會提醒他溫柔一點。我說不想要他再來,阿母就罵我不知好歹,吃這行飯,哪有資格挑三揀四?」

杏芳在心裡歎口氣,扶桂香到妝臺前坐下,動手替她梳頭。

「金桃姨說得也沒錯,吃這行飯,是要看客人臉色,但是做客人的,也該有個規矩吧。哪,我看這樣好了,下次那個方老爺要是再上門,就說妳這幾天破鼎了,不方便招待。」

「一個月只有一次來洗,總不能每次都用這招吧?」

「能擋就擋嘍!」杏芳皺起鼻子,朝空中嗅了嗅:「哇!那個姓方的氣味還在呢!」

她吩咐小丫頭阿梅打開門窗,在床帳裡點上一小爐水沉香,等香味散去後掛起帳,再去院子裡摘點桂花,吊在床柱上。

杏芳初來時,桂香是處處照拂她的姐姐,如今卻反過來,她少不了這個能幹有主見的妹妹。她瞥見杏芳的前襟,露出一角白紙,咦了一聲:

「那是什麼?」

杏芳順著她的眼光往下看,順手把紙頭拿出來,塞進口袋裡。

「哦,是標會單。」

「什麼是標會單?借我看看。」

拿來展開一瞧,只見上頭用蠅頭小楷寫了十來個人名,名字上下都有數字,有的還加圈劃記。瞧了半天，她只能皺眉。

「這是天書啊？比琴譜還難懂！」

「妳不必懂，反正是窮人窮開心的。」

桂香聽出話裡的酸味，拉住她收回紙張的手。

「沒有這身衣服頭面，離開這裡，我也是個窮人哪！教教我嘛，我也想窮開心一下。」

看她楚楚可憐的嬌嗔模樣，杏芳就軟了心，和她並肩坐下，仔細解說起會的用意、會腳的集資和輪流標會的方式。桂香對錢沒什麼概念，聽得一知半解。

「每個人只拿十圓出來，這麼少，有什麼用？」

「可好用了。比如說，阿好嬸要替他兒子娶媳婦，對方聘金要一百圓，她每個月工資存十圓，要存十個月才能娶過門。若是她標了會，就能馬上辦喜事，說不定十個月後，就能抱孫了。」

「所以……。是先向大家借錢的意思了？」

「沒錯，但是可以按月還錢。若是最後標會的，還能賺到利息……。」

「要是有人標到會，事後不還錢呢？」

杏芳笑了，笑容裡有種莫測高深的篤定。

「所以我只找熟人入會，要是有人倒會，才有機會討回來。要是外人也插一腳，麻煩就大了。」

「妳腦筋真好，竟然想出這種花樣！」

「我才想不到這個呢。上次那個青草店王老闆在東福樓辦尾牙，不是叫妳的局嗎？我在旁邊分菜倒酒，聽他們說話順便偷學的。」

「怪不得阿母總是誇妳，原來妳長了三隻耳朵！」

杏芳微笑不語，把剛才整理好的霞紅雲朵紗長衫拿過來，替桂香穿上。

「對了，為什麼妳想要起會？妳在外頭沒有家人，住在這裡，又不缺衣食，標到那一大筆錢，妳打算怎麼用？」

「我……。呃，我想，存點錢，做個小生意。」

一向伶牙利齒的杏芳居然會臉紅結巴？桂香直覺有鬼。

「做什麼生意？」

「嗯，妳知道吧，我不算金桃姨買進來的，當初也沒有簽賣身契約。要是哪一天我離開這裡，總得想辦法養活自己。」

桂香大吃一驚，拉住杏芳的手，不讓她走開。

「妳能做什麼？和阿母說過了嗎？她會這麼容易放妳走？」

「當然不會。但是她說過，只要我付得出一千圓，算是還清頭幾年的養育費，就不會攔著我。」

「一千圓！那妳得做多久的工？」

「扣掉日常開銷，如果老實待在這裡做事存錢，至少要十年吧。但是……。」杏芳看看四下無人，才湊向桂香悄悄咬耳朵：「我會把錢放在外頭，自己生錢。」

「怎麼生錢？妳要開錢莊？」

「別傻了，才那一點，錢莊老闆才看不上眼呢！我是自己當錢莊，借給某個人，他賺了錢，再給我分紅。」

「借給誰？」

明明是涼爽的秋天，杏芳卻用帕子在額上頸間不住擦汗，垂下眼睛，帕子在她手中絞了又放，好半天才迸出一句：「阿德。」

「誰？」

「江阿德，每天會挑豆腐來賣的那個。」

桂香眼前立刻浮現出一張憨笑的臉。那個十七八歲的小伙子，每天下午都會挑擔走進凹肚子街，叫賣聲宏亮而悠長：

「豆腐、豆干、好吃的豆腐花喲～」

一聽到他的聲音，各家妓院的僕婢們立刻端著碗跑出門，團團圍住他。他家的豆腐新鮮綿密，豆干香甜，是廚子們最愛的食材。夏天來一碗滑嫩可口的豆腐花，更是消暑沁脾，也是桂香每日必吃的點心。

桂香拍手笑道：「原來是他！」

一看到杏芳認真的表情，她立刻收起笑容，正經八百地請教：

「他生意不錯，可是為什麼要借錢給他？他家不是還有兄弟在草店街開店做豆腐？」

「挑擔出來賣，賺的錢歸他，但是擔子能賣多少？我想過，要是他能在這附近擺攤，或者僱個幫手多挑兩擔，多走幾條街，一定能賺得更多。」

「喲！妳怎麼知道這些？」

看見杏芳漲紅臉低下頭，桂香胸口突地一跳，難道……。

不知怎的，她心上有種說不出來的滋味，既苦又酸。杏芳快十六了，看慣風月，雖還未開苞，也略懂男女之事，有意中人是早晚的事。這種純潔的男女相悅之情，卻是桂香永遠也得不到的。

該替杏芳高興嗎？也許，但對方只是賣豆腐的，將來能給她過上什麼好日子？

「妳該不會，和他……。」

桂香瞟了床帳一眼，杏芳立刻會意過來，連忙搖手：

「沒有，怎麼可能？只是去跟他買豆腐花的時候，會聊上幾句。我們之間……。不是妳想的那樣。」

「喔？非親非故，他為什麼要拿妳的錢？妳不怕他之後翻臉不認帳？」

「妳放心，阿姐，我沒那麼傻。我已經寫好契約，資金多少，怎麼分紅，都寫得一清二楚。換句話說，要是我拿出這筆錢，押在他的豆腐擔上，就算是半個頭家。不必動手跑腿，就有伙計在外頭幫我賺錢，這不就是用錢生錢嗎？」

「妳呀，腦筋就是動得快！」

桂香勉強一笑，起身到妝臺前去，做出房前最後的檢視，心思卻浮動不已。

「不過我還是要勸妳一句，男人花樣可多了，還是小心一點好。」

「阿德老實，這些都是我出的主意，他全聽我的。」

「是嗎？那就好。但是……。」桂香挽著杏芳，把她按在鏡子前的椅子上：「看看妳，這麼青春正水，認真打扮起來，也能把凹肚仔街的紅牌藝旦比下去。妳真正甘願當個豆腐店的頭家娘？」

杏芳害臊地推開她的纖手：

「妳別亂說啦，阿姐！我們只是合夥做生意，都是同安人，同鄉互相照顧嘛，人家又沒說要嫁他！」

那隻手卻牢牢釘在她肩上，毫不放鬆。鏡子裡，桂香粉妝玉琢的臉偎在杏芳紅撲撲的臉頰上。

「那就好。女人就怕嫁錯郎，記住了，眼光要放長遠一點。」

那天下午，嘹亮熟悉的叫賣聲響起時，桂香忍不住停下撥彈琵琶的手，叫杏芳去買豆腐花。兩人交換了會心的微笑。

等杏芳一下樓，桂香便款款起身，走到陽臺邊，揭起簾子。

只見女人們有說有笑地圍住一個精瘦結實的小伙子，光亮泛青的前額，盤起辮子，身上的藍布衣舊得有點褪色，倒是漿洗得乾淨清爽。替客人盛豆腐的姿態勤快俐落，還會細心地用布擦去濺在碗緣的水漬，收下錢，便恭謹地哈腰道謝，彷彿客人賞了他天大的恩惠。憨厚的笑容，清俊的五官，樣子挺討人喜歡，看來就像個大孩子。

桂香撫著隱約發燙的胸口。客人們紛紛散去後，小伙子的純真笑意，突然變得濃烈，目光熱切，直盯著一個婷婷朝他走來的水仙黃身影。桂香追隨他的視線看去，是杏芳。

兩人站著說話，他們眼睛從沒離開過對方，彷彿身邊熙來攘往的人車，是另一個與他們無干的世界。杏芳用手指玩弄自己的辮梢，捲了又放，放了又轉，不時吃吃嬌笑，和她平日的直爽大方完全兩樣。

露出這副痴相，是妓院女子的大忌，和士兵在戰場丟下武器投降沒兩樣。就算是詐降欺敵，也要做得含蓄點嘛……。

桂香撇撇嘴，看到杏芳端著碗從對街往回走，她立刻放下竹簾，拾起琵琶，繼續彈她新學的〈對菱花〉。

3

兩情相悅，被心上人呵護牽掛，戲裡最情意纏綿的唱詞，小生和花旦戀戀不捨地對望和依偎，戲臺下的桂香總是看得如痴如醉，盼望自己也能在現實中當一回正旦。但是能和她匹配的小生，絕不會是豆腐阿德那樣中看不中用的窮小子。

她開始在客人間留意可心的對象，拋開過去木頭美人的封號，更苦心學藝，更精心地打扮自己，在眼神和行止下足了工夫，身段和語調都柔軟許多，展露出最嫵媚動人的風情。金桃姨誇讚她終於開了竅，格外加緊傳授她閨房裡的馭男祕術。

不到半年，桂香的身價便翻了兩倍，想一親芳澤的客人，得先有足夠的地位和銀兩才行，為了桂香大打出手的，也不在少數。

萬順料館的頭家黃阿祿，挺拔瀟灑，為人隨和。他不是富裕出身的大少爺，年紀輕輕就白手起家的傳奇，在艋舺無人不曉，早被她看在眼裡，記在心裡。

他本是妓院保鑣，身手了得，卻嗜賭如命。父親勸不聽，把他逐出家門，從此他便把本名黃昭祿改為黃祿。有一回護送富商客人回新莊，半路卻遇到吃醋嫖客派出的打手襲擊，阿祿以一當十，擊退打手。富商慨然拿出一百兩佛頭銀，酬謝他救命之恩。

他本性不改，拿了這一大筆錢，又直奔賭場，不料手氣大旺，一路翻倍成三千兩。黃阿祿相信冥冥中有天意相助，於是在神明前發誓戒賭，拿這筆意外之財，和他父親頂下一家樟腦作坊。

說來也奇，自從他不再踏進賭場之後，生意更加一帆風順，除了樟腦，他還進口福杉，經營起軍工料館，建立起官衙和福建水師的人脈。不到幾年，當年遊手好閒的羅漢腳黃阿祿，不但把家鄉的老母和妻子弟妹都接來臺灣，還有餘力安置老家潘湖的族人。他工作勤奮，又講義氣，成了艋舺人尊稱的「黃祿舍」。

人人都說黃祿舍是個風月老手，要想博他青睞的姑娘，非得有點真本事不可。祿仔舍在旗亭設宴時，出手特別大方，叫局陪侍的姑娘總有十來個，要怎麼在鬥豔的群芳中讓他另眼相看，可真是愁煞了桂香，只好找點子特別多的杏芳商量。

杏芳細想片刻，替桂香獻計：「這種人人捧著的老爺，大家都爭相巴結。我聽路邊講古的說三國，有一招叫以退為進。不如你對他冷淡些，他見姑娘們都圍著他轉，只有你離他遠遠的，就會更想接近你。」

「但是……。不賣力招呼，掃客人的面子，要是被阿母知道了，我又要挨打。」

「放心，我會幫你。」

杏芳打聽到，楊千總次日在蓮花池畔的臨江樓宴請福建水師提督，黃老爺也是座上陪客。前一晚便刻意用上好的玫瑰露和蛋清，替桂香保養雙手和臉，讓它們更顯白嫩剔透，在睫毛刷上極薄的芝麻油，十指細心修飾過，塗上鳳仙花加料特製的蔻丹，早早催她上床睡了。

第二天桂香剛起身，杏芳便端來一碗剛燉好的人參養顏湯，喝完之後，開始沐浴梳妝，直到下午才大功告成。等臨江樓派人來催過兩回，杏芳這才向盛裝等待的桂香點點頭，下樓入轎。

到了臨江樓，從各院叫來的鶯鶯燕燕早已入席，每位貴客身後都坐著兩位嬌豔的女子，布菜勸酒，說笑得正熱鬧。作東的楊千總見到姍姍來遲的桂香，臉色便拉下來。

「好哇！遲到這麼久，也太不給我面子了！」

桂香身上一襲繡滿梅花的湖綠緞面長衫，隨著她蓮步輕移，盪漾出瀲灩波光，更使她白皙的臉龐格外豔麗。加上畫龍點睛的眼妝，恰到好處的幾樣首飾，由內到外透出的高雅光采，清新的猶如水畔蓮花，頓時把席上其他脂膩粉香、珠圍翠繞的妓女全比下去了。

她柔順地垂首屈膝，道過萬福，微微抬起頭，明媚含笑的眼波在席上流轉，每個貴客都感到她對自己留了情，心上一怦。

「楊千總，實在失禮，家裡有事，一時走不開。」她接過杏芳端來的酒，其實早已被茶水沖淡大半，「敬老爺一杯，桂香無禮，希望各位大人海量。」

說罷一飲而盡，客人們全都拍手叫好。桂香意識到阿祿舍流連在自己身上的視線，努力克制自己不回望。逕自走向主位的提督大人，敬過酒，就請大人點曲。

她從杏芳手上接過月琴，坐在後方的圓凳上理絃，撥彈幾聲，和伴奏的樂師商量兩句，便用婉轉如鶯的歌聲唱了起來，按在絃上的纖白素手，在櫻桃般的蔻丹襯托下，更顯得嬌嫩欲滴。

色藝俱全、儀態大方的桂香，這一夜出足風頭。但是她只管一心服侍提督大人和楊千總，對黃老爺只有淡漠地微笑招呼，客氣生疏得像初見。

宴席才進行一半，划拳行令、淺唱低吟得好不熱鬧，卻接連有局票送進來。桂香正要推掉第五張局票時，只見她的貼身丫頭神色倉皇地走來，附耳低聲說了幾句。桂香點點頭，整理好衣裙，冉冉起身，向眾賓客欠身施禮。

「真是對不住，恕桂香怠慢，有其他貴客叫局，無法一再推辭。稍晚再請各位老爺賞臉，到得月樓消夜。」

客人們的掃興可想而知，同席的妓女們巴不得她快走，免得老爺們眼中只饞著桂香。她在杏芳的扶持下，搖曳生姿地步出臨江樓。上了轎子，轎夫卻抬往得月樓的方向，桂香納悶地問走在轎旁的杏芳：

「不是要去悅來閣，怎麼往這邊走？王老爺催了四次，別讓人家等太久了。」

只見杏芳調皮地指指自己：「我就是『王老爺』！走，回得月樓吃消夜去！」

桂香呀了一聲：「不是說阿母生氣了，催我快去嗎？那些局票……。」

「是我事先寫好的。不這麼亂一下，我看那個提督大人餓鬼似的，哪裡肯放你走？」

杏芳不按牌理出牌的出這招險棋，會不會反而讓阿祿舍以為她端架子，不好親近，往後更不想叫她的局了呢？要是阿母知道她聽從杏芳亂出的主意，恐怕得挨一頓鞭子。

一回到得月樓，金桃姨果然就趕上來關切：「怎麼這麼早就散席了？鳳屏呢？」

鳳屏是今天出席臨江樓的另一個藝旦。杏芳搶著回答：「鳳屏還在陪客人呢。桂香姐喝多了，人不舒服，我先送她回來。」

回房之後，杏芳才鬆了口氣。桂香急忙拉住她低聲問：

「要是鳳屏說溜了嘴，怎麼辦？」

杏芳笑嘻嘻道：「放心，鳳屏還欠我一個人情呢，她不會說的。」

原來年輕氣盛的鳳屏有一次嘴快，得罪客人，多虧杏芳幫忙出手化解危機。今天出門前，杏芳就先打點好鳳屏，不讓她對金桃姨多說一個字。

夜深了，杏芳正幫桂香拆去釵戴，換上家常衣服，要洗去脂粉時，外頭忽然有人來報：

「桂香小姐見客。」

「就說我累了一天，要休息了。」

杏芳答應著，出去回覆，不一會兒就喜孜孜地跑回來。

「你猜是誰？黃祿仔舍上門了！」

桂香心頭怦怦亂跳，怎麼辦？她還沒準備好！

「我去幫你擋吧，就說今晚在悅來閣喝多了，又吹到風，不方便招待……。」

「那怎麼行？好不容易等到的機會。」

「那好，我幫你換件衣裳，上點胭脂吧！」

正匆忙換裝時，金桃姨卻領著貴客上樓來，杏芳連忙叫小丫頭攔在門口。

「歹勢！桂香姐才剛休息，還未打扮好。請黃老爺在外廳稍坐，用些點心，桂香稍後就出來迎接。」

黃老爺看上去醉眼朦朧，倒也爽快，叫跟班拿幾錠銀子給金桃姨。

「桂香不用打扮也迷人，今晚我就在這裡過夜。」

那晚的銷魂，是桂香準備已久的，自然讓阿祿舍欲罷不能。加上杏芳的乖覺知趣，服侍得周到體貼，又懂得適時逢迎，打趣說好話，讓阿祿舍如同身在仙境。

此後，黃祿一連在得月樓住了十天。白天去店裡辦事，到碼頭去監工點貨，夜裡就回來歇宿，應酬時也帶著桂香出席，必要時還把桂香的房間當會客的所在。黃夫人派僕人來請他回去商量事情，都被他不耐煩打發走了。

這一天，萬順料館的掌盤老陳派店夥來傳話，說是剛運到的福杉數量和品質有狀況，請老爺回去親自驗看，再商量該如何處理。阿祿舍玩歸玩，工作還是擺第一，二話不說，立刻讓桂香替他整裝，喝口茶，準備出門。

正要跨出大門時，杏芳從後方追上阿祿舍。

「老爺，您今晚還回得月樓嗎？」

「怎麼？是桂香派你來問的？」

杏芳搖搖頭，看看四下無人，這才趨前一步，小聲說：

「是金桃姨想知道。自從老爺來了之後，桂香推掉好多局票，上門來的客人也都見不到她。老爺知道，我們做這生意的，客人當然是越多越好……。」

阿祿舍一聽這話，頓時吹鬍子瞪大雙眼，氣洶洶地要回去找金桃姨理論：

「怎麼？嫌恁爸花的錢不夠？」

杏芳急忙攔住祿仔舍，小心賠笑道：「老爺誤會了。金桃姨只是想先安排好，確定晚上桂香沒有客人，要是她時間空出來……。」

「我待會就叫人把銀子送來，包她一個月，什麼客人都不許接！」

祿仔舍拂開袍角，正要走開時，突然又停下腳步，轉頭瞪住杏芳。那雙帶笑的水靈大眼、細挺的鼻梁、俏皮上揚的嘴角，特別是左眼下方，近看才能察覺的一小顆淚痣，似曾相識。

「對了，我好像在哪裡見過妳。妳以前待過怡春院嗎？」

「回老爺，杏芳從小就在得月樓，是金桃姨一手帶大的，沒去過別的地方。」

他快滿三十了，到處闖盪，見過的人也不少，能讓他印象深刻的面孔卻不多。但他此時完全想不起來，究竟在哪見過一對這樣的眼睛……。算了，還有正事要辦。他搖頭甩掉這點無聊的思緒，坐上老陳派來的轎子，直奔料館口街。

杏芳回到房裡，桂香一見到她，馬上叫屋裡伺候的娘姨和丫頭出去，掩上門，焦急地追問：

「怎麼樣？他怎麼說？」

「他說要派人送錢來，包妳一個月。」

桂香掩不住失望和落寞，伸手抓著床前的紗羅帳，穩住搖晃欲墜的身子。

「這麼說，他還沒打算娶我回去？」

杏芳扶她在床沿坐下：「別擔心。我去向料館的門房和嫺婢打聽過了，黃家上下現在最煩惱的，就是黃夫人年紀比老爺大，到現在還沒生孩子。黃老爺想娶細姨，許多媒婆也都很巴結。但是好人家捨不得女兒去做小，一般人家的女子，不會打扮，在室的什麼都不懂，跟柴頭一樣，黃老爺根本看不上。看來他若有心要娶細姨，絕不會再聽父母安排，一定是挑自己合意的人，妳還是很有希望的。」

「話是這麼說，但是他到現在一點表示也沒有。我也會老，凹肚仔街的水查某多得是，比我年輕的更多，就像海裡浪花，一波波壓倒舊人。祿仔舍年輕又風流，等到新鮮感一過，我還能留住他嗎？」

杏芳再嘴巧，也無話可說。在風月場待慣見多了，她明白靠出賣色相維生的女人，最大的敵人，不是別的女人，而是歲月。這也是杏芳急著幫自己尋找出路的原因，與其仰賴男人賞飯吃，不如憑自己的勞力和頭腦掙錢更實在。

桂香滿懷愁思，苦苦搜尋對策，忽然拍手笑道：

「有了！就跟他說，我有身了！這麼一來，他非得把我娶回去不可。」

杏芳一桶冷水卻直接潑來：「不行！妳才和他好了十天，他難道不會懷疑，是別的男人之前下的種，妳卻挖洞讓他跳？就算他信了，歡歡喜喜找醫生來把脈，不就馬上被拆穿了？」

「那就買通醫生……。」

「沒這麼簡單。就算過了醫生這關，嫁到黃家去，妳之前喝過那麼多涼藥，至少也得調理三個月才能懷上。要是被發現妳騙他，下場可能很慘。我聽說三年前，萬順料館有個伙計做假帳，被帳房發現了，告訴黃老爺，過了兩天，那伙計的屍體，就從淡水河上游漂到海口。」

彷彿有陣陰風吹過，桂香不由得打個冷顫，趕緊拉過杏芳暖乎乎的手，好定定自己的神。

「那該怎麼辦？好不容易遇到祿仔舍這樣的男人，要是這回放過，恐怕我一輩子都跳不出這裡了！」

杏芳凝神細想，不經意瞥見床頭有樣東西，眼前一亮。

「有了！」

4

那天下午，桂香穿著黛青如意滾邊的月白綢衫，下著水波紋蘋綠散腳褲，化了極淡的妝，髻上只插著一枝玉釵和絨花，清麗動人，像個小家碧玉，讓杏芳捧著兩大盒禮物，來到料館口街，在面對淡水河的黃府前下轎，向門房求見黃夫人。

起初黃夫人拒絕見客，桂香識相地塞點碎銀給門房，請他通報，說自己受了黃老爺囑託，特來探望夫人。既是老爺口諭，夫人也不得不從。

跨進氣派的大門，繞過照壁，眼前便是用上好福杉搭建的宅邸正廳。高聳入雲的飛簷、雅緻的櫺窗、梁柱上的雕飾、紅磚牆上剪黏的彩色花鳥、晶亮大氣的六角紅地磚，都顯示出黃府雄厚的財力和格調。

管家請桂香進入右側廂房小廳略坐，女傭送來香氣四溢的福州茉莉花茶。桂香喝茶，杏芳沉靜地侍立一旁，用眼睛打量四周。

這屋子雖是偏廳，卻裝飾擺設得毫不含糊。整堂的花梨木桌椅，滿屋的古董字畫、巨大的珊瑚玉石、長頸花瓶、松樹盆景和畫屏。杏芳在心中默默數算它們的價值，不禁咋舌，正想湊過去向桂香咬耳朵時，嫺婢扶著黃夫人進來了。

施禮請安之後，杏芳偷眼打量黃夫人，聽說她三十出頭，看來卻像五十歲。蠟黃的長臉吃不進胭脂，微腫的眼袋，腮上浮著兩朵滑稽的紅雲，高髻上插滿花朵釵簪，金光亂閃，倒有幾分像戲臺上喜氣的老萊子。
她刻意穿著大紅寧綢繡金花百褶裙，顯然有意提醒桂香，她才是正房夫人。上身是翠綠緞面緊身小褂，一坐下，腰間便擠出兩圈光暈，紅裙下露出薑黃褲腳和一雙尖尖的金蓮鞋，看來這條紅裙是臨時倉促繫上的。
黃夫人開口問，不知桂香小姐前來，有何貴事。她從喉頭擠出細細嗓音，顫抖地像蚊子叫，要靠身旁臉色森冷的嫺婢複述一遍，客人才能聽懂。
看著夫人一臉侷促畏怯，杏芳有點可憐她了。原是個老實的鄉下媳婦，被拘在毫不相稱的華貴衣裝裡，住在這棟牢籠般的華屋裡，伺奉公婆和夫君，沒有傭人的俐落能幹，又沒生下一兒半女。雖然公婆感念她早年在潘湖的辛勤持家，待她如親生女兒，但失去丈夫的寵愛，空有虛名，在家中地位低落可想而知。這條正房夫人才能穿的紅裙，八成也是身旁這位嫺婢出的主意。
桂香說出杏芳教她的一套話：
「早上夫人派人來得月樓，請老爺回家商量事情。老爺雖想回來，無奈料館裡公事繁忙，所以託桂香來探望夫人，如果不是急事，桂香也可以替夫人代勞分憂。」
說罷向杏芳一點頭，讓她解開禮物的包巾，揭去三層漆木提籃的盒蓋。只見幾樣小點：印著花鳥的綠豆糕、灑上芝麻粉的炸麻糬、白紫相間的雙糕潤、顆粒飽滿的花生米香、金澄澄的地瓜糖，擺盤既精緻又鮮美，還有一包養榮堂的上等阿膠和鹿茸。

杏芳瞄到黃夫人嚥了口口水。看來黃夫人不打牌不聽戲，除了繡花做鞋，就愛吃甜食，這情報錯不了。

「初次上門，備了這些不值錢薄禮，還望夫人笑納。這藥材是孝敬太老爺太夫人，補血養氣。」

黃夫人還沒開口，身旁的嫺婢卻撇嘴冷笑。

「還以為是什麼好東西呢！我們黃家天天山珍海味，哪裡會吃這些粗俗東西？」

桂香沒料到有個程咬金，一時答不上話，杏芳及時出聲救援：

「就是因為貴府什麼都不缺，再貴重的禮物也不希罕，才要格外用心。剛過完年，府上少不了大魚大肉魚翅烏參，所以桂香小姐別出心裁，給夫人送來這些市面點心，配上清茶，休息養脾胃，再合適不過了。」

尖嘴的嫺婢還要搶話，黃夫人卻起身走到桌旁，雙眼直勾勾盯住點心。

「嬋娟，你去泡壺安溪鐵觀音，順便看廚房裡還有沒有蜂蜜燕窩湯，端兩碗上來。我這幾天老是反胃，現在有點餓了。」

黃夫人這番話說得底氣十足，不勞嬋娟傳話，人也來勁多了。她招呼桂香在她身邊坐下，一起喝茶配點心，津津有味地品評哪家小吃道地、糕點精緻的花樣要如何做成。

桂香把阿祿舍留在床頭的刺繡荷包還給夫人，稱讚上頭的繡活如何精美，一聽說是夫人親手做的，更是感歎佩服不已，直說一定要向夫人多學學女紅。

兩個女人談得融洽，瞬間成了手帕交。自鳴鐘響過三回，夫人還捨不得放桂香走。斗娘深閨寂寞，難得有個談得上話的人，對她又百般欽敬順從，灰暗封閉的家常日子，就像忽然開了扇窗，迎進清新的春風和明亮的光線。

之後她主動邀桂香上門來過幾次，也安排她和公婆見過，就說是去寺廟燒香結識的一位姐妹。桂香嘴甜，每回拜訪，必定帶上許多點心補品當伴手，又會搥腿按摩，又善於傾聽老人家講古，哄得全家上下樂呵呵。

這事傳到阿祿耳裡，很不是滋味，聽斗娘和父母交相誇讚桂香溫柔懂事，暗示他盡快娶個細姨進門，對他在家中的權威地位，無疑是個大膽的挑釁。先斬後奏也就罷了，還把他蒙在鼓裡半個月。

他氣沖沖到得月樓找桂香，一進房就用力拍桌，打翻小丫頭端上的茶水。

「誰讓你到我家去走動了？家裡和外頭的事，我一向分得清清楚楚，誰也別想替我做主！」

桂香被他突如其來的暴怒嚇壞了，楚楚可憐的抽噎，杏芳趁機大膽進言。

「老爺，您來得月樓過夜，連同打賞和飯錢，一晚起碼花上二十兩。雖然這點錢對老爺來說是小事，但是照奴婢看來，其實花得太冤枉。」

阿祿聽著好笑。「喔？怎麼有人開門做生意，還嫌客人笨？」

「老爺在奴婢眼中，不是普通客人，我才敢這麼說的。您在桂香小姐身上花的錢，加上替她買的首飾衣料，算算也超過五百兩了。若是幫桂香小姐贖身，也不過一千兩，若是娶回家裡，還能替您伺候父母和夫人，或許還能生個兒子。我天生對錢敏感，就算別人花的不是我的錢，在旁看著也心疼。」

又來當說客！阿祿心中大起反感，談到錢，不能不承認她算得有理。但他祿仔舍是何許人？豈能乖乖被這些女人牽著鼻子走？

「你說得對，往後我不來了。恁爸花的是自己的錢，得月樓不歡迎我，其他旗亭花間可希罕了。」

阿祿說到做到，此後一連五六天，不曾再光顧得月樓，也不叫桂香的局。少了這隻金雞母，金桃姨急了，三番兩次打發龜公去請黃老爺，他只推說沒空。在酒樓裡偶然和桂香同席，就故意裝作不認識，只管和身旁的妓女嘻笑調情。

有一天，他略感風寒，提早回家休息。他整天忙著清點軍需訂單，午餐也沒胃口，這會兒正餓了。廚房還沒做好晚餐，女僕端上一碗熱呼呼的桂圓紅棗糯米粥，他三兩口喝光，只覺得脣齒間餘香猶存，心暖意愜，隨口問：

「這個粥真好吃，還有嗎？」

「沒有了。這是得月樓的桂香小姐親手做的，夫人和太夫人都吃過了，就剩這一碗。」

他心上一動，桂香的種種好處，一時都湧上心頭。這樣可人體貼，又對他真情實意的女人，還能上哪去找？就算有天她老了，他喜新厭舊了也無妨，至少眼前他不想再多花精力到凹肚仔街去採野花了。

趁早把這些牽腸掛肚的事做個了結，讓家裡安定下來，接下來才能專心應付軍需局要的大批木料，還有三峽和新店山上那批番仔要交涉……。

打定主意，他不再浪費時間，託了媒人去得月樓談妥聘金，合了八字，選個吉日，就把桂香迎娶進門。

桂香自然是千肯萬肯，只有一個要求：她不要任何衣裳首飾，只要杏芳當陪嫁，一同贖出得月樓。

第二章　樹上的姊妹

1

她們依照當初的約定，一旦從良離開得月樓，就要甩脫過去的風塵種種，除了重獲新生，還要回復本名：林對娘和吳帆。只不過黃府上下，除了老太爺和老夫人，沒人能直呼二夫人的閨名，吳帆只是個婢女，為了方便，大家都叫她阿帆。

對娘和大夫人斗娘以姐妹稱呼，每日早晚必到上廳去向婆婆請安，一家和樂，讓阿祿省卻不少心事，和父親更加努力地在外拚搏。

逢到媽祖誕辰和水仙王誕辰，身為泉郊爐腳的阿祿，都得全程參與會議和祭祀，難得在家。口拙怕生的斗娘一向視應酬為苦差事，自動請纓，管理黃府十來個下人和內務，至於招呼親族女眷和客人，便成了對娘的工作。

過慣繁華夜生活的對娘，現在黎明就得起身梳洗，問安用過早膳後，就再也沒閒休息。除了初一十五的拜拜，神明生日和重大節慶的祭祀，親戚家的紅白包和壽禮，都要靠她張羅打點。老夫人愛熱鬧，凡親戚上門來，必定殷勤留人吃飯喝茶，閒聊打牌，俊俏的新媳婦當然要全程陪侍，隨時聽候端茶送水，或是上牌桌湊數。夜裡回房，還得應付精力旺盛的丈夫，睡眠不足是常有的事。

「原本以為嫁進黃家，就只管享福，沒想到比在得月樓送往迎來還忙！你看，我眼睛底下都黑了一圈。」

「這表示黃家上下都少不了妳，有什麼不好？」

對娘舀起一勺漆黑的湯藥，皺起鼻頭。

「又要喝？聞起來很苦啊！」

「等妳有身，就不必喝它了。來，快喝。」

等她忍耐喝完，阿帆立刻送上茶水和甘梅片，讓她去除舌間的不快。

「都快半年了，龍山寺的註生娘娘、求子觀音都拜過了，怎麼這肚子還是沒半點動靜？」

「聽說大加蚋[1]有間臨水夫人廟很靈，找一天我們去拜吧！不然，舊厝那身料館媽祖，祂也會保庇生子，又是自家的神位，搞不好更靈呢！」

「噓！你別亂說！你不知道這尊紅船媽祖是怎麼來的嗎？」

「我知啊，祂跟著紅船到艋舺卸完福杉之後，又在淡水河打轉，不願意回福州，擲筊請示後才留在黃家。這故事誰不知道？」

對娘雙手合十，對空喃喃祈求神明原諒之後，白她一眼：

「知道還胡說！自從供奉這尊媽祖之後，黃家的生意就特別興旺，咱這幾棟新房才蓋得成。祂庇蔭黃家的事業，怎麼能跟註生娘娘相比？」

「既是庇蔭黃家，沒有子孫傳承家業，祂就更該管。」

這番話直白氣壯，駁得對娘無話可說。

「好吧，就算要拜，也得先問過老爺和老夫人才行。但是，千萬不能說是我的主意。」

1　大加蚋：涵蓋今臺北市區。

「本來就不是你的主意，當然是我來說。不過……。」阿帆把碗匙收拾好，猶豫一下：

「阿姐，我能不能先拿下個月的辛金[2]？」

「怎麼了？」

「嗯，就是……。唉！老實說，現在每個月我只能拿到十五圓，從前在得月樓，除了客人賞錢，我還能在廚房和庫房那裡賺點外快，一個月起碼都有二十圓。現在嬋娟管得嚴，我和黃家傭人還不熟，要起會也難。阿德在龍山寺擺露攤，生意很好，但常有地頭蛇來找麻煩，說每個月要交十圓地租，不然就讓他倒攤。」

「那怎麼行！廟口又不是誰的地盤，你們就這樣乖乖交錢，那些人的胃口只會越來越大吧？」

「我也想過，叫他換個地方做生意。但是龍山寺口人最多，地點好，不必挑擔到處叫賣，花錢做這個露店，頭都洗了，不能連本錢都收不回來呀！」

對娘也沒了主意，她算是光著身子嫁進黃家，上個月才替她爹辦過後事，手頭沒剩什麼現錢。想來想去，只能打開妝匣，挑出一隻翡翠鐲給阿帆。

「這個妳拿去，至少能換二十兩吧。這是老夫人送我的見面禮，好在最近沒什麼大節日，暫時不用戴它。中秋前把它贖回來就好。」

「不行，這是老夫人送妳的，太貴重了，我不敢收……。」

正在推辭時，門上輕叩兩聲，阿帆慌忙把玉鐲藏進袖子裡。嬋娟推門進來，翹起剛硬的下

2　辛金：指勞動報酬。

巴指住對娘：

「二夫人怎麼還沒好？今天要陪老夫人去地藏王廟參拜，大夫人在大廳等妳好久了。」

與其說是催請，不如說是責備。阿帆心虛地說：

「歹勢，嬋娟姐，是我手腳太慢。灶下送來的助孕湯太燙了，二夫人才剛喝完。我再收拾一下，馬上過去。」

「快點啊，又不是什麼千金小姐，還要人三催四請的！」

等嬋娟離開之後，對娘咬牙恨道：

「狗眼看人低！等著吧，哪天我生了孩子，抬高身分，就要妳好看！」

這天是中元普渡，大街旁家家戶戶擺滿香案和供品祭拜，廟裡一早就請了許多高僧來誦經做法事，香爐裡的煙霧嗆得人淚眼迷濛。信徒們在紙錢和供品積如山的廟埕裡穿梭，幫忙布置祈福法會，修剪插在瓶裡的鮮花，準備發放給信眾的粿食。

對娘陪著婆婆燒香，假託忘了替她爹燒紙蓮花，派阿帆去香鋪跑腿。阿帆會意，脫身來到龍山寺前的攤販市集，遠遠就看到三個凶神惡霸的壯漢，掀翻條凳和桌子，湯水和碎碗片散落一地，把阿德從攤子裡硬拽出來。阿帆衝上去喝斥：

「你們在做什麼？把人放開！」

帶頭的流氓轉身看見阿帆，便假意輕拍胸口，嘻開漆黑缺牙嘴笑了。

「啊喲！我還以為是誰，原來是得月樓的恰查某，驚死我了！聽說妳最近從良，改做豆腐嫂了是嗎？」

「臭嘴炳，好久不見，你的嘴怎麼還那麼臭啊？」

臭嘴炳放開阿德，朝阿帆走來，色瞇瞇地盯住她高挺的胸脯。

「臭丫頭！從前恁爸沒錢玩妳，現在妳尪欠我錢，拿妳來抵債也行。」

說著就伸手想攬住阿帆，她本能地抬腳往後一踹，正中要害，痛得臭嘴炳哇哇大叫，兩個嘍囉見狀，立刻衝過來對付這不識好歹的女人。阿德急忙跪地攔住那兩人，不住地磕頭懇求：

「拜託，三位大哥！我就靠這攤子吃飯，千萬別拆。這女人跟我沒有關係，放過她吧！」

明知阿德為了保護她，極力撇清兩人關係，但是他那怯懦卑微如爛泥的姿態，就像木槌撞在銅鐘上，轟一聲敲醒她：他連打一架的勇氣都沒有！這麼軟弱的男人，能給她一輩子的依靠嗎？

「十圓是吧？原來我身價這麼賤，只能抵十圓？」

她丟塊銀圓在阿德膝前，落地時清脆的一響，在她耳裡就像轟的一聲春雷。

「你們都聽見了，我跟他沒有關係，只是你們這樣欺負人，恁祖媽看不過去。今天是中元節，這錢拿去，就當做捨給餓鬼消災吧！」

阿帆把翡翠鐲還給對娘時，什麼也沒說。

「怎麼？妳沒拿去換錢？」

「不需要了。那個豆腐攤我認賠，不做了。」

自那天起，阿帆不再藉故往外跑腿，更集中心思和黃府的下人周旋。主動幫忙劈柴打水，抬箱搬桌。得了主人賞賜的點心，一定見者有份。誰家裡有難，就發動小額募款幫忙度過。從門房跟班轎夫到剛買來的小婢女，都成了她的朋友，相形之下，刻薄臭臉的嬋娟更不得人心。

斗娘看在眼裡，一則以喜，一則以憂。對娘嫁過來的頭一個月，不時捧著點心來找她，姐姐長姐姐短，親熱得不得了。等到黃府上下都被她的甜言蜜語收服之後，就難得來看斗娘，說是忙著應酬親戚，分不開身。

這天她去夜訪媽祖，卻見到神桌上擺了鮮花素果，有人正在焚香祝禱。正想迴避，卻被輕聲喚住：

「大夫人來了。」

聽到阿帆的聲音，對娘把線香插進爐裡，走到斗娘面前請安。

斗娘是過來人，立刻猜到對娘的心事：

「老爺又在外面過夜了？」

對娘微微點頭，水翦雙瞳漾著淚。

「唉呀！怎麼又來了？」

斗娘心中暗喜，努力克制臉上不露出笑意，盡可能壓低嗓音，表達自己的同情與遺憾：

「知道他人在哪裡嗎？爹和娘還不知道吧？」

「我打聽過了，前兩天在雙喜閣，昨天在吟鳳樓，今天到玉蓮堂……。」對娘不住用手絹拭淚，吸著紅通通的鼻頭：「他只叫人回來拿替換衣服，我也好幾天沒見到他了。」

「不要緊，若是他天天換地方過夜，表示他還沒對哪個姑娘動心，玩膩了就會回來。」

對娘沒聽懂這番夾刺的安慰話，只顧著翻攪心頭的慌亂。

「我有點怕，聽說他派人去找過媒婆，也不知是看上了哪家女兒。我才嫁過來一年半，他就心急成這樣！」

「他今年都三十了，還沒有孩子，我也心急啊！」

斗娘意味深長瞟一眼對娘空蕩蕩的藕紫長衫，拍拍她的手，和顏悅色地開導。

「別想太多了，妳還年輕漂亮，放寬心，說不定很快就懷上了。都是一家人，不分彼此，黃家若能多子多孫，就是我們的福氣。」

對娘回房後冷靜一想，才恍悟到斗娘溫言勸慰背後的幸災樂禍。但就算她當下明白聽出，譏諷回去，逞一時口舌之快，又能怎樣呢？

不，她可是凹肚仔街出身的頭牌，懂得怎麼挽回男人的心，才不讓斗娘等著看笑話呢！

2

第一步，就是先抓住他的胃。

阿祿的午餐，通常是在黃家的廚房做好，讓男僕送到料館。這天對娘特別起個大早，和掌廚的阿欽嫂商量，要她做幾道阿祿最愛的菜，到了送飯時間，就差阿帆提著飯籃送去，伺候老爺用膳。

料館前門，當差官員、大小郊商和顧客出入不斷，朝向淡水河的後埕廣場，則堆疊著鋸切剝好皮的福杉，一池池暫存木材的水埤，還有許多零工忙碌剝除樹皮的加工場。搬運貨物的苦力，從碼頭到料館後院，又從料館到鋸木廠，連成一串，像條迴旋不停的蛇。

阿帆正躊躇該從哪裡進入時，幸好清點貨品的掌盤老陳眼尖，連忙過來招呼，召來一個小店夥帶她進屋。

濃郁的木材香和樟腦味，差點讓她窒息。跟著伙計繞過貨物之間窄小的通道，穿過天井，經過一個小灶，才進入天然採光、只簡單陳設一桌四椅的餐廳。

她把籃裡的飯菜取出來布置好，拿出茶具，生灶火燒熱水，沏壺上好的碧螺春茶。

只聽見外頭一聲吆喝，休息時間到。工人們疲憊的腳步聲、放鬆的交談，逐漸遠去。

過了許久，阿祿和老陳的聲響由遠而近，跨進餐廳，便倏然停止交談。暗淡又充滿男人汗臭的料館，難得出現嬌俏可人的嫩紅身影，阿祿眼前一亮，上半天的忙亂疲憊，頓時一掃而空。

「怎麼今天是妳送飯？」

「二夫人擔心老爺這幾天在外頭吃得不好，特地叫廚房做幾樣老爺愛吃的菜，補補身體，才有氣力打拚。」

阿祿接過她遞來的茶，眼睛沒從她身上移開，深深嗅了一口：「好香！」

她假裝沒注意他直勾勾的視線，又倒杯茶給老陳。

「陳先生辛苦了。夫人也準備了您的一份飯菜，讓您陪老爺用餐，商量事情。」

老陳跟著阿祿多年，倒也識趣，極力推辭：「多謝二夫人的美意。我回家吃飯，不打擾老爺歇午了。」

等老陳告辭，屋裡只剩兩人默默相對，老爺別有意味的眼光，讓阿帆渾身不自在。

「請老爺慢用，我先告退……。」

「怎麼了？你平時頂嘴作怪，膽子不是很大嗎？我又不是老虎，怕我吃掉你？」

「奴婢是想……。」肚子突然嘰哩咕嚕叫，給了她靈感：「剛才外頭看到有人賣肉臊飯，我去吃一碗，很快就回來。」

「肚子餓？這飯菜不是有兩人份嗎？坐下，陪我吃飯吧。你知道我這人就愛熱鬧，一個人吃太冷清，再好的菜都沒滋沒味了。」

阿帆只得聽命，揀張離他最遠的椅子，扭捏坐下。扶起筷子，夾了少許筍絲，一小口白飯，斯斯文文地咀嚼。

阿祿從沒看過她這副閨秀樣，玩心大發，夾起一大塊紅燒蹄膀，放進她的飯碗裡。

「喏！不是肚子餓了嗎？快吃！吃飽了才有力氣幹活。」

阿帆面有難色，停住筷子，瞪著碗裡尖尖的豬蹄。

「怎麼了？不愛吃豬腳？阿欽嫂的手藝高超，香得很呢！」

「不是……。是，嗯，我聽人家說，女孩子不能吃這種尖豬蹄，吃了會嫁不出去。」

阿祿先是一愣，隨即大笑不已，不料被飯粒嗆住氣管，咳嗽不止。阿帆慌忙起身替他倒茶拍背，他好容易才緩過氣來。阿祿藉機想拉她的手，她卻溜得比鰻魚還快，惶恐地跪地磕頭。

「奴婢該死！我又說錯話，得罪老爺了！」

「沒事，起來說話吧。坐！」

這丫頭挺有意思，越是抗拒，越增添魅力。這麼個妙人兒日夜在眼前，他怎麼一直都沒看見？也罷，既是身邊的人，來日方長。

妻不如妾，妾不如妓，妓不如偷，偷不如偷不著。他看慣風月，唯有最後一種滋味還沒嘗過，得留著慢慢享用。

打定主意，他不再動手動腳，規矩地吃飯，閒閒問她：

「你不是有個未婚夫，還怕嫁不出去？豆腐生意最近做得如何了？」

見老爺安分了，阿帆這才鬆口氣，老實回答：「我不做了。」

「怎麼，你們拆夥了？」

阿帆遲疑一下，微微點頭。阿祿誇張地搖頭咋舌，故意逗她：

「找好尪，卡贏你一桶金。女人好命，把家顧好卡實在，賺錢這種事，留給男人操煩就好了。」

「老爺有所不知，當女人，可沒那麼輕鬆。」阿帆記起對娘交託的任務，字斟句酌地說：「老爺生意忙，二夫人在家掛念您，又不好隨便出外走動。請老爺務必要保重身體，有空記得回家，跟老太爺老夫人請安。」

阿祿有點掃興，並不接腔。悶悶扒了兩口飯。為了沖淡僵硬的氣氛，他順口問阿帆家裡還有哪些人，父親是做什麼的。

「就怕老爺笑我膨風。我爹是個秀才，我娘很早就過身，祖產都分光賣完了，我爹就帶我從泉州同安搭船來臺灣。可惜我爹身子不好，到臺灣兩年也過身了，那年我才八歲，記得的只有這些。」

「喔，秀才？」

阿祿細細往她臉上一瞧，記憶深處彷彿有什麼被觸動了。

「當年我和老太爺來臺灣，在船上也認識一個會算命的同安秀才，他帶著一個兒子。現在想起來，那孩子長得跟你有點像，這裡也有顆小痣……。」

阿帆心上一跳，忙問：「那秀才姓吳嗎？」

「對，沒錯，他姓吳。莫非你是……。」

阿祿重新打量她水靈中帶點英氣的眉眼，當年那些辛酸畫面，有如從船艙破洞湧入的潮水，剎那間沖上心頭。

「吳……吳帆？那個小男孩，難道是你？」

想到過世的阿爹，她早已哽咽，說不出話來，只能點點頭。阿祿不覺驚跳起來，差點衝動地向前抱住她，卻突然想到他們現在的身分，他及時縮手，激動又感慨地來回踱步。

「真的是妳！妳爹不在了？妳又是怎麼進得月樓的？……對了，那時妳還小，早就忘了我是誰吧？」

阿帆掏出手絹擦乾眼淚，勉強一笑。

「虎大兄幫了我們大忙，我當然記得。只是我一直以為，你和那位虎大兄只是同名同姓，誰知道，天下竟有這麼巧的事？」

原來兩人重逢這幾年，幾乎天天相見面，都在懷疑同一件事，但獨處時間有限，直到今天才有機會向彼此確認。

就像找到失散多年的親人，阿帆哭了又笑，笑了又哭，阿祿只覺得無限感慨。

「現在回想起來，妳爹替我算的命還真準！當年我以為他是江湖騙子，實在對他太失禮了。」

「那只是剛好說中吧？他總說我命好，一生不凡，才替我取名叫吳帆。但是這些年來我過的日子有多苦，受了多少折磨，他做夢也想不到……。」

阿祿正想再問下去，老陳卻來通報，水師營的官爺來核對帳冊了，請老爺到前廳見客。

「知道了，妳先去招呼。我馬上過來。」

說罷便用茶漱口，整理身上的袍掛和袖口。阿帆趕上來低聲叮嚀：

「從前在船上的事，請老爺千萬別在二夫人面前提起。」

有著共同祕密，兩人的交情和先前不同了。阿祿對她頑皮地眨眨眼。

「妳明天會再來送飯？」

「要是老爺能回家，奴婢當然會天天來送飯。」

又走進她的圈套了，果然是當年那個機靈小鬼！阿祿滿臉藏不住的笑意，心情和腳步格外輕快，彷彿又回到少年時代。

晚上他依約回家了，對娘喜孜孜地迎接夫君，自以為策略奏效，更加殷勤軟語地伺候。

那天之後，阿祿每天認真工作，花街酒宴能推就推，準時回家，成了標準的好丈夫。

不到兩個月，阿祿終於按捺不住，開口向對娘要人。

對娘不是不曾疑心阿祿在阿帆身上流連的視線，和往日大不相同，但只要他不戳破，這噩夢就不會成真。

他終究還是開口了，也罷。對娘在心裡快速盤算：既然她生不出孩子，阿祿早晚要再討個細姨，與其從外頭娶個來路不明的厲害角色，不如把阿帆收房，起碼是她能掌控的自己人。阿帆是她從小帶到大的妹妹，蒙她救出火坑，也該懂得知恩圖報，想必也不敢爬到她頭上。若是不答應，阿祿脾氣一上來，搞不好又出門尋芳，再被什麼野女人纏住了，三五天不回家，那可就壞事了。

阿帆只勝在年輕，姿色遠不如自己，又是個粗手大腳的丫鬟。阿祿不過圖個新鮮，用不了太久，自然會厭倦，不如暫且用阿帆把他拴在家裡，別成天往外跑。她得爭取時間，好好調養身體，盡快懷上孩子才行。

這麼一想，對娘就和顏悅色起來，依偎在阿祿胸前撒嬌撒痴：

「你喜歡的東西，我怎麼捨得不給？不過你先答應人家，一定要公平，不能有了新人，就忘了我這個舊人。」

「放心。那今晚……。」

「等等，阿帆跟我一起長大，像親姐妹一樣，我得先問她的意思。」

「那倒不必，我已經……。」阿祿自覺失言，又急忙改口：「當初她跟著你進門，她就算是我的人了。」

對娘察言觀色，驀然想起平日健壯如牛的阿帆，難得生病，最近臉色不大好，總是反胃，便猜出兩三分實情，心裡叫苦：該死！原來這不知羞恥的賤婢，早已和老爺生米煮成熟飯，卻把她蒙在鼓裡？這根本是背叛！

「那……總得先跟爹娘和大姐說一聲，選個黃道吉日，再好好辦喜事。」

阿祿不悅地推開她，起身走向門口，把神色不安的阿帆帶進來。

「來，人就在這裡，你親口問她！」

阿帆含著眼淚，跪下向對娘磕頭。

「老爺從前對我有恩，奴婢願意以身報答，請二夫人成全！」

朝夕相處、天不怕地不怕的阿帆，怎麼成了柔弱可憐的小女人？認識了十多年，對娘現在才恍然發現，她從沒踏進阿帆的內心世界。

「他對妳有恩？那我對妳算什麼？」

阿祿簡略把他們當年同舟相扶持的事交代一遍。對娘默默聽完，知道自己澈底被打敗了。再怎麼不甘心，寬容大器的夫人風度，也不能不做出來。

她顫危危地起身，讓小丫頭扶著，穿廊拂柳，徑直來到前廳，向公婆賀喜。

「爹、娘，我房裡的阿帆有身了，是老爺的孩子，黃家終於有後了！」

黃府盼望多年的天大喜事，終於成真，幽暗冷清的廳堂頓時明亮熱鬧起來。西側廂房打理乾淨，讓有喜的三夫人住進去，又撥了一個伶俐的丫頭和有經驗的阿嫂，照顧她每日的飲食起居。老爺減少出遠門的機會，在外應酬再晚，回家向父母請安後，就直接進西廂房歇宿。

下人之間的耳語，也同時沸騰了：妓院出身的查某嫺嘛，會乾淨到哪裡去？那丫頭本來心眼就多，當然懂得怎麼勾引老爺。會不會是二夫人的計謀，送丫頭給老爺收房，這樣就更得寵了……怎麼會？這不是搬石頭砸自己的腳嗎？眼看自己的大腳丫頭爬上高枝，當上三夫人，她既不是正妻，又沒兒女，在黃家還有什麼地位？

聽聞喜訊，斗娘一陣惆悵之後，更心寬氣和了。聽著嬋娟惡毒地嘲笑二夫人自作自受，又罵新夫人像妖精，迷得老爺一回家就往她房裡鑽。老太爺太夫人更是把三夫人當自家女兒般疼愛，既沒嫁妝也沒親人，卻一飛沖天，真不知她施了什麼法術。

嬋娟精準的評語，就像按摩師傅老練的手法，句句正中要害，當下按得她心頭又酸又痛，事後只覺得通體舒暢。嬋娟罵得太超過時，她還是得擺出元配夫人該有的雍容氣度。

「這些話妳別在外面亂說，要是被別人聽到，傳進老爺耳朵裡，我也救不了妳。」

對娘把斗娘頻繁來示好的事，當笑話說給阿帆聽。

「她不知道我們兩個感情有多好，居然放任嬋娟說妳的壞話。呵呵！我就說啊，就憑嬋娟那副長相，要不是老爺看不上，哪還輪得到我們兩個進門？」

阿帆含笑低頭剝福橘，並不接腔。自從她成了老爺的新寵，對娘表面待她更親熱了，說話卻像棉裡藏針，阿帆更得小心拆招。從前對娘當她是條毫無威脅的看門狗，如今當然嚥不下這口氣，不時提醒她，別忘了兩人過去的主僕情分。

阿帆越是裝傻，對娘越是得寸進尺。她揭開鏡臺，審視自己梳得光滑烏亮的髮髻，怎麼看都不滿意。

「唉！新來的丫頭沒妳的手巧，我這頭怎麼梳都難看，眉毛也畫得不對……。」她打開妝匣，找出一把木梳，兩三下拆掉髮髻，散著披肩長髮，天真無邪地央求阿帆：「好妹妹，幫我重新梳理吧。妳看我這副樣子，怎麼好出去見人呢？」

阿帆抿嘴一笑，喊荷葉進來，替二夫人梳頭。

「自從有身之後，我這胳膊就抬不起來，現在都是荷葉幫我梳的頭。妳天生麗質，又彈得一手好琴，就算不打扮也動人。說實話，我們三人之中，老爺最心愛的，就數二姐妳了。」

「說得好聽！他都三個月沒進我房裡了。」

「那是老爺不放心，非得天天守著這肚子。其實他在這裡，我還真沒空服侍他，又擔心他碰壞孩子……偷偷跟妳說，其實我們都是分開睡的。」

這當然不是實話，但至少能讓對娘抱著一絲希望。到了夜裡，阿帆在枕邊柔言哄勸，阿祿歎口氣摟住她。

「妳的難處，我攏知，但我也不想違背自己的心意。斗娘像尊不笑的佛祖，開口就是勸這勸那。對娘呢，又嬌又愛吃醋，恨不得把我拴在她褲頭上。只有在妳這裡，我才能放鬆心情，什麼話都能說，這才是真正的夫妻。」

「我明白。不過你是她們唯一的依靠，晚上房裡冷清清，怪寂寞的。你偶爾去陪她們說話做伴也好。」

「妳不吃醋？」

「放心，有這孩子陪我呢！」

阿祿笑起來，輕輕擰她的腮。

「好哇！有了孩子，就想把我一腳踢開！」

兩人說笑著，正要睡下，阿祿突然想起一件事。

「對了，下個月張德寶的三爺嫁女兒，頂郊大商行都接到帖子，請夫人一起出席……。」

「這還用問？自然是對娘陪你去。」

「阿蘭兄問妳去不去，看樣子，他對妳印象很深刻。」

阿蘭是德春商行的頭家黃龍安的暱稱，豪爽灑脫有才幹，勇武又有謀略，凡有爭端，由他出面調解，頂郊無人不服。

黃龍安聽說阿祿聽從她的建議，以碼頭分潤和使用權為條件，並參與義渡，以相當划算的價格向王益興號買下兩艘往來泉州的綠頭快船，省下租船費用，提昇貨運效率，更加佩服她不同一般女子的遠見，直說有機會一定要親眼拜見這位有經商天分的「黃阿祿嫂」，好好討教一下。

阿帆聽丈夫轉述陌生男人的景仰之意，頓時羞紅臉，一頭鑽進棉被裡。

「啊呀！我一個女人懂什麼，也配對做生理的事指指點點？這種話傳出去，別人要把我當做母老虎了，搞不好還在背後笑你是驚某的俗仔呢！」

「會這麼想的人，就和賺大錢無緣了。做生意就像賭博，要懂算牌，也要有膽敢冒險，哪能被死板板的規矩綁住？有妳這個女師爺，是我黃阿祿前世修來的福氣……。」

阿帆連忙伸手捂住他的嘴。

「噯！別再說啦，羞死人了。快睡吧，再說下去，天都快亮了。」

「好好，就聽水某的話，睡嘍。」

阿祿乖乖閉上眼，很快就鼾聲大作，阿帆卻睡不著，在黑暗中睜著清醒的雙眼。

記得她爹常說，禍福相倚，她也依稀有點印象，當年她爹替阿祿算命時，說的不全是好事。以阿祿的豪爽脾性，他只會記得他愛聽的那部分，把不中聽的話全拋在腦後。

她轉身抱住阿祿熟睡的厚實身軀，好填滿心中一處吹著冷風的空隙。

吃了十幾年的苦，眼前的一切，美好得太不真實，越不捨得放手，越覺得心慌。會不會睡一覺醒來，就消失得無影無蹤？

這樣的幸福，還能持續多久？究竟當時您還對他說了哪些話？阿爹啊，您能託夢給女兒嗎？

3

黃家的金孫很爭氣，搶在媽祖生辰之前，哭聲宏亮地順利來到人間。

黃府歡天喜地，傭僕們忙著準備祭典、煮油飯送紅蛋、接待上門道喜的賀客，還要幫產婦做月子。三夫人堅持自己哺餵嬰兒，不請奶媽，屋裡屋外便成天飄散麻油和燉補藥膳的氣味。

好在已到了春暖花開的時節，除了月子房外，白天所有的門窗都敞開通風，隨時送進清新的空氣。除了幾縷幽微花香和飛舞的蜂蝶，還有市街上的騷動、碼頭激烈的爭執打鬥、令人心驚的耳語傳言，也隨著陣陣春風，吹送進黃府的內院。

自從上回值夜守衛被偷襲的事件之後，為了維護碼頭的利益，阿祿決心加強保安措施。萬順料館的「十三王爺」本就名氣響亮，個個武藝高強，早年護衛黃家父子深入山林採伐樟木，連凶猛的生番都不怕，更何況是拿著棍棒虛張聲勢的平地嘍囉？加入族中五個年少力壯的生力軍，成了「十八王爺」，更是如虎添翼。

阿祿格外看重這些保鑣，付的辛金高，過節送禮從不吝嗇，年關將至，還會在家設宴，邀請他們和親眷前來看戲吃尾牙。待遇優渥，頭家又待他們如親兄弟，十八王爺更是盡心竭力，維持碼頭與料館的和平。

從唐山移居臺灣的羅漢腳，被艋舺的熱鬧和工作機會吸引過來，人越聚越多，沒有本錢去冒險開墾荒地的，就只能在繁華的港埠街市上謀生。有本事的開小店，沒本事的當苦力、伙計或拉皮條。再不行的，就聚集在寺廟周邊，年輕力壯的加入陣頭軒社，或幫角頭老大跑腿辦事。身體差或好吃懶做的，就只能淪為乞食了。

離鄉背井，同鄉的緊密情誼，比什麼都還重要，一旦自家人被欺負了，說什麼也要替他出一口惡氣，討回公道。不論是搶地盤、交易時磅秤不準，或為女人爭風吃醋，各式各樣的私人恩怨，都可以無限上綱成祖宗臉面和故鄉尊嚴的問題，於是大大小小的械鬥不時上演，街頭的戾氣越來越重。

碼頭更是必爭之地，大溪口碼頭是萬順料館專屬，其他商號要想在此起卸貨物，必先徵得碼頭管事的同意、排定順序，再上繳碼頭稅才行。

隨著貨物交易量日增，海面進出的船隻越來越擁擠，進出貨時程大大影響商家利益，誰都想爭取時間，早點裝卸貨物，減少運輸成本。

大清官員只管驗查入關貨物，又收了不少好處，對碼頭的糾紛，向來是睜一隻眼閉一隻眼。八甲庄的同安人移民入臺的時間晚了些，他們多半往來廈門作生意，形成廈郊。沒占到海港的優勢地盤，讓先到的頂郊三邑人[3]獨占碼頭利益，現實的不公平帶來怨恨，在同安人的心裡燃起悶燒的火。

長期不滿，不時引發工人之間的衝突。黃家的碼頭武師雖能及時控制火爆場面，但所謂的碼頭行規，是處處占上風的三邑人訂的，只能忍氣吞聲的同安人更加不甘心了。

從待產到坐月子，阿帆足足有三個月沒出過家門半步，悶得很。這天好容易哄睡兒子，眼

3　三邑人：指來自泉州府晉江、南安、惠安三縣的福建移民。

見院子裡春光明媚，鳥鳴婉轉，許久不曾舒展的四肢，也躍躍地直想拍翅往外飛去。

老夫人起初不答應。但是孫子順產又滿月了，理當向池頭夫人還願才是，最後勉強准了。對娘在旁聽見，難得有正當理由出門散心，不必留在家裡聽命伺候，當然不能放過這個好機會，自告奮勇要陪她一起去。

阿帆想走路，活動活動筋骨，就讓對娘坐轎，自己和提著鮮花素果的荷葉步行，曲曲折折穿過她熟悉的小巷捷徑，先一步到龍山寺附近買香。

買了香，正在廟門外等候對娘時，卻聽見後頭傳來一聲微弱蒼涼的叫賣：

「豆腐，豆腐花！來喔，來一碗好呷的土豆加豆腐花喲！」

循聲看去，只見大樹下一個黑布衫女子，身旁立著兩個老舊的竹編擔子。那女子挽著鬆散的髮髻，手上拿著斗笠搧風，偶而漫喊幾聲，掩不住的無聊和疲憊，把她年輕的臉拖長了。

有人上前光顧，那女子喂了一聲，樹後跑出一個匆忙繫著褲帶的男人，陪笑哈腰，拿起碗來盛豆腐。定睛一看，竟是江阿德。

三年不見，阿德瘦了，背也佝僂了。灰布衫不再漿挺乾淨，頭皮茸茸的生出黑碴，嘴邊兩鬢冒出青苔似的鬍碴，看樣子有十來天沒光顧剃頭店了吧？他的手腳不再俐落，一條腿微微跛行，臉上還有舊傷疤。是那夥無賴打傷的嗎？他的露攤呢？

她突然心一酸，不知他吃了多少苦，當初棄他而去，錯了嗎……。

「頭家娘，來碗豆腐花？」

許是她不同往日的華貴打扮，讓他不敢抬眼正視，只管低頭舀豆腐花。直到她在他掌上放了一枚澄亮的大銀圓，他才迷惑地抬頭。

「這……。太多了，我找不開……。」

他一下子認出她來，驚愕地張大缺門牙的嘴。

「不用找了。是我欠你的。」

後方那黑衣女子雙眼放光，嗖地搶走他手上的銀圓，堆起一臉諂媚的笑。

「多謝頭家娘！」她對阿德翻白眼：「憨頭！還不多盛兩碗給人家！旁邊還有這麼多夫人小姐……。」

回頭一看，對娘不知何時下了轎，站在阿帆身後。荷葉端來兩碗豆腐花，對娘卻不伸手接，轉頭吩咐自己的丫頭：

「我不吃，銀珠，拿去捨給廟口那些乞食。」

又把阿帆手上的那碗奪下，交給荷葉。

「我們走吧，你才剛坐完月子，別吃這麼髒的東西！」

走了幾步，對娘忽然驚呼：

「咦！剛才那個賣豆腐花的好像有點面熟，是……阿德？」

阿帆沒回話，對娘哇啦哇啦地感慨不已，直到走入香煙繚繞的正殿才閉嘴。或許真有命運的存在，冥冥之中，老天自有安排吧？

阿帆接過荷葉點好的線香，向神座膜拜祝禱，心思從沒如此澄明過。

出了龍山寺，對娘還不想回家，說難得出門，要添購些髮油胭脂。常去的香粉鋪說是缺貨，三天之後才會進貨，要是等不及，土炭市附近有家小店，可能有貨。

阿帆主張差婢女銀珠去跑腿，對娘卻嫌她不牢靠，非得親自去挑對東西不可。阿帆不放心對娘落單，只好領著荷葉，主僕四人信步沿著蓮花池畔走去。

天氣和暖，池旁垂柳嫩綠吹拂，白絮紛飛，池裡蓮葉亭亭，彩蝶翩翩起舞，不時還有魚兒躍出水面。

跨過小橋，便是福皮寮。木材新鮮好聞的氣味瀰漫在空氣中，寮外運送木料的工人和推車來來往往，寮內聚集許多衣服上滿是補丁的婦女小孩，分幾處圍繞著裁切成段的樹材，忙碌地剝除福杉樹皮，換取微薄的工資，粗糙的手上，全是血痕水泡和繭皮。有人負責打掃剝下來的福皮，一袋袋收集起來，拿到土炭市去當燃料賣。

好容易等對娘挑好東西，折返蓮花池的路上，卻見一個滿身血汙的男人迎面而來，臉孔扭曲，踉蹌幾步，從橋上一路滾下來，就倒在她們腳下，把對娘嚇得不停尖叫。緊接著又是一群揮舞刀槍棍棒，殺氣騰騰的短衣男子，提對廝殺，擋住去路。

阿帆連忙和銀珠扶住腳軟的對娘往回走，躲到附近的民房後方，又差荷葉去福皮寮打聽，附近可否能雇到轎夫送她們回去。

街上的砍殺聲由遠而近，家家戶戶都急忙門上大門，阿帆用力拍門，拍紅了手，總算有人打開一條門縫。

「救命哪！好心的阿嫂，讓我們進去躲一下！」

那雙眼睛狐疑的打量她們。

「你們是頂郊的女人吧？不能進來！」

阿帆一時情急，遺忘多年的鄉音脫口而出：

「阿嫂，我也是同安人哪！翔鳳吳家庄的。看在同鄉的份上，救救我們！」

在陰暗汙濁的窄小屋裡躲了半個時辰，外頭逐漸恢復平靜。對娘縮在角落，握著手絹嚶嚶哭泣，不住地數落阿帆。

「都是妳！就叫妳趕快回家，別來這種地方，妳偏偏不聽，這下子我們都要被妳害死了！」

阿帆示意她小聲點，免得屋裡的婦人聽出她的口音。她小心翼翼從窗縫往外望，街上一團凌亂，只見幾個不動的人倒臥在血泊中，也有人拖著受傷的兄弟往回走。幾隻重獲自由的雞鴨在街上散步，往翻倒的菜籠和米袋裡覓食。

婦人從屋後端水來讓她們喝，叨叨絮絮向阿帆訴說頂郊人如何蠻橫，打傷她的小兒子，又害她的大兒子種的稻米運不出去，都發芽了，損失慘重。

阿帆忍著漲硬如石頭的胸痛，掩著被奶水溼透的前襟，靜靜聽她訴苦，卻不知該如何安慰她。臨走前把頭上的玉簪摘下來交給她，感謝她的救命之恩。

荷葉沒找到轎子，卻領來萬順料館的兩個保鑣。原來老太爺聽說她們還沒回家，唯恐出事，就派人出來尋找。

對娘走不動，只好由魁梧的保鑣黃季山背起她，避開浮著死屍的蓮花池捷徑，從祖師廟後方繞道，護衛她們回到料館街口時，天色早已暗了。

阿帆先派荷葉去報平安，匆匆回房換掉髒汙的衣衫，給孩子餵完奶，再到大廳去拜見公婆。

遠遠就聽見公公黃姜生的怒罵和拍桌聲，看到阿帆進來，更是怒不可遏地跳起來。

「不像話！這是什麼時候？有什麼大事情，妳非得出去亂跑，還拖著對娘一起？」

看樣子，對娘已經搶先告狀，婆婆也挨罵了，阿帆毫不遲疑地下跪認錯：

「都是我不好，爹，是我不了解外頭的情形，才會莽撞出門，還連累二姐受苦。是我不對，讓爹娘擔心了。」

老夫人也怪她：「不是說要去拜池頭夫人嗎，怎麼跑到八甲庄那邊去了？」

「是土炭市街，還沒到八甲庄……。」

「有差嗎？沒事跑到同安人的地頭，不要命了是不是？」

對娘趁機自清，順便補上一腳：「就是說嘛，爹。我一直勸她別去，她說她是同安人，要去關心自己的同鄉，結果害我們差點被殺了。那些同安人跟生番一樣，喊打喊殺的，真的好凶、好可怕啊！現在想起來，我還會渾身起雞母皮！」

姜生指著阿帆的鼻子：「聽好，妳進了黃家門，生下黃家後代，就不再是同安人了。贏者為王，不打倒對手，我們就沒法生存。我們勤懇地流汗工作，才換來今日的富裕和勢力，下郊那些人自己不打拚，有難不同當，只想用同鄉的名義，裝可憐來割稻尾，妳不必同情他們！」

「可是，他們也都是泉州人……。」

姜生揚手阻止她說下去：「這幾個月的事，妳們查某人不了解。咱泉州人跟漳州人為著搶地盤結仇，不是新聞了。但是上個月，兩幫人在八芝蘭[4]打起來，同安人竟然不幫著自己泉州人。那個下郊頭人林佑藻，實在有夠傲慢，連黃阿蘭都出面拜託了，他竟然可以放外外。相戰時既不肯出人，也不出力，要賺錢時才來拜託我們，看在泉州同鄉的面子上，分他們一點好處，還說碼頭都被頂郊占去不公平。對待這款豬狗不如的畜生，不必太好心！」

對娘搶著附和，憤憤地喊：「這些同安人實在太壞了！」

姜生嘉許地看她一眼，很滿意她的配合演出。

「論理呢，不必跟妳們查某人說這些。不過照這個態勢看來，咱頂郊和下郊冤冤相報，爭個不停，早晚要一決勝負。要生活，要讓後代子孫有立足之地，世代不愁吃穿，就不能心存婦人之仁。妳空有菩薩心腸，對著不講理的惡狼猛虎，只有死路一條……。」

阿帆注意到斗娘手上數念的佛珠頓時停住，差點失手掉下。對娘的恐懼早已煙消雲散，揚起嬌滴滴的嗓音：

「爹說得是，可惜三妹就是心腸軟。她今天賞了賣豆腐花的一個大銀圓，又把玉釵送給一位窮大娘，真像菩薩轉世。那些又懶又窮的同安人啊，根本不知感恩，我看啊，三妹的好意是

4　八芝蘭：今台北士林一帶。

白費了。」

不屑的表情、高傲的語調，阿帆驚詫地一抬頭，眼前的對娘，竟然變得如此陌生！朝夕相處十年，無話不談的親密，為什麼現在才發現她是個冷酷自私的人？

或許在對娘眼裡，阿帆也早就變了，是個不擇手段背叛她的小人吧？

阿帆在心中慘然一笑，也好。表面上親熱地以姐妹相稱，暗中彼此扯後腿的女人，比起男人明槍實劍的械鬥，或許更加無聲而慘烈。

姜生撫著灰白的鬍子，一臉不悅地質問阿帆：

「咁有影？妳把錢送給同安人？」

「是。要不是那位大娘讓我們躲進屋裡，我們可能會沒命。那位賣豆腐花的，是我的老朋友……。」

「算了！那是妳對同鄉的心意，到此為止。以後不准再用我黃家的錢，去幫助那些同安垃圾，聽到了沒？」

阿帆只得忍氣吞聲，再次跪拜磕頭。

「聽見了，爹，是我做的不對。以後不會再發生了。」

阿祿稍晚回家，想必聽說了今天的事。來看過孩子之後，幾乎不曾正眼瞧她，就直接到對娘的房裡歇息。

夜晚很靜，窗戶半掩，從東廂房飄來的女人歡聲笑語，格外刺耳。

黃姜生預言的事，不到半年，果然發生了。阿帆克制自己不去過問，不表示任何意見，卻也能從下人們不安的議論，和街上充滿殺伐氣息的奔跑吶喊，猜到大半。

八月溽暑，幾乎無風，溼熱的空氣凝結著，令人心焦難眠。戰鬥最激烈的那晚，兒子阿嘉發起高燒，啼哭一整夜。半夜的街上不平靜，無處請醫生，她只能不斷替孩子擦汗，喃喃禱請媽祖保佑。

每回遠處傳來轟然一聲槍砲，她便心驚，不知阿祿人在何處，是否平安？

頂郊頭人黃龍安一聲令下，大小郊商無不響應，出錢出力。阿祿為人俠義豪爽，又仗著自己寶刀未老，肯定不落人後。不只提供物資軍需，還帶著武器和家族壯丁，組織了青壯年的渡口工人，親自上陣。他事先就安排好隘門的哨兵、留守料館和府邸的保鑣，免得下郊的人趁火打劫。

不時有人大喊失火，或在牆外拍門呼救，但是家僕們事先都得到命令，沒有約定的暗號，誰都不准開門放人進來。

荷葉眉頭深鎖，抱著阿嘉在屋裡來回踱步，不停拍哄。她家的長輩父兄，只要能走能跑的，全都被角頭和庄正招募，去參加頂郊保衛戰了。

儘管她們都盼望頂郊能取得最後勝利，自己的親人能平安無事。但戰鬥有贏就有輸，萬一落敗，那些窮苦的同安人會有什麼下場？她簡直不敢多想。

驚惶的幾天過後，她們才陸續聽說戰鬥的慘烈景況：下郊頭人林佑藻勾結大嵙崁[5]勢力最大的漳州人林國芳，主動對頂郊發動攻擊。但是頂郊早在乞食寮布下眼線，得到情報，同時說服安溪大老白其祥，拆毀橫在頂下郊之間的清水巖祖師廟，再趁著火勢紛亂，讓頂郊勇士借道直攻八甲庄。

下郊策畫已久，卻沒料到頂郊竟然使出這記狠招，被殺個措手不及。從祖師廟蔓延而來的大火，把八甲庄燒個精光，夷為平地。寡不敵眾的林佑藻狼狽領著倖存的下郊人，逃往大龍峒去尋求當地同安人的庇護了。

下郊固然傷亡慘重，頂郊也耗損不少元氣。黃阿祿斷了兩根肋骨，頭部挨了幾棍，左腳被砍傷，渾身是血地被抬回家。

阿祿唯一的弟弟昭裕在激戰中犧牲了，十八王爺也少掉三位。黃家派出的兵勇，只有一半平安回來，荷葉的父親和最小的兩個兄弟也都不幸殉難。

頂郊贏得慘烈，沒人高興得起來。市面蕭條，燒毀的屋舍有待重建，撫恤勇士遺族、安置孤兒和傷殘者的善後工作，還是一條漫漫長路。

阿帆懷了第二胎，受傷的阿祿便安置在對娘房裡，療傷休養。管家和手下有要事上門商量時，都由對娘招呼。

精神好一點時，阿祿便命人把一歲大的阿嘉抱過去陪伴。長期積勞和新傷，加上湯藥的作

5　大嵙崁：今桃園大溪一帶。

用，多半時間他都昏沉睡著。

有了照顧病人的好理由，對娘很少去侍奉公婆，招呼來客的責任，便落在阿帆身上。

客人們帶來街面最新消息、帳房呈上的訂單和帳本、生意往來的維持，原本都是老太爺黃姜生最關切的事務。

不料郊拚結束不久，因為天氣燠熱，劫後的街頭有如煉獄，遍地曝屍，鼠輩橫行，無家可歸或痛失親人的孤魂四處遊蕩，堵塞的陰溝和堆積如山的垃圾，短時間清理不及，艋舺發生了大規模的瘟疫。

姜生每天外出視察市況，因此染上急病，不到兩天便撒手歸西。

人們繪聲繪影地說，入夜之後，淒冷的街上到處都是斷手吐舌頭的冤魂，這場來得蹊蹺的瘟疫，一定是那些含恨橫死的同安鬼來索命復仇了。

不分日夜，隔著高牆，也能聽見道士除魔殺妖的颼颼劍響，穿插著法師驅邪的鈴聲唸咒。斗娘唸佛又迷信，受了這些傳言的驚嚇，心神喪亂，變得有些痴傻。老夫人驟然送走么兒和老伴，承受不住打擊，悲傷過度，幾乎下不了床。對娘好逸惡勞，凡事推諉，黃府上下的家務，就只剩三夫人能做主。

阿帆低調辦完老太爺的後事，請高僧來唸經超渡，足足做了七七四十九天的法事，禳災祈福。她通令下人把府邸內外澈底清潔，驅鼠殺蟲，焚香薰除邪穢，有發病跡象的，一律送進舊宅隔離，禁絕訪客閒雜人等出入。

料館腦坊和碼頭生意，表面上暫時委由三伯黃光淵出面代理，但是光淵散漫昏聵，又對木材一竅不通，料館和作坊掌櫃們依舊要天天送帳本上門，來讓阿祿親自過目，或是請他做決策。

這天傍晚掌櫃老陳上門時，阿祿剛吃完藥睡下，不便打擾，便把菊月的結算總冊交給阿帆。帳本送來時，阿帆偶而會翻看一下，這些日子也看出點心得，看到福杉進貨量減少，支出的大數目卻對不起來，有好幾筆欠款拖過了期，還沒收回來。

她在燈下思忖半天：掌櫃老陳跟了阿祿十幾年，老實可靠，帳房丁老先[6]腦袋有個金算盤，過目不忘，是阿祿從水仙宮口劉記錢莊高薪挖角來的頂尖好手。他們會犯下連門外漢都看得出來的錯誤嗎？

天色晚了，再把老陳叫回來細問，有失東家的厚道。等明早再說，她又放心不下，索性直接去東廂房看望阿祿，若是他精神好些，就讓他看看帳本。

阿嘉早已斷奶，有荷葉哄他睡就行了。

她隻身穿越中庭，初七的月光被雲朵遮掩，庭中花木朦朧可辨。離東廂房還有五步之遙，忽然聽見芙蓉花叢後一陣衣衫窸窣低語。她屏住呼吸，定睛看去，只見兩個人影在黑暗中糾纏。

「誰在那裡！」

花叢後的動靜瞬間停止，阿帆正要喊起來，花後匆匆走出一個人。

6　老先：對年老男子的稱呼。

「別叫了，是我！」

只見對娘神情慌張，撫平凌亂的裙襬，抬手扶正歪斜欲墜的金步搖，匆匆拽住阿帆往廂房走。

「妳怎麼……。」

「我出來找貓，房裡那些笨丫頭！居然讓貓從房裡溜出來，萬一爬牆跑出去了怎麼辦？」

對娘高亢帶笑的聲音很不自然，似乎想掩飾心虛慌亂，或是在掩護某人？阿帆往後一瞥，果然有條魁梧人影，飛箭也似地奔向後門，她本能地喊：

「有賊！」

對娘順著她的視線看去：「在哪？」

「有個男人往那裡跑，不見了！」

「妳眼花了吧？」

「剛才……那邊除了妳，還有別人嗎？」

「怎麼可能？噯，別過去了，外頭有守衛，沒事的。」

對娘的笑聲虛浮無力，阿帆暗忖：難道她私通守衛？阿祿就在她房裡邊，膽子也未免太大了。

算了，這事以後再查。

進了房裡，阿祿才剛睡醒，披衣下床，準備吃銀珠替他端來的消夜。抬頭見到對娘，便不悅地皺眉。

「妳那隻寶貝貓仔不能養在別的地方嗎？一直在我被子裡鑽來鑽去，睡著還打呼，煩死了！」

對娘躲開阿帆疑惑地注視，彎下身，抱起在她腳邊喵喵叫的白貓，摟在懷裡。

「哎呀！原來你在這裡，害我到處找了半天！真不乖！」一手擱在阿祿肩上，拋個媚眼：「歹勢啦，我會好好教牠。趁熱快吃麵吧，免得糊了，讓阿帆在這陪你，我把貓帶走。」

臨去前對娘深深看了阿帆一眼，冷冰冰的警告，是阿帆從未見過的神情。

她什麼證據也沒有，對娘實在不用擔心，更不必貼在門後偷聽。

阿帆閒閒話起家常，兒子開始學走路了，哪家媳婦生了，一場颱風，又從大嵙崁溪上游倒下多少樟木。

等阿祿吃完麵，才和他談起帳本的事，阿祿細看她指出的錯誤，臉上非但沒露出一絲憂慮，甚至還浮出笑意，既憐惜又讚賞的眼神，看得她心虛起來。

「幹麼這樣看我？我說錯了？」

「不，妳說得都對，我果然沒看錯妳。」

他要阿帆拿筆墨過來，又把帳本的紙頁在燭火上略略烤過，把浮現出來的黃褐字體用筆描出，最後再把帳本遞給阿帆。

「喏，妳再看一次，還有對不上的地方嗎？」

說也奇怪，經他重新描過的數字，全都變得正確了。原來剛才的數目有些筆劃少了，比如三寫作二，十六空去十，怪不得怎麼算都不對。

「哎呀！原來還有這招？只是記個帳，何必這麼麻煩？」

「這是從日清簿抄來的總冊副本，我特地吩咐他們這麼做，先拿去給三伯看過，沒問題了，再拿來給我。不知道三伯是老糊塗了，還是根本沒看，卻先被妳看破手腳。看來妳比三伯可靠多了。」

「別這麼說，我只會加減看數字，連算盤都不會打，哪能跟三伯比！」

「只要有心，做生意一點都不難。叫我一聲師傅，我收妳當學徒吧！」

「別開玩笑了。你做的是大生意，我哪能插手？」

阿祿握住阿帆的手，得意地說：「不是開玩笑。我一直都說，妳天生大膽敢冒險，腦筋又靈活，若是個男人，當學徒還委屈了妳。自從爹走了之後，我就愁少個可以商量的人……。」

「還有老陳和丁老先啊！」

「他們有能力，可惜不姓黃。」

阿帆撫著隆起的肚皮，嗔他一眼：「你還有兒子，將來長大好好栽培，還愁沒有接班人？」

「哈哈！阿嘉還小呢！總之，妳別小看自己。女人又怎樣？王益興號的大媳婦，不也是撐起他家的事業？靠自家的船載米賣布料，照樣做得嚇嚇叫！」

那是因為王大嫂早年守寡，小叔又年幼，只好硬著頭皮一肩扛起……。這話她說不出口，太不吉利了。只聽得阿祿繼續說：

「……。要當學徒，也該像馬俏哥那樣，先到別人店裡去學習，修業有成再回去接管家業。將來我的兒子們也得這麼教，可別讓他們待在家裡當現成的少爺。」

提起生意，阿帆就想到一件事。

「對了，為什麼近來福杉和樟木進貨少了許多？」

「唉！自然是因為這次拚鬥，死傷太慘，郊行倒掉好幾間，就算要做棺材，也用不了那麼好的木料。」

「被燒掉的房子和祖師廟，將來總有重建的時候。依我看，既然料館有空地，不如趁現在木材價格低，大量買來囤著，將來總有需求，再高價賣出去……。」

「我不是沒想過。但是家裡最近生這麼多事，開銷又大，還要養那麼多人能把這些欠款收回來，存貨賣出去就夠了。再要拿出一大筆錢去進貨，恐怕還是太吃力了點。」

「去向劉記貸款，如何？聽說他們有些客戶下落不明，死錢很多，正煩惱該怎麼把錢放出去呢！」

阿祿精神一振，拍著大腿笑道：「太好了！這樣的話，利息肯定不會太高。劉三爺還欠我一個人情呢，明天我就去找他談！」

「還有，下郊那些木材行的欠款，我看是收不回來了。不如找人去問問看，若能找得到人，就用剩下的木材或是土地抵債。要是價格夠低，再多買幾塊地⋯⋯。」

「妳說八甲庄？那裡全被燒光，根本不值錢！死了那麼多人，誰敢去碰那些地？」

「就是不值錢才好。福皮寮[7]旁邊的蓮花池，存放不少福杉，應該還沒被燒壞。再說，你當年買的第一筆土地，不就是洪東家被燒死的地方？怎麼現在就有忌諱了？」

說的也是，阿祿沉默了。但現在情況不同，就怕死在他刀下的鬼魂挾冤來復仇。阿帆猜到他的心思，卻不點破。

「少了下郊，艋舺人還是得吃飯過日子。現在外頭多了不少乞食和孤兒，若是能把街面恢復，雇這些人來做工，不是一兼二顧，既做生意，又做了善事？」

「好，好！說的有理，只是有些眉角，我解釋給妳聽⋯⋯。」

說著就站起來，冷不防腳脛一陣刺痛，幸好及時抓住桌沿，才沒跌坐在地。對娘聽見阿帆的驚叫，急忙衝進來，叫銀珠幫忙，合力把阿祿扶到床上去。

「真是的！你的傷都還沒好，急什麼？早點休息，阿帆挺個大肚子，也別累壞了，你快回去吧！」

阿祿戀戀不捨地拉住阿帆叮嚀：「明天早點過來，幫我寫張清單，要做的事太多了！」

「她認不得幾個字，你想寫信？有我在呢！」

「我和她說正事，妳少插嘴！再不然，明天收拾收拾，我搬回對面住好了！」

對娘挨了一頓申斥，賭氣轉身要走，阿帆連忙打圓場：

7　福皮寮：今萬華剝皮寮。

「阿姐別生氣，老爺跟妳開玩笑呢！我那裡不方便，阿嘉白天調皮，半夜還會做夢亂叫，等幾個月後，肚裡這個出生了，更有得忙，滿屋子的痲油味尿臊味囝仔號，老爺哪能安心休養？還是妳這裡清靜，阿姐溫柔，又會照顧人，老爺才能恢復得這麼快。」

說完又對阿祿使個眼色，要他別多說。阿祿臭著臉，翻身朝裡睡了，阿帆只好走到床邊說：

「老爺早點休息吧，我明天一早就過來幫你寫信。」

阿帆跨出東廂房，走向中庭。天上雲朵早已散盡，夜來香盛開，甜香襲人，朗朗的月光披灑而下，地上的影子格外分明。

不經意往芙蓉花後方一瞧，只見泥地上的花瓣落葉之間，有個晶亮反光的東西。她走過去，吃力的捧著大肚子，放低膝蓋蹲下身，撿起來一看，是個鑲小鏡片的寶藍穗帶，一端有斷裂的痕跡，是男人用的佩飾，看著有些眼熟。在誰的身上見過？是掛在腰間、扇柄，還是……劍上？

不會是來向阿祿尋仇的吧？她打了個冷顫，隨即又安慰自己：不可能，若是刺客，對娘怎麼可能是他的對手？更何況這人還能出入自如？那麼……就只剩下另一種她最不願見到的可能了。

自從斗娘不再管事，成日痴坐數唸珠，她所住的後廂房格外陰鬱冷清。出嫁不到兩年就守寡的嬋娟，受不住婆家妯娌的排擠，寧可回黃家侍奉舊主。經歷一場人間悲喜，原來爭強好勝的嬋娟灰了心，倒覺得在斗娘身邊，清靜無為地過活也不錯。

阿帆天天晨昏定省，探望過婆婆，就順便來看斗娘，陪她說幾句話。多半時候斗娘都不睬人，只管對著別人看不見的神佛恍惚微笑，喃喃祝禱求平安。

這日斗娘難得正眼看她，開口就向她討桂花糕吃。斗娘這幾個月食慾不佳，連過去最愛的零嘴也不吃，瘦了許多。阿帆心上一喜，立刻派荷葉去廚房請人做，嬋娟卻低聲提醒她：

「三夫人別管。她才不是想吃桂花糕，東西送來，她只會連盤子摔在地上，拚命用腳踩爛，或是放到嘴裡咬碎再吐掉，到時又是我收拾了。」

阿帆疑惑不解，見到嬋娟用脣語說出「桂香」兩個字，才恍然大悟。

「大姐，廚房裡沒有現做的，我讓荷葉去外頭找找好嗎？」

「不必了！」斗娘氣憤地大叫一聲，摔開她的手往後走：「我不要外面來的，沒有一個好人！」

「別理她，過一會兒就忘了。跟小孩子一樣。」

當恩威並施的保母，嬋娟顯然很在行。只聽她們主僕在後頭房裡吵嚷一番，斗娘安靜地不再出聲，嬋娟捧著髒衣服和被褥出來，見到阿帆仍在前廳坐著，咦了一聲。

「大夫人睡著了，三夫人請回吧。」

阿帆沒被她冷淡的逐客令嚇退，反倒關切地慰問：

「妳辛苦了，大夫人經常這樣喜怒無常嗎？」

「今天算是好的。有時候她認不得人，還會拿花瓶拿碗砸過來呢！」

怪不得屋裡的擺設少了許多，阿帆想，真是難為她了。

「跟了她這麼多年，幸好妳能幹忠心，這工作也只有妳做得來。」

「能幹？三夫人別說笑了。」嬋娟眼眶一紅，把衣服被褥往椅子上一扔，抬手抹淚：「大夫人心病解不開，也是可憐。我在這裡混碗飯吃，沒什麼了不起，只要有手有腳，傻子都能做得來。」

「唉！我也知道，大材小用，這工作是委屈了妳。」話鋒一轉，「妳不忙的話，有件事，我想來想去，只有妳能做得到。」

嬋娟果然上鉤：「什麼事？」

阿帆欲言又止，看看四下無人，才壓低聲音說：

「這事要保密，誰也不准說出去……妳的嘴夠緊嗎？」

嬋娟就像聞到血腥的獵犬，眼睛一亮，渾身都來勁了，拚命點頭。

「放心，大家都說大夫人的瘋病會傳染，誰也不敢靠近我，我還能跟誰說？」

阿帆確認過屋子內外沒有旁人，才把藏在袖子裡的半截穗帶拿出來，在嬋娟眼前晃了晃。

「我想請妳幫我查查，這是誰掉的東西？任何進出府裡的男人，都有可能。要暗中觀察，別讓人發現了。若妳這事辦得又快又好，讓我信得過，往後一定不會虧待妳，也沒人敢瞧不起妳了。」

有了大展身手的機會，嬋娟不負所託，三天後就來回報：碼頭保鑣黃季山的腰上，繫著一條寶藍汗巾，末端卻打了個帶線頭的結，顏色和那截穗帶正好一樣。

這麼一說，阿帆才想起來，的確見過黃季山腰上別緻的墜飾。那回他從蓮花池背著對娘回來時，腿前有個閃爍的小光點，隨著他的步伐晃動。但是那時他們趕路回家，氣喘吁吁的，哪有心情閒聊？

黃季山比她大一點，不到二十五吧。英挺高大，濃眉下一雙深邃迷人的眼睛，打鬥時凶狠敏捷，平時卻寡言少語，總帶著稚氣羞澀的笑容，在十八王爺中格外惹人注目。有事傳他進府時，年輕丫頭們就找個理由跑出去，扭腰擺臀地和他擦身而過，或是遠遠痴看他的身影。論輩分，他是阿祿的遠房姪子，人人都稱讚他少年英雄，忠心耿耿。這回阿祿受重傷，便是季山不顧自己左腹還插著把刀，一路滴血把他扛回來的。

那晚從中庭逃出去的人，會是他嗎？嬋娟祕密調查過，那晚黃季山帶著他娘熬燉的豬腳筋上門，說是要給老爺補身用的，但是他只送到門口，並未進府。唯一的可能是，邊門雖然門上，沒有守衛，想從那裡出入，也得有內應才行。

思前想後，阿帆決定放手一賭，看看當事人的反應。趁對娘到屋裡來閒坐喝茶時，荷葉抱著阿嘉出來，小手正把玩那截有小鏡片的穗帶。

「喲！長大好多了。來，讓二娘抱一下……。」

對娘把孩子接過去，看清他手上的玩具，臉上一怔，卻假裝不在意。阿帆看在眼裡，半哄半騙地把穗帶拿來一瞧，故意問荷葉：

「咦？他手上玩的是什麼？我怎麼從來沒看過？」

荷葉照著她事先吩咐好的臺詞回答：「昨天我帶小少爺去院子裡玩，他在地上找到這個，喜歡得不得了，一直不肯放手呢！」

對娘急急接口：「哎呀！哪來的髒東西？快丟掉吧！要是他放進嘴裡，生病了怎麼辦？」

「這東西手工挺精巧，這樣扔了，主人該有多心疼？」

阿帆把穗帶交給荷葉，吩咐道：「拿去給管家，看看這是誰掉的，若有人認領，就帶他來見我。」

「幹麼費事？不會有人來認的。」

「喔？為什麼？」

對娘支吾半天，答不上來，兩頰卻紅得狼狽。阿帆不忍再折磨她。

「阿姐，那天晚上，是不是有人對妳不規矩？」

「哪一天？」

「就是妳說要出去找貓的那晚。」

「那天……喔，對了！我真的去找貓，妳不相信我？」

「老實跟妳說吧，這帶子是我在那裡找到的。那天晚上，跟妳在一起的人是誰？」

「我……妳看錯了！」

對娘霍然站起來，把孩子往她手上一塞，不懷好意地冷笑。

「喔！我懂了，妳打算用這東西來陷害我，說我討客兄是吧？」

「我看到那個男人了。」

「那妳就去找他問個清楚！別在這裡拐彎抹角，懷疑我的清白。」

阿帆沒被她的氣勢洶洶震懾，從容不迫地說：

「我問過黃季山，他說是妳傳他進來的。自從那回他把妳從土炭市背回來，妳就對他有點意思，經常找他說話，是不是？」

「我沒有！是他太放肆，老是對我說些不三不四的話。那天他來送東西，說要跟我把話講清楚，以後再也不糾纏我了，我才跟他到那裡去，沒想到他……。他竟然……。」

「所以妳就把他身上這條帶子扯斷了？」

對娘點點頭，泣不成聲，低頭用手絹掩住半張臉。阿帆搖頭感歎：

「唉，知人知面不知心啊，沒想到他這麼壞！妳怎麼不喊救人呢？」

「我……。」

「要不是我剛好經過，喊了一聲，把他嚇跑，阿姐的名節不就毀了？」

「就是啊！當時他摀住我的嘴，力氣那麼大，我根本叫不出來。」

「太可惡了！這畜生根本不是人，怎麼還能讓他留下來？這條帶子就是最好的證據，走！

我們去跟老爺說，好好和黃季山當面對質。像這種大膽胡來、破壞女人名節的流氓，一定要重重打五十大棍，把他趕出去！」

說著拉起對娘就要出門，對娘倉皇掙開阿帆的手。

「呃……。我看還是算了。這種事鬧大了，老爺也沒面子，傳出去多難聽？」

「那怎麼行？萬一他再來糾纏妳，搞出更大的醜事……。」

「不會的！」對娘堅定地說：「我自有分寸，不會讓他找到機會！」

對娘匆匆告辭之後，荷葉才納悶地問阿帆：

「您好幾天都沒出門，我聽說大前天黃季山就押船到福州送樟腦去了，怎麼……。」

阿帆神祕一笑，把那截穗帶交到她手上。

「我是沒見到他。等他回來了，把這東西還給他，什麼也別說。」

從那以後，府裡平靜許多，對娘卻意氣消沉，也不再做鮮豔打扮。十五那日，阿帆特意邀她出門去廟裡祈求安產，被對娘沒好氣地託病拒絕了。

坐轎出了料館口街，阿帆感覺有道目光定定地跟隨她。回頭一看，正是黃季山，腰際微微反射陽光的，正是那條穗帶上的小鏡片。

四目相接，他沒移開視線，卻緩緩朝她低頭致意。

4

感謝青山靈安尊王的保庇，疫情很快就平定了。八甲庄的房舍重建，街市逐漸恢復生氣，萬順料館靠著賣出建材大賺一筆，又蓋了新宅和街樓店面。把正廳獻出，開放艋舺居民向料館媽祖獻香供奉，黃家生意比之前更好了。

頂郊商人合資創建青山宮，贊助育嬰堂、乞食寮和義渡的經營，迎神祭祀造路修橋，都少不了黃阿祿的熱心捐獻。

恢復健康之後，阿祿又成了一尾活龍，更加勤奮工作。除了親自到三角湧大嵙崁山上和客家人原住民交涉，砍伐樟木、收購樟腦之外，還眼光獨到地四處併購小型樟腦作坊，打點好淡水廳知府和總兵，艋舺的樟腦買賣，黃家就占了七成。少了下郊同安人的騷擾滋事，碼頭起卸貨物更加順利。

由於黃阿祿長期提供造船木料、熱心助餉，出資辦理地方團練，率眾平定小刀會亂匪和樟泉械鬥有功，由道臺上報福建巡撫，再上奏朝廷表旌，授封他為正五品奉政大夫，賞文官白鷴補服和花翎水晶頂戴。

滬尾開港之後，為了阻擋洋商勢力，萬順料館更名為腦館，有了官方特許的樟腦收益，黃家的生意更是扶搖直上。黃阿祿從一個好賭的保鑣出身，經商致富，熱心公益而封官加爵，是光宗耀祖的地方傳奇。

更為人津津樂道的是，阿祿舍善心有好報，興旺添丁。三夫人能生會養，接連生下七個兒子，個個健康聰明。黃家能有今日的繁榮，都要感謝料館媽祖庇蔭，祖上積德。

外人看黃家風光正榮，箇中難唸的經，只有三夫人阿帆最清楚。

自從老夫人仙逝，斗娘成了名義上的黃家女主人，阿帆定期請名醫來為她診治，神智漸漸清楚。除了禮佛，孩子們都知道，只要嘴饞或肚子餓，去找大娘準沒錯。至於二娘房裡，是孩子們的禁地，那裡頭成天煙霧繚繞，阿母嚴加囑咐，說那裡的空氣對身體不好，不准他們踏進一步。

老五阿喜疑惑地問三哥：「為什麼爹說他身上不爽快，去二娘那裡吸鴉片就好了？」

老六阿瑞也搶著發表意見：「對啊對啊，上次阿弟仔發燒，二娘在他臉上噴兩口煙，他就不哭了耶！」

才八歲的老三阿胡歪頭想了一下。

「因為那是藥啊！只對生病的人有用，沒病就別碰。」

阿嘉剛從書院放學回來，一踏進前庭，便聽見弟弟們的議論，順手在阿胡頭上彈一記：

「別讓他們胡說！被別人聽到怎麼辦？」

眼看阿胡就快哭出來，老二阿瓊趕緊拿出一枝草編蚱蜢哄他：

「你看這是什麼？送你！」

「我要，我也要！」

「好好，二哥等下再教你們做。天快黑了，都回屋裡去，阿坤呢？」

「他跟阿母去拜媽祖了。」

阿嘉和阿瓊趕雞回籠似的，把弟弟們交給婢女和奶媽看顧之後，便往後巷走去，正迎見母親和跟屁蟲阿坤提著竹籃走回來。

「下學了？天冷了，怎麼還跑出來接我們？」

阿嘉接過母親手上的提籃，和她並肩而行，十三歲的抽長個子，已經比阿帆高出快半個頭了。

阿瓊牽著阿坤的手落在後頭，兄弟倆半天不見，嘀嘀咕咕，有說不完的話。阿嘉回頭確認弟弟們的位置，這才憂心低聲問阿帆：

「娘，我今天聽先生說，現在那些紅毛番用洋藥換我們的白銀，會讓人身體變得更差，錢越來越少。阿爹每天抽那麼多，真的好嗎？」

「唉！你爹工作壓力大，年歲有了，體力也變差，現在一天不吸鴉片就不爽快，我怎麼勸他都聽不進去。你和阿瓊都大了，也唸過書，你們的話，他多少會聽吧。」

阿嘉躊躇一下。「可是……阿爹在家的大部分時間，都待在二娘房裡。就算見到他，他也只會問我們學了什麼，錢夠不夠用，然後就叫我們下去，讓他休息。娘，我有點煩惱，阿爹越來越瘦，脾氣越來越差……。」

阿帆握握兒子的手，她何嘗沒有同樣的憂慮？

兩年前，阿祿去了一趟廈門，帶著一套上好烏木鑲瑪瑙鴉片煙具回來，說現在當地官場和妓院都流行這玩意兒，提神又愉快。閨中無聊的對娘向他討了去，在房中擺張煙榻，還找來個會燒煙的小子服侍。阿祿察覺燒煙的有意無意占對娘便宜，就把他轟出門去，沒收煙具，嚴懲不守婦道的對娘。

去年冬天，阿祿感染風寒，硬撐著病體去竹塹收購樟腦，不料遇到生番攻擊，帶傷僥倖逃回平地，回到艋舺，病得更重了。

在他最頭痛難受，沒有任何名醫或藥材能替他紓解痛苦的時候，對娘建議不妨吸鴉片試試，大夫不反對，只要能緩解阿祿的痛苦就好。阿帆聽說不少鴉片害人的實例，卻也別無他法。

阿祿在榻上讓對娘伺候，吸了幾天鴉片，果然疼痛消失，通體輕快許多，也逐漸恢復胃口。洋藥比起粗劣的土鴉片，更加細緻醇美。如今郊商們的聚餐休閒去處，除了旗亭花間，又多了煙館這個新花樣。凡事喜歡搶頭香的阿祿，原本連水煙旱煙都不大抽，卻獨鍾鴉片這一味。長年的忙碌奔波，走過幾回鬼門關，如今唯有沉醉在女人香和煙霧之中，才能感到人生至樂。

為了要阿祿戒除癮頭，阿帆幾乎與他撕破臉，最後還是對娘出面勸解：與其在外頭被不乾不淨的女人纏上，不如讓他在家抽個痛快。

阿祿大表贊同，阿帆也無話可說了，心裡明白，這是對娘獨占阿祿的唯一手段。

這年冬天特別長，清明都過了，天氣還沒回暖。阿祿難得清閒，到西廂房來享受天倫之樂。

三個男孩原本猴兒似地蹦跳追逐，一見父親進門，全都噤聲斂息，遠遠地貼壁而立。阿祿呬口熱茶，和藹地朝他們招手。

「怎麼這呢生分？來，都過來，給阿爹看看，這陣子又長大了吧。」

阿帆哄勸半天，孩子們終於肯靠近父親，讓他枯爪似的手撫摸他們圓潤粉嫩的小臉，問長問短。

「哥哥呢？怎麼三個都不在？」

「他們……。去書院了。」

「噢，阿胡也去上學了？」

「是啊，陳先生看他聰明，認了不少字，就提早收他進學了。」

「好，很好。阿嘉也快十四了吧，等過完年，就該送他到米店去當學徒。我跟源利行的頭家廖仔說好，他答應幫我好好訓練，將來出師了，再回來繼承家業……。」

阿帆靜靜聽他說完對兒子的期許，從他手上接過五個月大的么兒，半晌才接話。

「若能接手家業也好。不過先生說阿嘉資質好，好好用功的話，明年五月就能到府城去參加童子試……。」

「考上秀才進士又怎麼樣？恁爸沒讀書，只要認真打拚賺大錢，照樣能做大官！讀一輩子死書，不知變通，最後窮死的酸秀才，還不夠多嗎……。」

瞥見阿帆臉色一變，他驚覺自己說錯話，嘴上依然強硬。

「歹勢喔，不是我看不起讀書人，只是人生在世，還是賺錢顧腹肚卡要緊。讀冊求官這條路，能成功的人實在太少了。我黃阿祿這麼打拚，就是不想再讓子孫吃苦。」

孩子們吃完八寶粥，阿帆叫他們到別的地方玩，吩咐荷葉去泡壺武夷紅茶。

「你說的對，當年咱渡海來臺灣，是為著顧腹肚。如今咱富裕發達了，免再煩惱吃不飽，能給子孫過上更好的日子，有更好的條件和機會，讓他們走和我們不同的路，豈不是更好？」

「現在的生活，妳還不滿足？」

「我們是過得不錯，但是時代在變化，過去成功的，將來未必能一直順遂。過去失敗的，未來也有可能再站起來，就像大稻埕那些同安人……。」

「唉！免講啦，說到那些下郊垃圾，恁爸就不爽！若不是靠那些紅毛番，他們哪有今天？說到這個就生氣，前陣子大嵙崁有兩間腦寮，居然說紅毛番出的價錢比腦館多，不把樟腦賣給我們了！」

「真的嗎？那怎麼辦？」

「不要緊，官府早就宣布，不准私煎，也不准偷偷把樟腦賣給紅毛番。那兩個客家腦長都是老交情了，現在我叫人去和他們談。要是對方還不識相，這兩天我就親身去拜訪，他們總要賣我面子。實在逼不得已，就抬出臺灣道吳大廷這張王牌。」

「這時陣山頂還很冷，你的身體……。」

「驚啥？穿燒一點就好了。別看我瘦成這樣，腳腿還是很勇健的。大嵙崁的山路，我就跟走自家灶下一樣，閉著眼睛都能走。」

雖然他這麼誇口，阿帆的擔心，卻在他出發後三天成真了。阿祿臉色蠟黃、冷汗直流，被人用快轎抬回來時，只剩最後一口氣。跟班說，今年曠野的風特別凍人，老爺第一天夜裡就發了燒。

第二天去談判，那兩個腦長鐵了心，說辛苦這麼久，有人出好價，幹麼不賣？官府只會恐嚇，行事怠惰敷衍，根本不會到那種窮鄉野壤巡察。要是萬順腦館每擔出價比洋行高，買賣就照舊。但是去年樟腦一擔五圓，洋人竟然用十二圓收購，客人仔腦長很會算，說沒有十五圓不賣，敢這麼獅子大開口，根本是瞧不起河洛人，吃人夠夠！

本來就受了風寒的老爺，氣急攻心，哇地吐出一口血來，當場昏死過去。都說上好的樟腦能醒脾治昏厥，傲慢的腦長也慌了，四下亂成一片，抹油薰香。人是醒了，阿祿卻軟腳站不起來，滿口胡話，只得趕緊扛回家。

大夫和青草醫生都來看過，把過脈，開了藥，都說這是長期煙毒、飲食不節導致的風痰阻絡，只能聽天由命。

對娘急哭了，去向道士法師求符來煮水喝，卻灌不進阿祿緊閉的牙關裡。

昏迷了幾天，阿祿終究沒醒來。黃府撕掉門上簇新的大紅春聯，換上白紙黑字的輓聯。

上門吊唁的親友，嘴裡溫言安慰，心中想的都是同一件事：黃府家大業大，現在失去黃阿祿這個最重要的支柱，兒子又小，後繼無人。要想養活一家子孤兒寡婦，看來只有變賣家產一途了吧？

斗娘一心跟著師父說法誦經，替阿祿超渡、摺紙蓮花燒紙錢，對娘更是病懨懨地足不出戶。幸而嬋娟能幹地幫忙操持家務，有荷葉照顧孩子們的起居，阿帆才能強忍悲痛，打起精神來應付喪事，維持腦館的生意。

阿祿的三七還未過，三伯光淵便領著族中十來個男人，在供奉料館媽祖的啟天宮召開家族會議，要求阿帆交出萬順腦館的帳冊和庫房鑰匙。

「這件事，我做長輩的要開口，也很為難。接下來風向最適合行船，也是渡口最忙的時節，咱最好先把生意的事料理清楚。自家人互相幫忙是應該的，如今阿祿不在了，阿嘉兄弟幾個還小，我看萬順的業務，暫時由我和文臨來處理。等到阿嘉阿瓊長大，調教得差不多，能獨當一面，將來這份家業自然要還給他們。」

文臨是光淵的次子，雖然在萬順腦館掛名當司務，卻是個好吃懶做的少爺，成天在茶館和花街冶遊。

阿帆環視座中其他男人，阿祿的這些同宗兄弟，不是平庸無為，就是只會說俏皮話的酒肉之徒。勉強會做事的，只能當下手，口才反應和決斷力，都不足以擔當重任。

她明白光淵的私心，先前他經營進口布莊不善，欠了不少錢。上回械鬥，阿祿受傷休養，請他代為管理時，就發現有幾筆買賣帳務不明，暗中派人去查，全是被他挪用去還債，破空不少。阿祿查問，他惱羞成怒，還端架子責備他目無尊長。

好在那些虧空不大，阿祿不願掃他臉面，就不再追究。要是真把萬順腦館交在光淵手上，就怕等阿嘉接手時，只剩下一副空殼子。

「多謝三伯想得周到。目前萬順的生意，我還能應付得來，不敢勞動三伯和文臨費心。」

「妳？」光淵鼻孔朝天，斜眼打量阿帆：「查某人懂什麼？妳好好照顧這一家伙就夠了。腦館的事，我知道阿祿在世時，妳偷學了不少，但是管理這麼大片事業，不是只有看帳本打算盤那麼簡單。再說查某人拋頭露面，在外頭和男人談生意，成何體統！」

「若三伯是擔心在萬順的股份會被我敗光，不要緊，三伯的股份我可以全吃下來，往後萬順經營得好壞，就都與三伯無關了。」

這話一出，其他人紛紛議論：想不到三伯有入股，這些年下來，怕也分了不少紅利吧？光淵一時語塞，急得滿頭大汗，支吾半天，才擠出一套說法：

「話不能這麼說！我黃光淵不是只顧自己好處的小人，我顧慮的是黃家的名聲。要是妳當家，別人會問，黃家男人是不是都死光了？居然比不上一個青樓出身的嫺婢，那有多難聽？」

阿帆微微一笑。

「原來三伯不是煩惱生意做不下去，是怕外人說閒話？既然如此，我也不拖累各位的名聲，阿祿打出的這一片天，好壞都由我來擔。當初黃氏宗親入股的，加起來不到一成，如果有人對我沒有信心，想退出萬順，可以去找丁老先結算，該給股東的，一毛都不會少。我黃吳氏出身再低下，也講人情重義氣。就算今天阿祿不在了，各位父老兄弟仍然是我的親人，萬順腦館過去替家族盡心奉獻，該出的錢，該出的力，將來也不會少。」

嬋娟適時進來稟告，有客上門吊唁。她起身道個萬福，留下一屋子竊竊私語的男人，往靈堂的方向走去，腳步卻虛浮得像踩在雲朵裡。

是否能保住阿祿留下的根基，其實她也沒有把握，她只知道，少了阿祿的保護，她得更堅強地捍衛自己才行。首先要做的，便是把身邊這些阻力和雜音斬草除根。

等白天煩擾的事都結束，家人都安歇之後，阿帆才能在清靜的夜裡獨自守靈，默默看著火舌吞噬紙錢和蓮花，心中祝禱阿祿已到達西方世界，盡情享樂。

正在朦朧打盹時，有人跨過門檻進來了。睜眼一看，是全身縞素的對娘。

她沒料到阿帆也在這裡，先是一怔，在牌位前上過香，就在阿帆身邊坐下，順手拿起一疊紙錢來摺，緩緩扔進火盆。

兩人同時盯住盆裡跳動的熊熊火光，許久都沒開口。

「我聽說……妳要接管老爺的事業？」

對娘的臉僵硬得像雕像，眼瞳映著火焰，分不出是譏諷還是試探。

「沒錯。有七個孩子要養，這一大家子的生活要顧，我沒有別的選擇。老爺對我有恩，他白手起家打出來的這片產業，再怎麼苦，我也要替他撐住，將來交到兒子手上。」

「但妳只是個女人……。」

「女人為什麼不行？王大嫂不就一個人撐起船頭行的生意？當年她比現在的我還年輕呢！」

「她還有公公和小叔支持，但是妳背後，什麼人也沒有。」

「怎麼沒有？我還有大姐和妳啊！」阿帆握住她忙碌的手，坦白而誠摯地望著她：「我到外頭去和男人拚輸贏，家裡就靠妳們照顧了。」

對娘急忙抽回手，拿出襟前的手帕擦眼睛，免得讓阿帆看出她臉上的尷尬。

「老爺不在了，沒人用得著我，在這個家裡，我什麼也不是。我在想，等老爺後事辦完，我就該走了。」

「妳能走到哪裡去？妳是老爺娶進門的二夫人，死了也是他的鬼。就算妳想走，一副耳環一包銀子，我都不會讓妳帶走。當年妳嫁進來，除了我，什麼也沒帶。在黃家白吃白住這麼多年，一個孩子也沒生，妳欠的可多了，當然要留下來還債！」

「妳不怪我……。把老爺的身子搞垮了？」

「老爺都走了，再說這些也沒用。二姐，妳答應我，把鴉片戒了，我不想再看到家裡有人被這東西害死。我們姐妹一場，本來就沒什麼好爭的。往後還要一起生活下去，我只希望，不論我們誰爬得高或摔得重，一世人都要互相扶持照顧，好嗎？」

對娘忍不住鼻子一酸，抱住阿帆嗚咽起來。奔流滾燙的淚水，瞬間沖散鬱積多年的怨恨寂寞與嫉妒，以為早就失去的溫暖情誼，原來一直都在。

第三章　一點紅

1

沒想到黃家的宗親對她這麼沒信心。

帳房丁老先生呈上股份清冊給阿帆過目時，她差點叫出聲來：原本一萬四千圓的現銀資產，付清退股的歷年紅利和股份，只剩下九千八百圓。腦館每個月的固定開銷是三百五十圓，家中用度每月一百七十圓，眼看有點吃緊。

傭辛金和年節送禮不可減，府裡吃穿可以精簡，但其他的開銷卻像滾雪球一樣，眼看就要朝她碾壓過來。

正對著帳本發愁時，掌盤老陳卻因為連月勞碌病倒了。暫時代他掌理料館事務的助手張二，表面恭謹，私下卻收受其他與洋人往來的腦商賄賂，把上好的腦砂私下運出，賺取高利，再拿次等樟腦漂白，混充上等貨，打著腦館招牌出貨。幸而他手下有個機靈的學徒發現了，悄悄向頭家娘密報。阿帆起初還不敢相信：張二一向勤懇老實，又是陳掌盤的外甥，跟著阿祿快十年了，如今又大力提拔他，怎麼可能做出這麼沒天理的事？

自從道臺陳方伯將樟腦收歸官辦，把軍工料館改為腦館，規定樟腦都只能透過腦館收購，不得入山和腦寮私下買賣之後，眼紅樟腦這塊大餅的，不只有千方百計想壓低收購成本的洋行，更有那些本小利薄的樟腦走私販。當初阿祿沒能解決的難題，現在又落在她頭上。

她有點疑心是學徒與張二結下私人恩怨，設計報復。這學徒謝文隆二十出頭，能幹又機靈，跟老陳學做掌盤也有五六年了，表現出色，不久就能獨當一面，不料這差事卻被有裙帶關係的張二占了先，想必心中不服。

當初她挑張二接手，就是想找個處事圓融，為人隨和的掌盤替她料理腦館雜事。謝文隆雖然俐落精明，卻嫌歷練不足，年輕氣盛，暫且讓他跟著張二學習與人周旋的本領。張二若與外人勾結，乘職務之便，上下其手，拿到更多好處，飼老鼠咬布袋，也不是不可能。

自從她當家之後，跟著老陳去山上各處拜訪腦長們，也學會辨識樟木種類、樟腦的做法和分辨成色。基於對手下的信任，從腦寮收回腦砂和腦油之後檢驗貨品、分級存放的這道手續，她依照阿祿生前的慣例，向來交由掌盤帶領學徒去負責，自己很少經手，表示對屬下專業的信賴與尊重。

難不成張二欺她是個外行的寡婦，就動起歪腦筋鑽漏洞了？

苦苦思量一夜，沒有證據之前，不能斷定誰是誰非。她決定不驚動任何人，打扮成土頭土腦的針線小販，親自上街坊去探訪，找幾個相熟的乞食收集情報，也到幾家腦商附近去打轉。

準備出貨的前一日，她突然出現在忙碌裝貨的庫房前，把正在監工的張二嚇了一跳，慌忙堆起一臉笑，哈腰搓手快步迎來。

「頭家娘怎麼來了？通往渡頭的推車都準備好了是吧，我們還要一個時辰才能裝好貨，這裡髒亂，氣味又重，請頭家娘先到屋裡坐，我吩咐人去泡壺好茶⋯⋯。」

「不用了，你忙你的，我自己看看就好。明天出的這批貨是上海訂單，雖然是五六年的老客戶了，還是不能出錯。你也知道，自從我替代老爺當了家，黃家內外，多少人等著看我的笑話，我可不想讓萬順這塊金招牌砸在我手裡。」

她用推心置腹的語氣，說出他酒後曾對某個青樓相好放出的大話，只見張二臉色一白，平時的巧舌頓時打了結：

「那是，那當然……。」他很快就定下神，一雙麻雀眼骨碌碌地搜尋漏網的餌食，最後落在還未裝袋的一籠籠精製樟腦和油罐上。「頭家娘放心，我這裡的工人都靠得住，手腳又快，看這進度，不到半個時辰，這批貨就可以準備上船了。」

「太好了，還不到午時呢！不如早點放飯，讓工人們休息？」

她假裝沒注意到張二面有難色，把跟班叫來，拿點銀子讓他去市場買些剛蒸好的鮮肉包來，給工人加菜。另外又指示謝文隆跑腿，回黃府請二夫人打開地窖，拿罈老酒來，準備好好慰勞張掌盤。張二連忙搖手推卻：

「這怎麼行？大白天就喝酒，下半天還有工作要做……。」

阿帆輕笑一下：「怎麼不行？這裡的事，我說了算。」

張二無話可反駁，只得叫工頭傳話，宣布暫停工作，提早吃飯。

阿帆直直走向裝好袋的樟腦堆放處，攔下一個正要走開的工人，讓他打開麻袋。張二急忙趕過來：

「頭家娘，讓他們去休息吧，這裡我來就好。」

「噯，沒事的，我看一下，確認貨都沒問題就行了。」

她順手撿起一柄木勺，從打開的麻袋裡深深一探，舀出滿瓢潔白的樟腦砂，她把木勺舉高，迎著光端詳半晌，又放在鼻尖下嗅了嗅，微微皺眉。轉頭看見庫房牆角高職掛著一盞菜籽油燈，就命工人去取過來，用紙捻取出火苗，正要放在那撮樟腦上，張二慌忙大叫：

「不行啊！頭家娘，會燒起來的！危險哪！」

說時遲那時快，小小的火焰在腦砂上燃起一縷黑煙，噗一下就熄滅了。阿帆面有慍色，目光嚴冷地看向張二：

「怎麼燒不起來？這根本不是頭等純樟腦，顏色味道都不對！」

「呃……頭家娘，是這樣的，去年雨水多了些，所以這批樟腦比較沒那麼容易燒起來……。」

「喔！有這種事？要是客戶收到這種貨色，你想他們會接受你的解釋嗎？」

張二的光腦袋上滲出豆大的汗珠，絞盡腦汁想找出開脫的合理說詞。阿帆沒理會他，顧自拿了把小刀，劃開另一端的麻袋，白雪般的腦砂洩流一地，下方還混雜著灰黑砂礫般的晶體。她臉色更難看了，伸手撈起一把，伸到張二面前：

「這又是什麼？」

「那……那是，哎呀！一定是工人們手沒洗乾淨，弄髒這批上好腦砂，不要緊……。」

「不要緊？要是讓這樣的貨流出去，萬順將來的生意還能做得下去嗎？身為掌櫃，你應該比別人更清楚後果。」

「當然當然，這道理我知，從前頭家常說，貨物上好，價錢實在，說一不二，這才是咱萬順的成功祕訣。頭家娘放心，這些弄髒的部分，拍掉就行了！」他回頭叫住一個小學徒：「你來，來把地上這些樟腦收拾乾淨，拿去重新裝袋，要保證全部都白閃閃的再拿回來……。」

阿帆抬起手攔住他：「不必麻煩，咱來試試看就知道。」

謝文隆正抱著白瓷酒罈從外頭走來，阿帆命他倒了一碗，親自端給張二。張二惶惑地觀察頭家娘，她臉上恢復了平靜，根本猜不透她心裡打什麼算盤。

「喏！聽說你最懂酒，這是家裡珍藏多年的惠泉高粱，你嚐看看，這酒好不好？」

張二心中暗自叫苦，這酒該不會下了毒吧？若是拒絕，更顯得可疑。勉為其難地接下，捧了過來，只聞得一陣濃釅清香，聞之醉人，有陳年白乾的醇厚。正要湊到脣邊時，突然有團小東西飛過來，直直墜入碗中，酒花濺了他一臉。

定睛一看，卻是頭家娘先前捏在手上的灰黑晶體，沉在碗底，一點一滴地緩慢溶解。

「你說說看，這是樟腦，還是鹽塊？」

張二撲通一聲雙膝跪地：

「頭家娘！我也不知道為什麼會這樣！一定有人想陷害我，暗中調了包！」

「喔？我請你當代理掌盤，就是信得過你，讓你全權管理進出貨，沒想到竟出了這麼大的漏洞，明天就要出貨，你說該怎麼辦呢？這筆損失，又該算在誰的頭上？」

張二停不住地磕頭：「頭家娘，再給我一次機會，我叫工人們今天趕工，把所有的貨重新檢查裝過，一定來得及明天載貨上船。」

「讓他們做白工，現在重新來過，要再付一筆工資吧？光靠現在這些人手，恐怕今晚也來不及……。」

「我來負責！」張二拍胸脯保證，「都是我的錯，多付的工資、不夠的人手，都由我來承擔！」

阿帆搖搖頭，嚴肅地瞪著他：「人手工資都還是小事，那批被調包的上好樟腦，要怎麼追回來？沒有那批貨，我們拿什麼來裝？」

一直默默在旁侍立的謝文隆忽然開口：

「我看，最快的方法就是去調一批新貨。張掌盤的丈人是樟腦同業，存貨不少，和洋人也有往來，自家人有難，總不會見死不救吧？」

阿帆沒錯過張二迅速投向謝文隆那怨恨的一瞥，看來張二吃裡扒外的事，不是空穴來風了。她暗罵自己糊塗，之前不是沒有過客戶抱怨樟腦的小瑕疵，她都聽信張二的報告，以為他圓滿善後了。幸好謝文隆及時密報，否則這張大訂單損失事小，賠上信譽可就無法挽回了。她捏了把冷汗，謝文隆若因此事和張二從此結仇，反而糟蹋了兩個人才的前途，如何讓他們死心塌地跟著她，才是當務之急。

「既然這樣，就拜託張先生跑一趟，今日內要湊齊六百斤上等樟腦。張先生剛才說要負責到底，既然你有誠意要收拾殘局，這筆收購價，就請你吃下來，驗貨由文隆幫手，我也會全程在場。今天大家一起趕工，做完為止，多出的工資和人手，我請碼頭的武師父處理。今天要拜託各位，為著咱萬順長遠的商譽，品質和準時，一點都不能有錯。」

說著就走出庫房，徑直到碼頭去找武師父。謝文隆從後方悄悄追了上來，憤憤不平地問：

「頭家娘，妳就這麼放過張二？既不告官，還讓他繼續當掌盤，會不會太便宜他了？」

阿帆沒停下腳步，繼續向碼頭走。

「你說，眼前我們最重要的事是什麼？」

「是……把樟腦重新裝袋、上船，準時出發。」

「你很聰明，現在時間緊急，我哪有閒去和張二算帳？」

文隆愣了一下，落後兩步，又急忙跟上她，不服氣地說：

「犯了這麼大的錯，怎能便宜放過他？」

阿帆突然煞住腳，文隆差點撞上她，幸好他及時往旁一跳，才沒做出失禮逾矩的事。阿帆波瀾不興地看住他：

「你想看我當場拆穿他的騙局，讓他走人，在艋舺再也沒臉待下去，這才痛快是吧？可惜，要讓你失望了，這不是我做人做事的方式。與其多一個敵人，我更願意多交幾個朋友。」

「妳不怕他跑了？他做這偷雞摸狗的事也不是頭一天了，造成的損失，要怎麼討回來？」

「所以我才要感謝你，要是晚點發現這事，後果恐怕不堪設想。留著他還有用處，我昨日去打聽過了，他丈人在大嵙崁到竹塹[1]一帶，還有不少做樟腦生理的親戚朋友，有人有技術，最大也只是割店，還兼賣米或糖，資本小，賣相也差。你想想，要是能和這些割店和辦仲合作，教他們用更有效率的方式熬出上等樟腦，接收他們交關的門路，每年統一訂明樟腦價格，全由萬順收購再賣給洋商，不比他們冒著私賣私運的風險更妥當嗎？要是我剛才和張二撕破臉說亮話，或是恐嚇他要告官，不就等於斷了這條路？」

謝文隆霍然大悟，他起初以為她出於軟弱的婦人之仁，不敢直接解決張二，沒想到頭家娘想得比他更遠，看來他要學的還多著呢！但他還是不放心，學做幾年生意，他習慣凡事都先做最壞的打算。

「我看張二的計畫，是想先搞垮萬順，再聯合他丈人那邊的勢力，成立一家新腦館來取代。留著他內神通外鬼，行得通嗎？」

阿帆不是沒想過這一層，但張二靠不靠得住，今晚正是最好的試煉時機。雖然她心頭也空落落的，沒有多少把握，但她的賭性強悍，向來不輸阿祿。

「這些事，都等貨順利送出了再說，一步步來吧，別想太多。眼下最重要的是，明天一定要過關。剛才那罈高粱，你幫我送回啟天宮，讓嬋娟在媽祖和老爺牌位前供起來，求他庇佑。順便跟她交代一聲，明早出貨開船之前，我都不會回家，讓她叫廚房準備八十人份的晚餐，今晚大家有得忙了。」

那晚腦館整夜燈火通明，從倉庫到碼頭的路上，來回運送貨物的苦力吆喝和推車輪子的碌

1　竹塹：今新竹。

碌聲，一直沒有間斷過。沒法回家睡覺的工人們私下抱怨：他們照著上頭的吩咐，把品級不同的腦砂混合裝袋了，這會兒又要重新分開，真是豈有此理！

「算了啦！你沒看頭家娘親身來替大家倒茶添水，還捲起袖子來動手分裝，明早我們每人還能多領到一圓，沒什麼好抱怨了。」

「她氣力還真大！一個女人能單手扛起五斤重的貨，我服氣了！」

「我在益記做過苦力，那裡的頭家衣服貴得很，一丁點都不能沾到泥……。」

「這個黃阿祿嫂不怕髒，還跳下來和咱一起做工，真是不簡單……。」

正在議論時，工頭拍拍手，大聲宣布休息時間結束。黑藍的夜色逐漸轉淡，倉庫裡堆積的麻袋，也漸漸清空了。還未過卯時，所有的裝載工作便已結束。

阿帆站在船頭，任清晨的風拂過她散落在額前的亂髮，注視著張二和謝文隆分頭穿梭在甲板一落落的麻袋和油罐之間，身邊都跟著買家派來的驗貨人，做最後的清點。

熬了一夜，她腰痠的毛病又犯了，雙腿也腫脹到不行，但這還不是放鬆的時候。若是張二有心搞垮萬順，這正是最好的機會。她的胸口噗噗直跳，緊張地等待最後的結果。

張二這組先完成了清點，拿著貨單過來報告：七百五十斤腦砂，一百三十五桶腦油。過了不久，謝文隆的報告數字分毫不差，他用旁人察覺不出的幅度朝阿帆一點頭，她總算把憋在喉間的一口氣呼了出來。

順利送走買家和貨船之後，回到腦館，她還有一件棘手的事要做。她把張二單獨叫到帳房裡，吩咐文隆，不讓其他人進來打擾。
「辛苦你，這次的事總算圓滿解決了。你在萬順的資格比我老，所以我想請教，該怎麼處理這個飼老鼠咬布袋的人才好？」
張二撲到地上，久久不敢抬頭。
「都是我的錯！頭家娘還肯給我彌補的機會，已經是天大的恩惠了。小的一時糊塗，心生貪念，才會聯合外人，做出這等沒良心的事來！小的犯下大錯，再也沒臉待在萬順了。」
「就這樣放你走？太便宜你了。」
張二錯愕地一抬頭，只見她蹲身下來，臉色柔弱蒼白，眼神卻澄澈銳利得如同鏡子。他只能看見自己縮得極小的倒影，看不透鏡子背後的心思。
「像你這樣既能經營大買賣、又能收攏人心的大才，哪家大商行不想要？特別是你丈人和他的朋友，正需要你去替他們籌畫新局。不過就算去高就，恐怕也不會一帆風順。你辜負老陳的推薦和我的信任，違背行規，你在萬順做了什麼好事，現在知情的人還不多，傳出去，恐怕日後在艋舺或大稻埕，都很難做人。」
「這件事千萬別說出去，求求頭家娘，要我做牛做馬，我都願意！」
「真的嗎？來，站起來說話，蹲得我腳都麻了……我請問一句，是什麼原因，讓你決定冒險，把上好樟腦偷運出去轉賣？難道嫌我對你照顧不夠？」
「不，頭家娘的提拔之恩，小的哪敢忘記？只不過……。」張二垂頭而立，吞吞吐吐地說：「只不過，這話不中聽，小的不敢說。」

「難聽話我聽慣了，多聽幾句也無妨。說吧。」

張二嚥下口水，一臉尷尬。

「既然這樣，那些話，小的實在不好一字不漏……這樣吧，我說個大概就好。就是，呃，當初老爺沒能收服的那些客家腦長，來和我丈人那邊的人談過，希望通過艋舺這邊牽線，再多找些洋人來買貨。老爺過身之後，街上都在傳，說黃家沒有男人了，光靠頭家娘，萬順恐怕撐不過一年。想到將來的生計，我才會一時動搖，糊裡糊塗地答應替他們做內應。」

阿帆冷笑一聲。

「你轉告萬順上下所有人，從今天起，叫我頭家，不准再叫我頭家娘！外人要是搞不清楚誰才是萬順頭家，就說是黃阿祿嫂。另外，再幫我寫幾張請帖，昨天把上等樟腦賣給你的人，一個也別漏，我打算擺桌酒席，好好地答謝他們慷慨幫忙。」

見張二面有難色，阿帆又補了一句：「若是他們不肯賞臉，我只好去見陳道臺。通報有人私賣樟腦，也是我們腦館的該做的事。」

張二只得帶著帖子，去見他的丈人和朋友。他的丈人余阿發和那幫做腦的朋友，沒料到這個女頭家這麼快就捉住張二，原以為把私貨全換回去，女人心軟，就會罷手不再追究，怎料事情還沒完結。余阿發大罵女婿：

「這麼沒路用！你不是很有女人緣，怎麼連個寡婦也搞不定？」

「噓！別這麼大聲，小心給別人聽見了！」張二急了，就怕隔牆有耳：「阮頭家沒你們想的那麼簡單。這事被發現了，她沒叫我走路，讓我用工資抵付這筆損失。要是你們不去，到時我也會被連累。舊年林火旺那批私運的樟腦被官兵逮到，罰款賠到他只剩條褲子和一張草蓆，妻離子散，你們不想落到那種下場吧？」

雖然心中忐忑，但前思後想，無數次沙盤推演之後，這夥小商人們決定穿上最破爛的衣服前去赴宴。要是她開口求償，他們正好可以哭窮。

十來個乞食打扮的客人依約來到黃府，請門房通報。守門人掩鼻皺眉地接過他們的帖子，進去了一會兒，一位管家出來，客氣招呼他們進門。不知穿過多少雕梁畫棟、曲折幽深的假山花園，看到多少前所未見的珍寶陳設，正覺眼花撩亂之時，領路的管家在一座亭子前停步了。

「到了。各位請別客氣，隨意入座，頭家立刻就來。」

話剛說完，人就消失在迴廊的另一頭。客人們都傻了眼，這亭子裡空蕩蕩的，連張桌椅也沒有，叫他們坐哪？

「豈有此理！哪有人這樣待客的？分明是在糟蹋我們！」

「狗眼看人低嘛！來走啦！根本是吃人夠夠……。」

「大門在這邊吧？」

「不對，我記得剛才有經過一扇畫著蘭花的門……。」

「你在說什麼肖話?這裡每扇門都有蘭花!」

最後他們決定往東去，不料被一座山石擋住去路。往南走，遇見一個園丁，卻是個啞巴，比手畫腳地指出一條路，穿花拂柳，最後又繞回原來那座涼亭。只見黃阿祿嫂盛裝以待，立在亭中，身旁站著兩個婢女，對他們盈盈一笑。

「久等了，各位才去散步回來，想必餓得很了。我這就叫人上菜。」又吩咐一個婢女：「去叫張掌盤來陪客。」

余阿發率先發難：「不用了!請我們來這裡吃飯，連張椅子也沒有，這像話嗎?」

黃阿祿嫂沒被他的氣勢嚇倒，若無其事地微微一笑，視線掃過每個人襤褸的衫褲。

「歹勢，我主隨客便。我看各位今天穿得這麼輕鬆，想必是因為天氣好，想多吸幾口新鮮空氣，所以我臨時改變宴客地點，免得你們感覺不自在。」

只見僕人們在地上鋪了草蓆，每個席位放上一副陶碗和竹筷，唯獨搬來一組單人黃楊木桌椅，放在黃阿祿嫂身後。女傭端來一個冒著熱氣的飯桶，用飯勺往每個碗裡舀了一勺帶著粺糠的地瓜飯，卻在黃阿祿嫂的桌上放了鑲金的象牙筷，一碗清雞湯和香噴噴的豬油拌飯。

「粗茶淡飯，不成敬意。來，各位請坐，我們邊吃邊聊⋯⋯。」

一個衣服滿是補丁的小商人，怒氣沖天地抬腳踢翻草席上的飯。

「茶在哪裡?叫客人坐在地上吃這種東西，妳把我們當成什麼?討飯的嗎?」

黃阿祿嫂詫異地抬頭，上下打量他：

「咦，你們不是嗎？那何必穿乞食的破衫做客？」

這一問，立刻堵住客人們的口。張二趕來時，也被眼前的場面嚇一跳，脫口就說：「這……。你們怎麼穿成這樣？太失禮了吧？歹勢，頭家，我不知道……。」

原本打算好好羞辱黃阿祿嫂，不料反而自取其辱。剛強的余阿發可不會就此認輸，索性將錯就錯，一屁股坐在草蓆上，伸腿撓癢，擺出無賴的姿態。

「有什麼好歹勢？在女人面前別像個媳婦仔，你的骨頭呢？」他盤起腿來，凶狠地瞪住黃阿祿嫂：「要不是我們及時幫忙，提供那批樟腦，妳今天還能妝得水水的，坐在這裡吃飯嗎？」

黃阿祿嫂呷口湯，從容地回答：

「你別忘了，那批貨本來就是萬順的，我還付了不少錢贖回來，只要你願意聽我接下來要說的提議，這筆債，我可以一筆勾銷。」

「憑什麼說是妳的貨？證據呢？」

腦商們不服氣的粗聲大嚷，張二暗中拉拉丈人的衣袖，使個眼色，勸他別再爭了。余阿發反應也很快，舉手要同伴們安靜下來。

「好，既然人證在此，這件事就不去說它了。妳打算怎麼處置我們？要賠錢，妳看我這衣服，」他翻出衣袋，指指上頭的破洞：「根本掏不出一仙錢。就算去跟官府告發我們，妳也拿不到好處。」

黃阿祿嫂放下碗筷，走到他面前，使他不得不仰頭看她。日頭在她腦後形成一圈光暈，極為刺眼，他得遮住眼睛才能看清她的表情。他知道這姿勢很可笑，但這時才要站起來嘛，又像被先生叫起來問話的學童，更顯得氣短。他頑強地仰頭直視她，即使被陽光刺得快流淚，即使她的臉看來一團霧黑，他還是不能低頭示弱。她的語氣卻謙虛得出他意料之外：

「老人家，我請教你，做了幾十年的樟腦，你哪年賺得最少？」

「最少？」余阿發冷哼一聲：「自從黃阿祿父子插手，入來樟腦這行，我的生意就一年比一年差。我們這些做小買賣的，沒資金買到最好的本樟芳樟，請到足夠的人工。去腦寮採買，品質最好的腦砂，不是被萬順、就是被洋人買走。就算想熬出好腦，過濾出更純的腦油，連換個新鍋爐也沒錢。你還有膽問我哪年賺最少？」

「那麼，你們拿出萬順的貨，去賣給洋人，又能賺多少？」

說到這個，余阿發不覺眉飛色舞：「最多時，一斤能賣到二十圓，賣個一百斤，就比我過去兩年加起來賺得還多，還不用被海關和頂手剝好幾層皮……。」

黃阿祿嫂歎口氣，接下他的話：「只可惜，沒有人能天天過年，萬一被官府查到，或是被洋人挑剔殺價，這麼沒有保障，你前半輩子的心血就全完了。」

「不然妳叫我們怎麼辦？我們要賣、洋人要買，都得經過腦館再抽一手，光明正大地運出去，還要扣一堆有的沒有的釐金貨稅，實在太不公平了！逼死我們這些窮人的就是萬順，還敢說這種風涼話！」

她看著發話的腦商，輕輕點頭。

「這也就是我請各位來的目的。我有資金和腦館這塊招牌，也有能力買最好的設備，請最多的人手，現在樟腦價格不透明，大家胡亂喊價，有人贏就會有人輸，為何不互相幫忙，讓大家都成為贏家，皆大歡喜？各位有的是人脈和技術，但是買不到最好的樟樹，沒有好用的爐灶，請不起人，注定生產不出最上等的樟腦。咱來交關，如果我提供資金讓你們買到最好的原料和工具，苦力和運輸費也由我承擔，條件是你們把所有的成品都交給我們賣出去。現在樟腦價格年年上漲，我們就以當年每斤收購價來三七分帳……。」

「不行！要五五對分！」

「對啊！憑什麼你們拿那麼多？五五分，不然就不幹！」

黃阿祿嫂抿嘴笑了，看向那些抗議的商人。

「好，那就五五分，既然各位嫌七成太多，我們就公平一點。」

他們發現自己上了當，原來她提議的七成是要給他們的？

「講清楚嘛！那就還是七三分！」

「這麼說，各位是同意和萬順做生意了？做生意最忌諱翻臉不認帳，五五分若不滿意，六四分如何？我們白紙黑字，各位送來的樟腦，我光明正大的替你們賣出去，每斤價格的六成利潤就是你們的。我拿的四成，用來支付這些製腦的原料和工錢，每年開春會依品質和數量，定出價格。你們不怕官府來查，也不用怕被買家敲詐，大家的收入絕對比現在還穩定有利。」

小商人們交頭接耳了一番，覺得她說的有理，他們有錯在先，她不要賠錢，反而用這麼有利的條件交關，看來真有合作的誠意。穩當的利潤，總比冒著風險久久賺一票來得可靠。從前黃阿祿也動過這個主意，用各個擊破的手法，想拉攏散戶，結果引起他們的反感。看來這個女頭家收服人心的本領，比黃阿祿高明許多。

「好吧！就這麼說定了。有錢大家一起賺，總比互相搶地盤的好。」

黃阿祿嫂豪氣地一聲喝采：「好！為了余老爺這句話，我們該喝一杯來慶祝！請各位老爺移步，大廳的酒席已經準備妥當了。」

2

有張二和謝文隆當左右手，加上退休的掌盤老陳當顧問，萬順腦館短短半年內，就手握艋舺九成的樟腦貨源，成為主要的供應商。先前想看黃阿祿嫂好戲的腦商們，再怎麼搞小動作，幾乎都逃不過她布下的眼線，漸漸也就不敢輕舉妄動了。

黃家族人眼見她把生意做得比阿祿在世時還興旺，便後悔當初退股太莽撞，少賺了許多銀兩。他們試探著想知道是否還可能入股，可惜慢了一步，全碰了黃阿祿嫂的軟釘子：當初他們持有的股份，早都被那些割店仲辦們瓜分完了。

阿祿過世的次年三月，媽祖祭典的頂郊大會，照常在龍山寺後殿舉行。黃阿祿嫂第一次以爐下的身分參加，還沒搞清楚行郊的作用和規矩，例行的盛大祭典過後，就糊里糊塗抽中爐主的神籤，還擲出三次允筶。

事後她才知道爐主任期一年，非但不支薪，還要勞心費時管理行郊田產、釐金貨稅的抽取、辦理書院義渡善堂的雜務，主持祭典和聚會，是個繁雜吃力又容易得罪人的工作。行商有糾紛時除了要公正調解，遇有銀錢虧空或朝廷命官調動，還得自掏腰包墊付款項。

她一開口謙辭，馬上有人大力誇讚黃阿祿嫂如何能幹，如今成了腦郊的頭人，深得諸位神明信任，才會透過聖筶傳旨，把爐主的重責大任交到她手上。再說爐主是輪值擔任，萬順料館這些年從沒當過，阿祿才剛過世就中籤，可見是上天垂憐的旨意。另外還加上一句恐嚇：要是她不識好歹，再推三阻四，就是對神明大大不敬。

神明這頂大帽子扛出來，再多的道理都說不清了。黃阿祿嫂眼睛雪亮得很，遠遠看見幾位頭家互相交眼色和微笑，低聲交頭接耳，就知道這是有心人的設計。有年紀的頭家，都是黃光淵的茶友或棋友。和她平輩的幾位爐下，則是抱臂冷笑不語，就等著看她出醜。

看戲的人多，好強的黃阿祿嫂豈會讓他們趁心如意？她起身拱手，感謝爐下們鼎力支持。

「承蒙各位的厚愛與信任，我黃吳氏代表萬順腦館，接下今年的爐主。本人初當重任，正是個大好的磨練機會。不了解規矩，難免犯錯，請各位大度包涵，多多指教。」

她轉向喜上眉梢的前任爐主：「爐主業務的交接是今天就做呢，還是要另找黃道吉日？」

「當然是現在就交接！來，這是大印、清冊……我來介紹郊書[2]和大斫[3]給你相識，郊裡的大小業務，他們最在行，有事隨時跟他們請教就是了。」

茶行林頭家的大嗓門壓過他：「急什麼！這些攏是小事，你們之後再約時間慢慢來。今天難得大家都在，自然要好好飲酒開講。走吧！我在芙蓉樓定了桌席，今天我林某歡喜請客，大家都要到，不來就太不給面子了！」

黃阿祿嫂事先打聽過，頂郊大會的聚餐通常都是在龍山寺後殿辦桌，祭拜過後，撤除部分供品，請總鋪師來燴煮開席。怎麼今天改了花樣？

所有的眼睛都盯在她身上，她立刻恍悟：芙蓉樓是凹肚仔街上新開的酒樓，有侍酒的妓女，離得月樓不遠，叫局也方便，分明是要她難堪。

2　郊書：爐主的顧問兼秘書。

3　大斫：替爐主執行公務的左右手。

若推辭不去，正好遂了他們的意，男人們可以盡情在席間詆毀她。若是去了，他們必定不會錯過這個羞辱她的大好機會。她若招架不住，就證實了他們的想法：看吧！女人還想和男人平起平坐，一爭長短？下輩子投對胎再說吧！

「走吧！去喝個痛快！」

「多叫些水姑娘來！難得林阿舍做東，一定要叫些幼齒顧眼睛的，好好補身體！」

眾人喧嚷著往外走，黃阿祿嫂落單在後，緩緩步出廟門。等在外頭的跟班立刻趕來報告：六少爺發燒，燙得厲害，一直喊著要阿母，請頭家娘趕緊回去。

黃阿祿嫂心頭一絞，阿瑞身子嬌弱，這回被哥哥傳染水痘，燒了兩天，昨天才退，怎麼又燒起來？她想飛奔回家看孩子，理智卻及時攔住她。

天已黃昏，四處升起的炊煙，就像母親們溫柔的聲聲呼喚。但是現在的她，不單是母親，更是父親。

「叫嬋娟去請顏大夫來看。跟荷葉說，燒桶溫水替六少爺擦身，餓了就餵他喝白粥，其他人不准進房。特別是五少爺七少爺還沒出過痘，先讓他們搬到正廳後面的房間去住。我現在沒閒回去，你吃過晚飯後，再到芙蓉樓找我。」

獨自走向燈火通明的凹肚仔街，遺忘多年的昔景舊事，一下子湧上來。

這是她成長的地方，也是阿祿發跡的源頭。既然改變不了過去，不如把這個不光采的印記，變成一則後世傳揚的傳奇。

空氣中有她從小熟悉的脂粉甜香和酒味，沿路敞亮的樓窗飄出悅耳的絲竹音樂，門口傳來一波波軟膩拉客的鶯聲笑語。

她深吸口氣，挺胸抬頭，正準備大步走過門面換新的得月樓時，後方忽然傳來達達的馬蹄聲。她急忙往路邊一讓，只見騎在馬上的金紫身影，像條流光，直朝芙蓉樓的方向奔去。

走近芙蓉樓，那條扎眼的背影，想不注目都難。薑金品字織錦披風，銀白馬褂，配上棗紅真絲袍，露出煙灰色緞面紮腳褲，和繡滿金如意的粉底烏靴。胸前掛著金錶鍊，手上戴著翡翠扳指，腰間垂下一條松花青流蘇絛帶，繫著小金鈴和龍蟠玉珮，一走動便悅耳的叮噹作響。這人似乎還嫌身上不夠花俏，頭上戴頂訂製的印花洋布滾紅邊瓜皮帽，把手上的馬鞭當枴杖，看上去更顯得不倫不類，惹人發笑。

黃阿祿嫂不覺莞爾，迎上前去打招呼。

「馬俏哥，剛才在公所沒見到你的人影，怎麼現在倒出現了？」

馬俏哥把鞭子和披風交給跟班，露出瀟灑清爽的笑容，朝她一拱手。

「吝嗇鬼林阿舍難得請客，怎能錯過？頂郊大會就算了，交錢簽到，意思到了就好。聽說黃阿祿嫂選上爐主，恭喜啊，接下來這一年免驚無聊了。」

「連你也等著看我笑話？」面對和她年紀相當、玩世不恭的馬俏哥，她緊繃的神經總算放鬆了些：「借問一下，從前你大嫂當家的時候，也都要來參加行郊聚會嗎？」

「好佳在沒有。就算我大嫂當家那幾冬，頂郊有事，代表王益興船頭行出面的，還是我爹。論辛苦，恐怕妳挑的擔子比她更重。不過妳免煩惱，商場就是這麼現實，勝者為王，再多的難聽話也傷不到妳。」

這番話加上他坦率的態度，多少安慰了她。

跑堂領他們走進林頭家的包廂，席上早已杯盞狼藉，有人正說著關於生殖器和床幃內的俏皮話，男人們哄然嘩笑，有如狼嚎。

花枝招展的妓女們偎在客人身邊調笑勸酒，擠得滴水不漏。黃阿祿嫂四下一望，眼看是沒有空位了。

幾個商人一見到馬俏哥，立刻把妓女趕到身後，專為他騰出一張桌位，卻笑嘻嘻地對黃阿祿嫂說：

「歹勢啊，黃阿祿嫂，座位有點擠，要妳挨著我們這些臭男人坐，實在太失禮了。不如妳將就一下，坐在這兩位姑娘中間吧？」

那位置就在老爺們身後，一般是陪酒妓女的席位，根本擺明了侮辱人。

黃阿祿嫂不接腔，環視三張大桌，指著一處較寬鬆的空位，吩咐跑堂在那裡添張椅子，神色自若地就座，自己斟杯黃酒，笑吟吟地起身敬大家。

「失禮，我來晚了，讓各位久等，我先乾為敬。」

說完一仰而盡，郊商們紛紛鼓掌叫好。鹽商許頭家不懷好意地大聲喝采：

「好酒量！果然是得月樓出身的女中豪傑，這氣魄無人得比！你們這些小姐啊，都該好好跟這位前輩學學，只要嫁入豪門做細姨，母以子貴，就有機會出頭當家了。」

「許老爺過獎了。小女子我出身卑微，淪入風塵也是命中注定。不過，我黃吳氏能活到今天，都要感謝各位老爺賞飯吃。若不是各位菩薩救苦救難，常常到凹肚仔街來施捨金銀，不嫌骯髒，用肉身和大愛來普渡我們這些弱女子，我哪有機會當上頂郊的爐主呢？」

這番話引得花姑娘們掩嘴竊笑，許老爺們卻臉色僵硬，原本想潑向她的糞水，這下屎盆反而扣在自己頭上了。看來這牙尖嘴利的寡婦不好惹。

有人乾笑一聲，把話題轉移到最近的茶葉行情，和大稻埕新起的街市和商行。同桌的人低頭默默吃菜，不敢再抬眼看黃阿祿嫂。被她指名請教時，也只能戰戰兢兢，老實回答，唯恐再度中槍。

只有馬俏哥遠遠地抱臂微笑，向她眨眨眼，顯然很欣賞她的惡作劇。

這些郊商不敢在口頭上排擠她，背後的難聽話從沒少過，黃阿祿嫂只當做沒聽見。

交接郊中財產帳簿時，誰也沒想到，黃阿祿嫂會認真去逐條核對那些繁雜的帳目：短少的田產租金利息、漏交的貨物稅、誰借用未還的公款、哪家商行短報的船稅釐金、異常龐大的庶務支出，她都不放過。追回欠款之後，還制定了一套簡明的記帳方式，要求郊書和大斫切實登錄收支，每十天交給她查核。

郊書是個鄉愿的蔡姓老師爺，秉持與人為善的原則，遇事能混則混。真要追查起來，他犯的錯誤可不少，於是私下對人抱怨新爐主太苛刻，放話不幹了。

有心的郊商便為他獻計：黃阿祿嫂只是個沒讀過書的女人，對公文也不大通。不如請內眷去探望送禮，攀好關係，或許她心一軟，會給他留點餘地。

不料蔡夫人回來，滿口誇讚黃阿祿嫂待她如上賓，用上好的茶點招待，請大夫人二夫人出來相見，以姐妹相稱。又說師爺在公所服務這麼久，聽說他萌生辭意，雖然不捨，不過他若想安享天年，在家含飴弄孫，黃阿祿嫂也不好強人所難。

蔡師爺沒料到黃阿祿嫂居然順水推舟，話說得好聽，分明是逼他辭職，臉色頓時垮下來。

「她讓我走？郊書這行可不是誰都能接手！」

「我也是這麼說，不過她要你免煩惱，還請我把這疊銀票交給你，說是感謝你多年熱心的酬勞。」

蔡師爺疑惑地打開信封，裡頭除了一張十兩的銀票，還有厚厚一疊他親筆寫的公事文稿，上頭用紅筆滿滿圈出他的手誤和數字錯漏處。

那些紙張雪花般撒了一地，他重重跌坐在椅上，心中又氣憤又羞愧。氣的是自己滿腹經綸，竟然鬥不過一個青樓出身的大腳ㄚ頭。羞愧的是紅筆圈出的錯誤，歷歷在目，他就算想賴也賴不掉。

他實在想不透：他寫得一手文謅謅的公事，她怎麼看得懂？想必她有個能幹的幫手。

他猜得沒錯，這幫手不是別人，卻是黃家大少爺阿嘉。

自從父親驟逝之後，阿嘉本想放棄課業，遵照父親的心願，從學徒幹起，早日繼承家業。母親卻堅持他要繼續讀書，另請當過漢藥堂帳房的周廣英教他做帳和寫公文。周廣英原本是個貢生，可惜時運不濟，接連遭逢丁憂，偏都逢上鄉試當年，依例必須守喪三年，不得應考。周廣英自忖天命苟如此，家中尚有七口人待他養活，便絕了仕宦之心，學做生意。郊書寫的那些文稿，加上公所的帳冊，正好作為周廣英驗收弟子成績的最佳考卷。

周廣英頂替郊書的職位，雖然引起郊商們的議論，慫恿蔡師爺捍衛自已的工作權，但蔡師爺自知理虧，只好打哈哈說他年紀大了，正好趁這機會退休養老，免得被掀出老底，丟了顏面。

董事們和其他爐下一時提不出更好的人選，只得勉強吞下爐主黃阿祿嫂的決定。兼領家教和郊書兩份薪水，大大改善周廣英一家入不敷出的窘境，對黃阿祿嫂這份知遇之恩，他只有竭心盡力，用工作來報答。

行郊用在地區公共事業和祭祀的繁瑣款項，大部分來自房產和田地的租金與利息，這大大啟發了黃阿祿嫂：原來還有這麼輕鬆的收入！

當年頂下郊拚後，黃家在同安人的舊地盤上，趁便宜買下不少土地和房產。後來阿祿的重心事業從福杉轉到樟木，只把這些地用來當囤貨處，或是提供給初渡來臺的親戚暫時棲身，還捐出去蓋了一間乞食寮，卻一直沒想到拿來活用。

她派謝文隆去打聽土地和房產行情，雖然不如新興的大稻埕看俏，但艋舺畢竟還是淡水廳最繁華的地帶，商業活動最多，依然有增值的空間。

碼頭這些年改變不少，大船吃水漸淺，貨運吞吐量正在逐漸遞減中，船運商機也被大稻埕碼頭瓜分不少。但是洋人收購樟腦的意願有增無減，價格也越來越高。若是穩住樟腦這項本業，樟木和福杉進出口居次，土地房產的租金做為固定的基本收益，進可攻退可守，豈不妙哉？

打定主意之後，她先找對娘和嬋娟商量，縮減家中開支，精簡傭工。同時也讓斗娘接些繡活做，除了讓她打發時間，恢復精神之外，還可替她存點私房錢。孩子們都大了，用不到奶媽和保母，就交給對娘管束發落，介紹她們到宗族親戚家裡去做事。給上了年紀的老僕一筆退休金，適婚的大ㄚ頭也嫁出去，只留一半的能幹幫手。

兒子們食量大了，餐食求量不求精，粗茶淡飯取代山珍海味。簡單的掃除和洗衣工作，就交給少爺們做，不讀書的空檔，就讓他們到腦館和碼頭實習，或是跟著保鑣練武。

從小習慣傭僕服侍，現在卻要他們弄髒自己的衣服去做這些下等事，起初少爺們當然不肯。但是二娘告訴他們，阿母年少時如何趕早倒糞桶、晚上如何跪著清洗臺階上的嘔吐物，冬天還得打井水，用手洗一堆衣衫床褥，簡直是煉獄的懲罰。少爺們聽得噁心，就覺得掃地打水全是輕鬆小事了。

工作再忙碌，黃阿祿嫂一定陪孩子們吃晚餐，聊聊一日的行程和趣事，和他們討論經商策略，讓他們明白她持家儉省的用意。這麼一來，除了省下一大筆開銷，還讓孩子們體會到金錢得之不易，免得他們染上紈褲子弟的習氣。

料館的盈餘，她學習洋商的作法，拿一筆資金放貸給腦長和腦丁，除了保證貨源，也讓他們得以安家工作。碼頭和伐木的四成收益，則是由負責渡頭保安和上山監工的十八王爺均分。

扣去賣給官府和洋人收購的部分，餘下樟腦，她依成色分為三等：上等提供給藥商製作冰片等藥材，收益極高。中等則賣給割店和文市的下手，當作一般家用原料。

最差的殘料，她也絕不浪費，讓工人再次精煉，交由做零工的婦人製作洗衣用的樟腦皂和除蟲劑，再讓小販仔帶到郊區鄉間去叫賣。薄利多銷，萬順腦館多了筆抽成收入，也讓這些窮人的生活改善不少。

黃阿祿嫂拿這些盈餘和錢莊貸來的資金，買下料館口街大部分的房產，同時把原有建物整修得煥然一新，租給各商行販店使用。

八甲庄距龍山寺不遠，是人潮匯集之地，商機可觀，她擁有的店面街屋很搶手。當初買進時根本沒人看好，價格賤得像買蔥，此時趁高價時賣出幾棟，半年就償清貸款。

臨眺淡水河的料館街近碼頭，方便進出口商做生意，來洽詢租屋的商人不少，她還得聘請一位代書專門處理，才忙得過來。

正當她的生意蒸蒸日上，料館口街氣派的新宅邸也即將落成之際，卻接到一封官府文書，說黃阿祿四年前出口一批樟腦賣到天津，未依規定繳納船稅及貨物出口稅，欠銀三百二十圓。四年來屢次追討未果，加上利息，已達五百圓，欠稅惡行，理當重罰。經官員調查，萬順腦館資產龐大，若再不繳納，便將強行封查料館口街三棟店屋，直到欠款付清為止。

一收到信，黃阿祿嫂立刻向老陳和丁老先求證，也核對往年單據帳目，的確有這筆出口到天津的樟腦和大菁。但該付的關稅船稅，一毛也不少，為何如今又來索討？

她立刻請老陳指導謝文隆寫封公文回函，同時附上蓋有官防大印的憑據為證。信送出了，一直沒有下文。看來一向糊塗的官府還算講理，也就沒把這件小事放在心上。

斗娘和對娘的名下都擁有房產和田地，出租收益有四成是她們的私房錢，讓她們得以安心照料家務和孩子。

這天代書帶著一位青年來拜訪黃阿祿嫂，介紹他是寶順洋行的買辦李春生，看上斗娘名下的幾棟店面，想租來做製茶廠，希望能當面洽談。

李春生穿著乾淨漿挺的月白棉袍和茶色小褂，戴一頂繫黑緞帶的洋草帽，大約三十歲左右，看上去像個白面書生。黑眼珠黃皮膚，光亮的前額，背後一條長長的黑髮辮，分明是清國人。安然自若的神態，毫不拘束的舉手投足，卻有奇特的異國風采。

他向黃阿祿嫂一拱手，用唱歌似的腔調自我介紹之後，向身後的小僮一招手，送上一個藍底燙金字的禮盒，上頭印著細緻的草葉圖案和藤蔓般捲曲的洋文。

「這是寶順洋行在臺灣生產製作的烏龍茶，務必請夫人品嚐看看。」

「烏龍茶？不都是從福州和廈門進口的嗎？」

「夫人內行。在下是廈門出身的茶農子弟，自認對茶也略懂一二。過去臺灣茶都是粗茶，只能當混合物。好茶都是由安溪出產，廈門茶師製作，再用貨船運到海外，這樣一來，海陸運輸成本增加，茶葉價格也沒法壓低。如今洋人也愛喝中國茶，我的洋人頭家陶德先生看中這個商機，發現臺灣北部氣溫土壤很適合種茶，離港口不算遠，比福建的船運更方便省時，引進上好的安溪茶苗，也種植成功了。如果能在此地精製，直接外銷到花旗國，不但能保證茶葉新鮮，也能降低產銷成本，獲利必定可觀。」

婢女泡好茶送上來，端起蓋杯，果然茶色如琥珀般晶瑩，芳香宜人，入喉醇美，原來臺灣也能做出這等好茶？

「恕我好奇，李先生是怎麼開始和洋人打交道的？」

「夫人可知道，安平、淡水、雞籠為何這些年陸續開放為商埠？」

黃阿祿嫂約略聽人提過，卻不大有把握。她一向自豪能力不輸男人，能賺錢養家，就很了不起了，突然被這麼一問，她才發現自己有多淺薄。世界那麼大，除了艋舺，她幾乎一無所知。

有他溫和的眼神鼓勵著，她才試探地開口：

「嗯……是大清朝廷打輸了洋人，所以被逼著開放？」

「沒有錯！完全正確！」他大聲稱讚，竟讓她像個小孩似地開心臉紅了，但考試還沒結束：「那麼夫人可知道，大清帝國強盛了兩百年，為什麼會輸給洋人？」

這就考倒她了，因為生意往來，她接觸過的洋人不多，只是透過買辦交涉，對洋人的世界沒機會深入了解。只知道他們做的自鳴鐘和屏風摺扇手帕，特別精緻漂亮，槍砲賣得特別貴，械鬥時人人搶著要。淡水港那裡常有火輪船進出，一天之內就能到達廈門，速度比戎克船快了兩倍，船上配有強大火砲，不怕海盜滋擾。要是能改用火輪船載貨的話，不知能省下多少時間和成本？

李春生還耐心微笑著等她回答，她搖頭笑道：

「我不認識半個洋人，怎麼知道他們哪裡厲害？」

李春生彷彿讀出剛才盤旋過她腦中的想法，替她接下去說：

「別的不說，夫人身上這件衣服的布料，看上去質地細滑，織工上好，顏色也不是普通染坊能調出的，肯定是進口的洋布吧？我估計，一尺還比內地來的土布便宜兩圓，夫人果然精明能幹又識貨。要不是有洋人的織布機器和火輪船，要做出這身適合夫人的美麗衣服，恐怕要花上好幾倍的價錢。」

「過獎了。看來李先生從洋人那裡學到不少。」

「是的，跟洋人來往，讓我眼界大開。若有榮幸能陪夫人到淡水洋行參觀，參加領事館的下午茶會，替您引薦幾位洋商，或許還能爭取更多對外貿易的機會。」

他談起洋人頭家的軼事，讓她聽入了迷。想像金髮碧眼的陶德先生獨自遠渡重洋，來到語言不通的遙遠島嶼，深入田野山林尋找商機，說服茶農、挑戰同行、冒死面對生番。這些刺激的真實故事，都讓她血液沸騰不已，海風吹來，她似乎聽見遠方的召喚，催她去投身真正的冒險。

要是能搭上火輪船，去看看遠方的異國，要是會說洋文，就能買下更好更快的機器，去生產更多的貨品……。

「那麼，就這麼說定了。這五十圓，是我代表寶順洋行付的定金，過兩天契約擬好之後，我再過來簽字，到時請夫人賞光，同去淡水一遊。」

李春生走了之後，他衣衫上若有似無的香氣，久久不散。冷靜下來，她才突然想到，同他去遊淡水？不可能！旁人會怎麼說閒話？

但她真想親眼去看看那些火輪船、那座聳立在山丘上的紅毛城、那些能造出利器和精品的頭腦。

3

老天彷彿應允了她的心願，過兩天，她就收到來自黃龍安的請帖。

黃老太太八十大壽，黃龍安出名地事母至孝，即將在淡水大宅舉辦壽宴，特邀黃阿祿嫂一家人赴宴。

壽宴當日，黃阿祿嫂搭上滿載壽禮的大船，和兒子們先出發。讓容易暈船的斗娘和對娘有充裕的時間打扮，再由保鑣護駕，搭牛車前往。

船經大稻埕，繁忙的碼頭，連綿的屋宇閃耀著嶄新的光芒。難得全家一起出門，天氣又好，身穿新衣的孩子們都很興奮，靠在船舷上吱吱喳喳指點沿岸的景物。躍出水面的海豚，飛掠而過的點點水鳥，都讓他們驚奇得合不攏嘴。

「哇！嘿係所在？那些新厝足水吶！」

「憨頭！嘿係大稻埕啦！再水，也比不上咱艋舺富裕，樓仔厝也不比艋舺多。」

「為啥咪？我看那些店面都有在做生意，人也很多啊！」

阿胡被阿喜問倒了，阿瓊立刻接口：

「人再多也沒用，那裡的同安人和咱相戰輸了，才跑到這裡來發展。若論做買賣，當然拚不過咱三邑人啊！」

難得悠閒看風景的黃阿祿嫂，聽著兒子們的對話，不由得轉頭看嘴上生出嫩髭的長子阿嘉，有意考考他。

「你看大稻埕和艋舺相比起來，如何？」

阿嘉顯出大人般的深思熟慮，他知道母親的問話別有用意，沒有立刻回答，凝神觀察，大半天才開口。

「那些小船載的貨不如艋舺多，都是茶葉油糖和布料這些日用品，比咱的貨輕多了，不必接駁就能直接進港，看來比艋舺有利。」

「說得對，咱渡口這兩年變化很多，水沒那麼深了，港底的淤泥也難清理。大船進不了港，是早晚的事，等到那時陣再來應變，恐怕太晚了。你有什麼好想法嗎？」

「照我看……。」

阿嘉沉吟著，望向越來越寬闊的江面，海平面上幾蓬黑煙飄升，猶如晴空下招展的烏紗旗，突然臉色一亮。

「有了！若是把木材樟腦載到淡水，再換裝到火輪船呢？火輪船載重量大，速度又比綠頭船快，可以把更多貨物送到福州上海或香港去，更省時間。」

黃阿祿嫂微笑頷首，拍拍他的手。

「想法不錯。但是你忘了把起卸貨物的時間和工錢算進去，至少要出五趟船，才能裝滿一艘火輪……。」

正在心中打算盤時，她腦中靈光一閃：如果這些起卸運費和工人，甚至租用火輪船，全由買家負擔，不用腦館出錢呢？

頭上鼓漲的帆，遠看潔白如雪，靠近時才能看見它長年被鹽漬蟲蝕的痕跡。這船老舊又笨重，速度不快，容易被划快艇的海盜攻擊。就算收錢替別家商行載貨，出海時承擔的風險也不小，倒不如……還沒想完，孩子們的歡呼聲打斷她的思緒。

「滬尾到了！」

「山頂那棟足大的樓仔厝，就是紅毛館啊？看起來好奇怪！」

「哇！好大臺的黑船喔！這麼高，是要怎麼爬上去？」

「你看那些旗子！好漂亮！」

「那些金頭毛的番仔，在跟我們招手呢！伊們都沒有辮子，腦袋後面光溜溜，足好笑！」

「伊們穿的衫褲也真奇怪，項頸上還綁條狗仔帶，是要給人牽著走嗎？汪！汪！」

滬尾港比她童年登岸的印象大上許多，往來的船隻和人車也多了十倍。好容易找到空位靠岸，跟班先下船，雇了幾個挑夫和兩頂轎子，囑咐最大的四個兒子跟好隊伍，自己和三個幼兒分乘兩轎。

穿過嘈雜繁忙的倉庫和販市，彎進曲折的巷弄，橫過一片綠油油的稻田，最後停在賀客盈門的黃家大宅前。

黃龍安和妻妾們一身簇新的喜氣，忙著迎接陸續抵達的貴客。一見到領頭的黃季山和阿嘉，黃龍安立刻熱烈寒暄，上前來扶著黃阿祿嫂下轎。

「歡迎歡迎！阿祿嫂全家遠道而來，真是給我黃阿蘭面子！」

「承蒙阿蘭兄和老夫人照顧，老夫人大喜，我們不來鬥熱鬧怎麼行！」

黃家這座舊宅大院雖有年歲，卻保養得極好。寬廣的前埕是一畦映著綠竹的清澈月眉池，占地二甲的三進四合院，磚色紅潤。廊簷斗拱本就沒有太多裝飾，經過長年的風吹日曬，原本的朱漆已斑駁，露出上好福杉的原色，反而顯得莊重古樸。

聽到她對屋舍的稱讚，黃龍安黝黑冷峻的面部線條柔和了。

「果然是內行的！當初起厝的這批上好材料，還是阿祿舍和老世伯半買半送的。住了快三十年，妳看看這柱子，沒有半點蟲蛀或腐爛，都是託萬順料館的福。搬到艋舺這幾冬，我阿娘住不慣，一直念著要返來淡水的老厝。所以今天才特別選在這裡擺桌，地方夠大，老人家開心。只不過要麻煩客人走這趟遠路，真是足歹勢。」

「別這麼說，我們難得有機會來淡水玩，這裡和艋舺不同款，孩子們看什麼都希罕。」

「可不是？自從滬尾開港，這裡變化很大。」

他長長歎了一聲，分不出是歡喜或憂慮。正待聽他往下說，他卻收住話頭，讓妻子過來招呼她，道聲失陪，迎向新一批上門的賀客。

她隨著女主人參觀過大宅，帶孩子們去向老夫人祝壽，便被領入席。

大宅後埕席開三十桌，還搭起一座戲臺，請來老夫人最鍾意的戲班子獻唱祝壽。席上受邀的大半都是熟識的艋舺郊商，和黃阿祿嫂拱手寒暄，便各自就座。

馬俏哥這日依舊打扮醒目，穿梭在各桌之間敬酒，妙語如珠，逗得老壽星笑不攏嘴。敬到黃阿祿嫂這桌時，他咦了一聲：

「阿祿嫂怎麼算女眷？你是萬順腦館大頭家，又是咱艋舺頂郊爐主，應當來坐主桌才對呀！」

「是我要換位子的，今天是好日子，我和這些姐妹姑嫂平日罕見，大家難得聚在一起，說說笑笑多輕鬆。」

「那可不成！這樣太失禮了。」他丟個眼色給自己妻子，讓她加入規勸，又低聲說：「還是上主桌吧！加上張德寶，咱艋舺三好湊到陣，讓老夫人面子有光。」

回到主桌，剛才那些笑容曖昧、互咬耳朵的男客，都換上一本正經的表情，和氣地對她假笑。她這才明白馬俏哥的用意，就算她在場，這些男人當她聽不見，大約什麼話都說得出口。

簽完租約後的第二天，寶順洋行發揮高效率，連夜在料館口街的三連棟店面掛上招牌，搬進許多揀茶用具和機器，並且貼出告示，在當地招募工人。

完成每天例行的巡視，黃阿祿嫂正要回腦館時，便看到應徵者萬頭鑽動，不分男女，把料館口街擠得寸步難行。

她好奇地探頭一看，只見門口擺著桌子和條凳，李春生正指揮應徵者排隊，讓書辦和洋職員替他們留下資料，又和坐在桌前的金髮洋人交頭接耳，想必那就是寶順的頭家陶德先生了。

正愁無路可走時，李春生眼尖，隔著重重人牆看見她，立刻又嚷又推的，幫她開出一條路，為她引見陶德先生。

「哈囉！傳說中美麗又能幹的黃阿祿嫂，今天終於見到了。你好！」

陶德向她伸出右手，她愣住了。沒想到這個紅毛番，雖然有些怪腔調，說的竟是一口流利的河洛話！她只得吶吶學舌：

「呃……你好。」

她用眼神向李春生求救，只見他向陶德附耳說了句話，陶德才頑皮地吐吐舌頭，縮回那隻多毛的大手。

「噢！歹勢，我老是忘記，男女不握手。」

黃阿祿嫂鼓起勇氣，盯住他的玻璃藍眼珠。

「你打算用多少人？怎麼來了這麼多，路都走不通了！」

陶德聳聳肩，無奈的微笑。

「我也嚇一跳啊！我只需要一百個揀茶工人，每個人一天付一角，手腳快的還可以多賺半角，現在來了這麼多人，還真難挑啊！」

只是揀茶工作，一人一天一角！幾乎比有一般技術的製茶工人多一倍，怪不得那些爭先恐後的應徵者都快打起來了。李春生扯開嗓門大喊：

「各位父老兄弟姐妹，免著急，拜託一下，照順序來，一個一個排好隊！沒排隊的，本店統統不用！」

這麼一喊，人們果然像螞蟻般自動排列，小小爭執難免，但料館口街總算清理出一條通道來。她不打擾他們工作，告辭回腦館去。這番洋派的作法和高額辛金，教她暗中嘖嘖稱奇。

回到腦館，文隆立刻派人倒茶來，扼要彙報當日收到的信息：駐在三角湧的兩位「王爺」回報，當地樟木所剩不多，最好改往新店內山探勘。當地番社不易溝通，需要更多山工銀和優惠條件打點。郊書周先生把中秋祭典的議事紀錄和帳冊都送到了，請頭家過目。另外，官府再度發來催討稅金的通牒，隻字未提上次附的通關憑據。

「看樣子，他們是打算直接要錢了。看到樟腦出口利潤大，就起肖貪了。隨便編個藉口說咱逃稅，太欺負人了！」

「頭家，這位同知富樂賀大人剛上任時，我們賀禮送得不少。聽說他在北京的妻妾兒女很多，看來他家用需要貼補，不如，就拿這五百圓做人情……。」

黃阿祿嫂喝茶潤喉，重重放下蓋杯。

「不行！他想要錢，明說可以。生意人就要緊的是信用和守法，要是我們繳了這筆不應該有的罰款，誰知道他下回又會使出什麼花招？這麼一來，萬順腦館的招牌，豈不是毀了？」

她把丁老先生叫來，從帳上能支應的交際費用撥出一百圓，又備了幾色水禮，乘轎直接拜訪知府衙門。

向門口守衛通報之後半個時辰，才被請入衙門的小廳等候。

又過了半個時辰，肥頭大耳的富大人捻著鬍子走進來，一臉不耐煩的神氣。先坐下來喝茶，把茶渣呸在地上，接著才打量站在一旁的黃阿祿嫂，色瞇瞇的小眼睛毫不客氣，從她的臉蛋、胸脯，直往下溜到穿著繡花鞋的一雙大腳。

「你就是萬順腦館的館主？積欠的款子，都帶來了？」

他是滿洲人，說的一口官話，黃阿祿嫂約略聽懂，但是她說不來官話，只能用河洛話不卑不亢地回答。

「在下是萬順腦館的頭家，敝姓黃。富大人到任也有半年了，今天特地備了薄禮，希望大人笑納。」

她讓跟班把禮物堆到桌上，富大人只瞟了一眼，伸手虛虛一揮，命她坐下，點起水煙，好奇盯著她裙襬下的雙腳。

「臺灣富家女人沒有纏足的，我倒是頭一次見到。」

話裡的輕薄意味很濃，她只當作沒聽懂，微微一笑，順勢接過他的話：

「大人有所不知，民女是窮苦人家出身，要做粗重工作，所以不綁小腳。今天民女能接下先夫的事業，也多虧這雙大腳，才能在山裡港邊四處巡視，腦館的大小事務，民女都要親力而為，絕不敢有半點疏忽。大人所說的欠稅一事，恐怕有點誤會，民女特地親自上門，就是想當面向大人說明。」

富大人瞇起眼吞雲吐霧，假裝聽不太懂她的河洛話，呵呵一笑。

「沒事，您大忙人，欠稅嘛難免，只要如數繳清了，既往不咎。」

「但是大人所說的那筆欠款，四年前就已繳清。上個月我們回覆時，就已經附上通關憑據……。」

「夫人誤會大了，我所說的欠款，並不是那筆出口到天津的船稅，而是進入滬尾港該徵收的貨物稅。有人密報，回程船上私運一批洋鴉片，載到港埠立刻脫手轉賣到另一艘福州船上，謀取暴利，又避開入關查驗。茲事體大，本官不得不嚴加查緝。」

她倒吸口氣，私運鴉片販賣？怎麼從沒聽說有這回事？冷靜推想，只可能是煙癮大的阿祿當年買來自用，數量能大到哪裡去？

「請問大人，私賣鴉片是重罪，先夫絕不會知法犯法，可有人證物證？」

富大人捻鬚微笑，看來似乎很有把握。

「人證嘛，我有。物證嘛，請看這封密報吧！」

說罷便兩手一拍，一個聽差便彎著腰從外頭進來，呈上一封墨色尚新的信。富大人打開來，先快速瀏覽一遍，再洋洋得意交給聽差，要他遞給女客人。

接過來一看，只見上頭歪歪扭扭寫幾個大字，寫明某年月日，黃阿祿從天津私運洋藥，入關等候查驗前，即私販給另一位船主，再由該人夾帶入關高價賣出。

署名人是王小牛，自稱是在滬尾港口的舢板船夫，這封信是由人代筆，畫押日期是今年四月。這種含糊不清的指控，她無法接受。

「請問大人，這位王小牛是否真有其人？當時距離萬順腦館的船有多遠？如果是私運，為何他能親眼見到？」

富大人滿以為有了這封信，就能坐實指控，被這麼一問，反倒答不出話來。

「那是……呃，這我就不清楚了。腦館雇用他的小船，接駁貨物或驗關的官員，也不是不可能。」

「我明白了。這封信肯定是小人偽造，故意擾亂大人的視聽。」

「喔？何以見得？」

「萬順腦館進出口貨物，向來都用自家的戎克船，在滬尾過關後，直接駛入艋舺的大溪口渡頭卸貨，斷無雇用小船接駁之理。若說是載運官員上船驗貨，那就更不對了。海關自有官船，就算臨時雇用舢板，能上大船的也只有官員，船家不能上去。若是船上有私貨，既然當時官員沒查到，船家要從何得知？」

「可能……海關有人收錢，被封了口？」

果然是被逼急了，口不擇言，還想把賄賂海關的罪名賴到已故的阿祿頭上？黃阿祿嫂冷笑一聲。

「賄賂官員，也是欺上之罪。大人不如先把整件事詳查清楚，把當時的海關人員、船家王小牛，統統找來詳細盤查，該處罰的人，一個都不能放過。只憑一封沒頭沒腦的密報，加上先夫已仙逝，沒法替自己辯解。把莫虛有的罪名，硬加在先人的頭上，恕我無法接受。」

她起身告辭，正要行萬福禮，卻又半途打住，昂然站直，俯視臉色煞白的富大人。

「對了！先夫在世時受封為奉政大夫，和富大人的官職同樣是正五品，民女既然代表先夫，按禮該平等對待。」

大膽刁婦！富大人從椅子上跳起來，差點脫口大罵，卻無從反駁，只能眼睜睜看著她拱手告辭，揚長而去。

富樂賀是淡水府同知，對農商賦稅頗感興趣，對海關事務卻是一知半解。清廷官員到臺灣赴任，一律不許攜帶家眷，孤身一人，難免寂寞，只有青樓花街的溫柔鄉，才能一解他的相思之苦。家用加上秦樓楚館的開銷，只靠同知那點微薄俸祿，根本不夠。

有親信替他出主意：艋舺多富商，區區幾百圓，對他們如同九牛一毛。但是直接開口要，有失官員體面，再說無商不奸，鑽巧門逃漏稅的事多得很，不怕抓不到。最好下手的肥羊，當然是第二首富、又沒男人當家的萬順腦館。

好容易編出個理由，四年前的稅，當事人死無對證，女人怕官，賠款數目不大，耍官威恐嚇一下，肯定會花錢消災。沒想到這大腳女人如此精明，非但沒上鉤，還占他便宜。此仇不報，豈不可恨！

4

料館口街的寶順洋行，成了艋舺羅漢腳白天的最佳去處。幾位高鼻深目的白人職員當然很希罕，不過最養眼的，還是那些坐在亭仔腳下揀茶、打扮得花枝招展的年輕女工。

大部分是清秀的在室女，胸前垂著油亮的粗辮子，白圍裙束出花布衫裡的纖細腰身，高高挽起的袖口，露出如酥如玉的一雙手腕，一面飛快地在竹篩上翻揀茶，一面和旁人說笑哼歌，膽子大點的，還會和男人鬥嘴。

洋行前青春洋溢的歡樂風光，看在艋舺保守仕紳眼裡，男女雜處公然調情，有傷風化，料館口街竟成了另一條凹肚仔街，成何體統！

黃光淵代表黃姓宗族，嚴正向黃阿祿嫂提出忠告。

「料館口街是咱黃家的地盤，現在外頭傳得很難聽，說……唉！說出來我都見笑。」

那些風言風語，黃阿祿嫂當然聽過。什麼黃阿祿的兩個妾都是凹肚仔街出身的，現在他人死了，女人沒本事維持生意，只能靠老本行吃飯，把房子租給洋人開妓院……這些繪聲繪影的八卦，從黃光淵藏不住的喜色就能猜到，他肯定提供了不少陳年素材。她早已學會感情不外露，和顏悅色地說：

「三伯，時代不同了，自從淡水開港，洋人帶來不少商機。讓年輕人有好頭路，多賺點錢幫忙家裡，沒什麼不好。」

「哼！哪有妳想得那麼簡單？番就是番，這些紅毛番走在街上，男人女人勾肩搭背，一點羞恥也沒有！現在他們把壞習慣帶來艋舺，還要來騙咱的錢和土地。等到這塊土地被他們下毒了妳就知，到時陣咱黃家就會被敗光。女人家就是心軟、太單純，紅毛番跟寡婦說幾句好聽話，就被迷得團團轉。」

「洋人有最新的技術，做生意也很靈活。我還想請陶德先生牽線，多找些國外的貨源……。」

「騙肖仔！現在樟腦都要賣給官府，再轉賣出關，私賣給紅毛番是違法的妳甘知？」

「我說的不是樟腦，而是……。」

「好啦好啦！麥擱講啦！反正紅毛番租的店面，妳最好盡早收回來，免得惹上更多麻煩。我話就說到這裡，聽不聽隨在妳！」

黃光淵不斷搖頭唷氣，吃力地站起來。底下人連忙到斗娘房裡，去通知他的兒媳，陪他一同回家。

晚飯時，斗娘突然開口問：

「三妹，妳租給紅毛番的店面，都是我名下的房子嗎？」

「是啊，簽租約時不是請妳畫押了？收到的租金和押金，丁老先也派人送去給妳，妳沒收到嗎？」

斗娘停住咀嚼的嘴，圓潤的額頭浮出深深的皺紋，牛反芻般囁嚅許久才說：

「嗯，沒事，我只是……不太確定。」

她的表情有點異樣，黃阿祿嫂沒放在心上，腦中只管盤算：新的大宅落成，過兩天就要搬家。還有陶德答應幫她尋找的洋布商，明天應該就會有回信。

第二天，她正在和丁老先核對出貨帳目時，有人慌張衝進腦館通報：

「不好了，頭家娘！有人到寶順洋行去鬧事，拿石頭棍子砸店，還打傷人！」

她大吃一驚，立刻叫黃季山帶幾個手下去維持秩序，和謝文隆交代完幾件公務後，才匆忙趕到。

萬順腦館的王爺們把鬧事者阻攔在外，但洋行的招牌已被拆下砸爛，亭仔腳的茶葉散落一地，女工們紛紛奔逃進店裡，關上大門。

買辦李春生臉上掛了彩，潔白的衣襟沾著血跡，又氣又心痛地站在門口，大聲和鬧事者對罵。一見到黃阿祿嫂，他就氣洶洶過來興師問罪：

「你來得正好，黃阿祿嫂！這些人都是妳叫來的嗎？他們說他們代表黃家，要寶順洋行滾出艋舺，這是什麼道理？明明我和妳簽了兩年租約，也付了錢，他們憑什麼來砸我的店？」

回頭一看，那些揮舞棍棒不停叫囂的男人，為首的幾個，的確都是黃家親戚。她好聲好氣的過去勸解：

「五叔、阿阮兄、七姑丈，有話好好說，不需要動手……。」

「好好說？就叫妳早點把紅毛番趕出去，妳把黃家的名聲放在哪裡？」

黃光淵排開眾人，走到前面指著她的鼻子罵：

「這房子不是妳的，妳憑什麼偷偷把它租出去？」

她怔了一下，這才想起昨晚斗娘的問話，看來，她把這事告訴了光淵的兒媳。她坦然的直視光淵。

「沒錯，這房子是在我大姐的名下，但是她知道簽租約的事，也畫了押。」

「她人老實，又不識字，被妳賣了都不知道！這些洋人不走是吧？再給我砸！」

眼看著棍棒就要打下來，黃季山衝上前一手揮掉，大喝一聲：

「連頭家也敢打，你們要造反了？」

「季山，你讓開！這是咱黃家人的事，你別阻擋！」

「我手上這把刀是不認親戚的，誰敢再靠近一步，就恕我無禮了！」

黃季山是十八王爺之首，驍勇善戰，誰也不敢向他挑戰。抗議的人只得站得遠遠，悻悻地吠叫幾聲：

「為了幾個臭錢，在不見笑的寡婦褲管下討生活，還算是男人嗎？」

黃季山怒眼圓睜，揮刀做勢要砍來，那些人嚇得四下逃竄。有了王爺們的守衛，抗議者當晚沒再回來騷擾。

次日一早，三邑紳商派出更多人，拿著武器團團包圍住寶順洋行，工人和製茶師傅們嚇得不敢來上工。茶行的大門被踹破，工廠裡的機器和用具全被打砸搗爛。

連學海書院的塾師陳先生也加入表態，說什麼西風東漸，破壞禮樂，寶順洋行的存在，更嚴重影響了書院風水，必使子弟怠惰因循，學無所成。連當地最受敬重的仕紳都說話了，驅逐洋人更成了天經地義的大事。

幾百人包圍洋行鬧事，幾個王爺漸漸抵擋不住。李春生一怒之下，告上官府。淡水同知富樂賀正愁沒機會報仇，這事和黃阿祿嫂有關，當然要嚴加查辦。他立刻擬好文告，帶領手下，查封寶順洋行，宣布萬順腦館積欠稅款未償，必須以房產抵押，直到賠款付清為止。

斗娘自然站到人多的那一邊，向女親戚們訴苦：就是因為她不識字，又太信任三妹，才被無端牽扯進這件破事。這下子她的名聲和財產，眼看就要化為烏有。

對娘聽說斗娘被騙的事，不免膽顫心驚，堅持把名下的房產契約拿回來，自己保管。黃阿祿嫂再三保證，依然軟化不了對娘的心，只能頹然說：

「如果妳信不過我，就拿走吧。」

「不是我不信任妳，阿帆，聽我一句，凡事總要留點退路啊！做生理（生意）是男人的事，若不是你當初堅持要接下老爺的擔子，今天也不會被這些男人欺負了。」

「當初要是放給三伯管，今天我們頭上還有沒有這片屋頂，都很難說哩。」

對娘歎口氣，審視黃阿祿嫂不施脂粉的消瘦臉頰，簡單的髻上只插一根銀簪，別無花飾，身上穿件家常藍染小掛，臉黃而憔悴，只有一雙凹陷的大眼，依然明如火炬。明明正值盛年花開，為何要這般糟蹋自己的容貌？

「女人就該認份。為什麼妳總是不認輸，就是要活得和別人不一樣？」

黃阿祿嫂昂起下巴，炯炯地直視對娘。

「因為我知道自己該往哪裡走。命運是自己創造的，不論男人或女人都一樣。」

李春生幾番上門來找黃阿祿嫂理論，卻都被老陳和黃家族人擋駕，說頭家往屈尺山區去砍樟木了，至少要十天半個月之後才能回來。

李春生不信，認定這是黃阿祿嫂避不見面的藉口，在外頭叫罵不絕。又寫信向正在廈門和香港辦事的陶德報告，數落黃阿祿嫂的出爾反爾、黃姓宗親和三邑人的惡行罪狀。

另一方面，淡水廳同知和艋舺縣丞蠻橫查封，使洋行損失慘重，這筆帳也要追討回來。

與此同時，西方人研發出樟腦的更多用途，除了作為藥品，還能製作無煙火藥，成為搶手貨，價格水漲船高。

世界產量第一的樟腦就在臺灣。南部安平港的洋商，眼見清廷官府通令腦寮不得直接與洋商交易，百般阻撓他們直接入山收購便宜樟腦，更是心焦不已。

為了搶得樟腦商機，黃阿祿嫂總是親自率隊去伐木，經常親自造訪各地腦長，發展長期合作的關係。但是平地丘陵的樟木幾乎被砍完，只能往更深的山裡去尋找林地。

內山的番社極其慓悍，腦丁被出草的憾事時有所聞。為了得到屈尺番社的上好樟木，這回她特地僱請幾位平埔族勇士，請託和雷朗社有親戚關係的客家腦長張貴帶路，由黃季山和三位王爺護衛，還有二十位伐木工人，越過隘勇線，斬草除藤，開出一條通往小粗坑的路。

沿途不時有盜匪出沒，他們在灣潭稍做停留，砍伐能作建材的牛樟和黑樟，漆上標記，推入新店溪中，漂運至淡水河大溪口渡頭。

伐木工人本來都是街上招募來的羅漢腳，一見頭家是頗有姿色的婦人，起初頗有輕浮的言行和非份之想，只是礙於黃季山和手下的威嚇，不敢妄動。

相處之後，才被這個能力不輸男人的女頭家給折服，她一眼就能分辨樟木的質地好壞，手斧使得俐落，想必劈向人頸也不會手軟。她和大家一樣背負重物步行入山，從不喊累，造寮炊飯時，也必定親自動手幫忙。和工人吃同樣的粗糧淡茶，親手替傷者包紮，工人有糾紛時，也會出面公正調解。既不端頭家的架子，又不剋扣工人辛金和休息時間，合作次數多了，一聽說是萬順腦館的差事，工資優厚，人人都搶著應募。

只不過這次行動更加危險。一聽說可能和內山生番交手，許多人卻步了，錢再賺就有，人頭只有一個，他們可不想被拿去擺在番人的竹架上。最後願意接下工作的，都是自恃大膽矯健、不怕死的年輕人。

深秋的山上，白天陽光曬不進濃密的樹林裡，夜間寒風咻咻，冷得人牙關直打抖。黃阿祿嫂的月事偏巧趕在這時報到，下身裹了好幾層布，依然感到經血潺流如溪水，悶溼得難受。

她不想叫醒睡得正酣的廚娘王嬸，不得已，她只好把一件乾淨的棉衣撕成條狀，在腦寮的簡陋隔間裡摸黑換下。

遠離男人們濁重的磨牙和打鼾聲，拿著月經帶到溪邊去洗時，黑裡跳出一個人影，低聲喝問：

「是誰！」

油燈照來，她差點睜不開眼，那道光連忙避開。

「歹勢！頭家，我是黃季山，嚇到你了？」

「喔，我沒事。我只是出來……。嗯，洗個東西。輪到你守夜？」

她把手藏在背後，希望他沒看到那塊溼答答的紅布。

「是，要我幫您照路嗎？」

「不，不用了。今晚有月光，夠亮了。」

十六暝的月亮特別圓，月光穿過樹梢，映在壘壘溪石上，猶如閃爍的螢火蟲。溪水很冰，搓洗那幾塊布，她的手幾乎快凍麻了。

或許是她多心，溪水嘩嘩的聲響中，彷彿能聽見他在背後的呼吸聲，一回頭，他卻背對她站著，距離有五步之遠。

月光下，他的衣襬被風吹拂，腰間束帶也跟著飛揚，她突然想起多年以前的一個月夜。但是此刻他的衣帶上，什麼裝飾也沒有，輕盈得毫無牽掛。

她用力擰乾布，站起身來，正躊躇該把它們晾在哪裡，黃季山卻突然出聲：

「爐灶的火熄了，石頭還是熱的，晾在那裡乾得比較快。」

她依言過去查看，果然還有一點餘火，她把布展開在架上烘烤，順便把雙手弄暖。布用苦茶籽洗得很乾淨，不怕他猜出這是做什麼用的。

她叫黃季山過來烤烤手，他依然遠遠站在棚外，恭敬地回答：

「多謝頭家，我不冷。」

聽得見彼此的呼吸聲，不說話挺尷尬的。既然沒有旁人，她索性說出擱在心上許久的疑問：

「這裡沒別人，叫我阿嬸吧，咱是自己人，叫頭家就生分了。你快三十五了吧，怎麼還不娶媳婦？聽說很多人替你作媒。」

黃季山沒料到她這一問，乾咳兩聲，不回答也不行。

「頭家……阿嬸說笑了。我在家的時間不多，又在刀槍下過活，哪敢耽誤人家的女兒？」

「唉呀！原來如此，一年裡有八個月都讓你在外頭奔忙，讓你沒法成家，這是我的不對……。」

「不是這樣的，阿嬸這麼信任季山，把重要的工作都交給我，是我的福氣，感激都來不及了。」

「這樣吧，你底下的阿俊和九青也都能獨當一面了，這趟回去，我會重新安排，讓你負責監督渡頭和腦館的業務，待在艋舺的時間就多了。我請媒婆來替你找個上好的對象，討個老婆，歡喜過年。」

「不，真的不用，現在這樣就很好了。我天生不是坐店頭的料，一天不在外頭跑跑，活動筋骨，我全身都難受。」

「但是，你不想早點娶某生子嗎？老來有個伴，也贏過孤單一人。」

黃季山走到她對面，蹲下身，隨手撿起柴枝撥弄灰燼下的殘火。

「老實跟阿嬸說吧，這世人我不打算娶某了，一個人過活卡自在。」

雖然這事她略有耳聞，還是希望親耳聽他說明白。

「為什麼？」

他低頭把玩自己的衣帶，苦笑一下。

「阿嬸記得否？好多年前，我腰帶上曾經掛著一片小鏡子。」

「記得。我一直想問你，卻總是忘了，那個物件很特別，有什麼作用嗎？」

「沒什麼作用，倒是替我惹來麻煩。它會反光，相戰時容易讓對方發現我的位置。它還會害我卡在樹叢裡，緊急時很難脫身，就像阿嬸撿到的那次一樣……。」他欲言又止，用眼神暗示她，別再追問那件事。「但是，我一直堅持把它帶在身上，直到三年前，我才決定扔掉它。」

「送你小鏡子的人，她……現在人呢？」

黃季山沒料到她這麼直接，愣了半晌，才用低到不能再低的聲音回答。

「她……。嫁人了。三年前生孩子的時候，死了。」

黃阿祿嫂無話可說。從女人的觀點，她被黃季山至死無悔的痴心深深感動了，但是從功利的商人觀點來看，他是個不折不扣的傻瓜。

「為了她，你打算終身不娶？」

他沒回答，憂傷如喪妻的神態表明了一切。她心底既憐惜又好笑，沒想到這個外表強悍的大男人，內心卻像個純情少年。

「她都嫁人了，你還忘不了她？」

「是我不對，我一直想多存點錢，把她娶回來過好日子，誰知道她父母貪圖人家的聘金，硬是逼她嫁人！」

他別開頭，她卻沒錯過他眼角發光的淚水。她清清喉嚨，把半乾的布翻個面。

「幾年前你去八芝蘭打漳州人，被砍斷腳筋，當時你是怎麼跑回艋舺的？」

這句沒頭沒腦的問話，頓時把黃季山抽離傷心往事：「啊？」

「我記得，那次傷好了沒多久，你又跟著阿祿上山去找樟木。現在走路都沒問題了？」

「嗯，都好了，只剩一條疤……。」

猜不透她究竟想說什麼，他只能謹慎地避開陷阱。

「幸好。要是當時你沒忍痛拚命逃回艋舺，只是坐在路邊等救兵，恐怕早就被砍死在八芝蘭了。」

黃季山更糊塗了，她的神情實在莫測高深。

「當然啦。相戰的時候，受點傷不算什麼，要活命只能靠自己。」

「你說得對，人生是這樣，男女感情的事，也是如此。受傷是難免的，等它好了，還是要繼續往前走。」

她站起身，給了他一個溫暖燦爛的笑容：

「時候不早了，明天還要工作，我先去睡了。」

5

第二天，黃阿祿嫂讓伐木工人和兩位王爺留在腦寮工作，由張貴引導，在平埔勇士和黃季山的護衛下，一行五個人度過湍急的溪流，攀上陡峭的山壁，深入一片巨大的樟木林地。

據張貴事先的探勘，這個山頭起碼有六十甲地，長滿樹齡三十年以上的本樟和臭樟，若能和生番頭目談妥租地，搭建腦寮，明年要熬出兩千擔的樟腦，供應馬尾造船廠的樟木訂單，全都沒問題。

黃阿祿嫂撫摸一棵兩人也環抱不住的樟樹，檢視樹皮規則粗獷的紋路。搓揉葉子聞它的香氣，又仰頭看它濃密翠綠的樹蔭，在陽光的照射下，一片片宛如晶瑩玲瓏的翡翠和綠玉。

這一大片林地，能熬出多少黃金般的腦砂和樟腦油啊！就連這些栳樟的細枝和葉子，也全是寶。

微風吹乾她身上的汗水，能親身踏進這座美麗的寶庫，這幾天的辛苦，總算值得了。

她拿起腰間的手斧，正要砍向一株樹幹，忽然草叢深處傳來一陣騷動，竄出一頭中箭的山豬，發狂嚎叫，往她這邊衝來。

「小心！」

她閃過那頭山豬，更多羽箭咻咻從四方飛來，雖然她及時趴低，後背卻被一箭擦過。她摀住嘴，免得自己叫出聲來。

只見七八個提番刀的黥面男子跳出來，憤怒叫喊她聽不懂的話，把他們團團包圍。張貴舉高雙手，用番語向他們說了幾句，又指向黃阿祿嫂，表明她是金主。這些生番聽懂了，怒沖沖地瞪向黃阿祿嫂，顯然不買帳，提刀就要砍。

眼看就要砍向她時，黃季山挺身出來護主，右手舞劍，左手使條鏈鎚，幾回刀光交錯，番刀全被揮落在地，射出來的箭也被擋掉。

眼見那些生番還不罷休，一臉凶惡地圍在四周，他立刻從扁擔抽出洋槍，朝空中放了一槍，巨大如雷的聲響，嚇得番人們四散逃走。

張貴握著血流如注的手臂，哭喪著臉：

「頭家娘，怎麼辦？那些是馬來社的人，說這是他們神聖的獵場，漢人不准進入。看來他們要回去討更多救兵，我們還是快撤吧！」

「那怎麼行？好不容易來到這裡……。」

黃阿祿嫂只受了皮肉輕傷，確認隨行的人全都安全無虞，再親手替張貴包紮傷口。

「拜託你了，張先生，繼續往前走，這趟我一定要見到雷朗社頭目，跟他談妥生意才行。」

「這些番仔生氣都不講理的，翻臉比翻書還快，去了穩死啊！」

黃阿祿嫂從頸上扯下一條金鍊子，塞到張貴手上，用凌厲的眼神釘住他。

「先前你跟我保證一定成，現在卻成了俗仔？你聽好，談妥了，少不了你的好處，至少是十塊金條。要是你就這麼逃走，我會讓全臺灣的腦郊都知道，張貴是個連女人都不如的膽小鬼！」

張貴再不情願，看在金條和名譽的份上，兩旁又有武功高強的王爺夾峙，插翅也飛不掉，只得硬著頭皮，繼續帶路，嘴裡小聲叨唸。

黃阿祿嫂聽不懂客語，也知道是在罵她，狠狠喝斥一聲，他才不講了。

走了半個時辰，路的盡頭有炊煙升起，隱約有孩童笑語和人聲，腳下的路越來越平坦開闊，番社的部落就在前方。

他們先藏身在部落外的樹叢裡，張貴悄悄叫住一個十來歲的孩子，說了幾句番話。不一會兒，那孩子就把一個刺青如髭、頗有威儀的中年番婦領來。張貴介紹這位是他的姨母麗木依，是族中長老之妻，略懂漢語。

她聽張貴說明方才遇襲的情形，又看著粗頭亂服、模樣狼狽的黃阿祿嫂，拍著嘴巴表示驚奇。

「你是查某人？來，先梳頭，換件衫，再去見頭目。」

張貴不斷緊張地回頭看，就怕後有追兵：

「馬來社的人會不會衝進來殺我們？」

麗木依請他放心，兩個部落平日有交情，不會這麼無禮。她喚來兒子，要他把客人們帶進一座木板屋，自己領著黃阿祿嫂到自己家中，讓她擦把臉，重新梳好髮辮盤上，再拿一件乾淨的紅黑麻布上衣讓她披上。前襟和袖口精美的貝珠和刺繡，都出自麗木依之手，黃阿祿嫂不由得連聲讚歎。

她環視簡陋屋中的獸皮和雕刻的木椅和用具，向麗木依打聽部落和漢人的來往情況，心中有了新想法。

一行人在麗木依的帶領下，來到部落的聚會所。頭目已經得到通報，正坐在一張黑木椅上，抽菸的姿態很放鬆，眼神卻充滿戒心，看著這群外人走來。

看到身穿族服、樣貌秀麗的黃阿祿嫂，不覺坐直起來，極感興趣地打量她。

麗木依和張貴輪流向頭目說明來意，頭目先是悍然拒絕，待張貴介紹黃阿祿嫂和她帶來的見面禮，頭目緊繃的額紋這才放鬆了。他向前探看那些布匹、茶葉、菸草、糖和彩珠，比火繩槍威力還強大方便的洋槍，尤其讓他愛不釋手。

趁著黃季山示範槍法時，張貴向黃阿祿嫂低聲報告：

「有點麻煩。頭目說，那片地是他們和馬來社共用的獵場，不能被貪婪的漢人占去。」

黃阿祿嫂急了：「我只要那些樟木，不要地。」

「我說了，但是他說要和馬來社討論。他派人去請對方的頭目了，今晚我們恐怕走不成。」

正在說話時，只聽得林中幾記槍響，許多族人爭先恐後跑過去，又歡喜地跑回來報喜，說頭目打中一頭鹿，今晚有大餐可吃了。

因為這些禮物，頭目很開心，請他們今晚在部落留宿。透過張貴的翻譯和頭目垂涎的神情，黃阿祿嫂心中暗叫不妙。看來女人的身分，多少軟化了頭目的抗拒心理，但要不撕破臉又能談成生意，可就難了。
既然馬來社頭目還沒來，她索性請頭目為她引見家人。頭目有四名妻子，最年輕的大概只有十七歲左右，一見到身穿族服的黃阿祿嫂，就露出警戒和嫉妒的表情，以為她是頭目的新寵。
幸好有麗木依在旁緩頰，加上那些首飾胭脂衣料和花生糖，女人們歡喜地收下禮物，聽說她有七個兒子，和部落裡的孩子們又能打成一片，同為人母，先前的敵意頓時消散。
她們不但接納她，還帶她去痛快地洗淨身子，送上替換用的月經布，分享女人的小祕密。儘管語言不通，麗木依有限的河洛語多半時候幫不上忙，但是靠著手勢、猜測和友善的微笑，黃阿祿嫂又結交許多姐妹。頭目要想染指她，恐怕還得先過妻妾們這一關才行。
晚間的宴會很豐盛，生起營火，吃的是香噴噴的烤鹿肉、半天筍和竹筒飯，還有嚼米釀的酒。
馬來社頭目率領一批隨從坐在席間，一邊大口喝酒，一邊怒目瞪著對面的漢人，不時大罵幾句。雷朗社頭目設法使他消氣，拿出作為禮物的餐具給他鑑賞，奉上黃阿祿嫂送的精美菸管和火絨打火石，請他抽菸，但似乎火上添油，只見他手按腰間的番刀，彷彿隨時都要拔出來。
張貴舉起衣袖，頻頻拭去額頭上的冷汗，悄聲告訴黃阿祿嫂：
「馬來社頭目說，因為我們白天闖入獵場，祖靈發怒了，所以降災到他的孩子身上。他兒子病了兩天，祈求神明有逐漸好轉，結果因為漢人入侵，今天燒得更厲害了。他來這裡，不是為了聽這些廢話，而是要帶一個人頭回去獻祭！」

黃阿祿嫂大吃一驚，隨即定了定神，要張貴和麗木依陪她到馬來頭目身邊，詢問他兒子的病況，或許她能幫得上忙。

一見他們靠近，馬來頭目立刻拔出刀來，身後的隨從成了刺猬，渾身緊繃。麗木依大聲安撫他們，告訴頭目，這位漢人婦女隨身帶著上好的藥，或許能治好小孩的病。

頭目半信半疑，這女人穿著半番半漢，面對番刀也毫無懼色，自稱她手上的那罐白色藥膏能治病，難道是個女巫？

「頭目若是不信，可以帶我去試試看，若不能治好孩子，就讓你砍下這顆人頭獻給神靈。但是約定在先，不可傷害我的同伴，否則神明會降下更大的災難。」

其他人都替她捏了把冷汗，黃季山簡直不敢相信自己的耳朵。

「頭家，這……。太冒險了吧？要去，我跟妳去，絕不會讓他們動妳一根汗毛！」

方才黃阿祿嫂聽麗木依和張貴轉述的病況，依照長年的育兒經驗，猜測孩子是風寒或腸胃阻滯，帶來的樟腦或許能幫得上忙，但沒親眼看到病人，她也沒有十足把握。馬來頭目愛子心切，已經認定漢人是罪魁禍首，與其坐以待斃，不如豪賭一把。

她毅然拋開心底的恐懼，自己提著一盞油燈，讓張貴和黃季山帶著藥材，跟著頭目和番人們翻過一座山頭，來到馬來社部落。

進了屋裡，心急如焚的頭目推開哭泣的女人們，讓黃阿祿嫂走近床前。那孩子和她的雙胞胎年紀相若，痛苦的睡臉不時扭曲，看著就讓她心疼。

徵得頭目同意，她伸手摸摸孩子燥熱的皮膚，又在他肚子上略按一下，硬得像石頭，再詢問他幾日來的排便狀況。隨即要來一條浸過溫水的布，讓孩子的母親替他擦拭全身，同時拿出精製過的樟樹油，在孩子的鼻下點了兩滴，再倒一些在掌心裡搓熱了，緩緩替孩子按摩肚皮。

教會母親按摩手法之後，她再從黃季山的包袱裡，尋出一點冰片和黃柏蜂蜜，在研缽裡搗成細末，撮起少許加在水中，讓孩子服下。

過不了多久，孩子忽然睜開眼睛，嚷著肚子疼要上廁所。女人們手忙腳亂地端來一個陶盆，團團圍住他，頓時屁屎薰臭滿屋。黃阿祿嫂摀著鼻子，正要跨出屋外，卻被頭目一把揪住。

「他說肚子痛！你用的什麼巫術，變得更嚴重了？」

「放心，把肚裡的髒東西排乾淨，燒就退了，我們先到外頭等著。」

不到半個時辰，孩子退了燒，直喊肚子餓，立刻有人忙著張羅食物。黃阿祿嫂把一碟帶著血絲的烤山豬肉攔截下來。

「別吃！剛退過燒，腸胃弱，這個沒烤熟，吃了還會再生病。」

看到她拿開一碗蒸過的糯米飯，馬來頭目更火大了。

「不吃東西哪有體力！要餓死他嗎？」

「先讓他吃根香蕉，把那碗小米煮成粥，溫溫的喝下。等明天確定沒再發燒，就可以正常吃飯了。但是肉一定要煮熟再吃。」

頭目半信半疑，但還是叫人照做了。進屋看到孩子精神恢復，又能說能笑，他簡直不敢相信自己的眼睛。
「那麼，我們可以告辭了嗎？」
「不行！明天一早，確定孩子完全沒事，我再親自護送你們回去。」
他命令手下把三個漢人關進一棟小草屋裡，嚴加看守，免得他們半夜溜走。
夜裡寒冷，屋裡除了一堆獸皮，沒有火堆可取暖，他們只能忍耐，裹住發臭的獸皮保持體溫。
「怎麼辦？他們不會半夜進來殺了我們吧？」
「不會的，放心睡吧！」
黃阿祿嫂嘴上這麼安慰張貴，自己卻保持警醒，注意外頭番人的動靜。察覺到身邊的黃季山也沒睡著，她用只有他聽得見的聲音說：
「別擔心。」
「我不擔心，我只是想到昨晚說的話。妳真的什麼都不怕？」
「當然怕，我比誰都怕。但是只要有活路可走，就不能留在原地等死，這道理你比我還懂。為了活著，只能豁出去拚搏，別想太多，就不怕了。」
黑暗中，黃季山沉默了，她看不見他的臉，只能感受到他溫暖沉緩的呼吸。
正要矇矓睡去時，她感到手上一陣暖意，意識到她的手被黃季山握住時，她輕輕地掙扎一下，卻被握得更牢。

她只覺渾身血液凝結，口乾舌燥，胸口加速狂跳起來。他放開手時，她竟有些悵惘。只是短短的幾秒，他厚實的手心觸感卻那麼真實。第二天，黃季山依然恭敬地喊她頭家娘，臉色如常。她疑心自己昨晚只是做了夢。

孩子已經康復，在屋外蹦蹦跳跳地和同伴嬉戲。馬來頭目命人把黃阿祿嫂三人帶來，感謝她救了孩子一命，希望她能接受謝禮。

「頭目的好意，我心領了，不過我最想要的謝禮，就是這些樟樹。醫治孩子的不是我，而是這些樹熬出來的樟腦。」

頭目迷惑地看著她，張貴於是把焗腦的過程和樟腦的用途，細細和他解說一遍，他這才恍然領悟。

「牙疼、驅蟲、消腫、昏迷、風溼……原來它這麼好用，能治這麼多病？」

「正是。您坐擁一座山神賜予的寶庫，卻只懂得在裡頭打獵，豈不是太浪費了？若是您把這片林地租給我們，在此地搭建腦寮，讓您的族人學習伐木和焗腦。我們可以提供的，不只是大筆金錢，還會照顧您族人的健康，還有孩子的未來。」

起初頭目有點抗拒，這女人許下的承諾和遠景，等於要他背棄祖先留下來的傳統。但是她說的越多，他就越被吸引：如果能讓族人減少病痛，不再靠運氣打獵維生，如果能用女人們織的土布和男人閒暇時做的木雕，交換更多食物，更強大的火槍來保護家園……。

等他護送漢人們回到雷朗社部落時，他已經迫不及待地想簽下這份優厚的契約了。

離開部落時，黃阿祿嫂連日緊繃的心情一放鬆，腳底的水泡和經痛立刻一波波襲來。她拄著一根樹枝當枴杖，落在隊伍後方。

「沒事吧，阿嬸？」

「沒事，我還能走。」

「我揹你吧！快天黑了，要快點趕回山下的腦寮才行。」

「不，不用……。」

他不理會她的抗議，一蹲身把她背起來，大步往前走。貼在他暖洋洋的結實背上，聞著男性肌膚的氣息，她臉紅了，忽然能體諒當年的對娘……。

唉，不行！她想到哪裡去了？他只是她僱來的一頂轎子，沒有別的意思，更何況他還叫她阿嬸！

她把張貴和工人們留在山上，趁冬季先砍下樟木，開春再來焗腦。黃季山護送她回艋舺，去招募更多工人，再帶來應當支付給頭目的山工銀，和準備送給張貴的謝禮。

經過這回和生番的交涉，張貴對黃阿祿嫂佩服得五體投地，把她果決勇敢的名聲傳揚出去。沒想到一介女子，居然能吃下這座危險的山頭，原本不把黃阿祿嫂放在眼裡的腦商，紛紛緊張起來。畢竟樟木的開採，越來越往內山裡去，誰能冒險取得生番的信任與合作，就能占得先機。

第四章　芳香戰爭

1

洋商們的迫切需求，使樟腦價格越來越高。清廷雖然在幾年前宣布樟腦官辦，洋商只能向臺灣的軍工料館承購樟腦，不得私下買賣。但是洋商寧可用較低的價格，直接向產地買樟腦，再賣到海外謀取暴利，不惜冒險走私。

同治七年十月，鹿港同知扣押怡記洋行英商必麒麟走私的樟腦，在梧棲談判時，必麒麟受到襲擊。為了逃避臺灣兵備道派出的官兵追捕，必麒麟帶著槍械，趁夜僱了小船北上淡水，找到他的同鄉陶德，尋求庇護。

陶德先把他安置在寶順洋行，幾天後，再送他前往廈門避難。與此同時，他請求英國副領事何為霖（Henry F. Holt）的協助，取得淡水同知的同意，解除艋舺寶順洋行的查封，重新開張。

艋舺人見到早已被官府查封的寶順洋行，竟然還有洋人出入，又開始做生理，覺得他們簡直目無王法。

「看到沒？那些紅毛番真不識好歹，居然又來了！」

「什麼？還來！那房子不是他們的，憑什麼強占？黃阿祿嫂怎麼沒阻止他們？」

「聽說是淡水廳的大官收了紅毛番的錢，拿掉那些封條……。」

「真不是款！黃阿祿嫂一定也收了好處，不然那間漂亮的新厝，她哪有本事蓋起來！」

「講起來，要不是她當初偷偷把房子租出去，引來這些紅毛番，怎麼會有這些事？」

「難怪她拚命護衛這些洋人，根本是吃裡扒外！」

「簡直欺負人！走！一定要把他們趕出去，這些紅毛番太囂張了，吃人夠夠！」

黃家族人在艋舺一呼百諾，很快就聚集五百多人，拿著武器湧向料館口街抗議。

李春生拿著副領事何為霖的手札出來，高聲宣稱他們是經過官方許可，合法租屋，卻被群眾大罵他是「番勢李仔春」、洋人的走狗。

李春生和職員被團團包圍住，脫身不得，鳴槍想嚇退這群暴民，不料卻燒起更大的怒火。憤怒的群眾呼擁而上，想搶走他們手上的槍，用拳頭和棍棒一陣亂打，兩個洋職員被打傷掛彩。若不是黃季山出面阻擋，李春生倉皇用小船帶負傷的洋行職員到淡水領事館避難，他們恐怕會被活活打死。

洋人被打傷，可是大事。這是何為霖求之不得的好機會，立刻召來花旗國[1]和英國軍艦助陣，聲稱艋舺暴民打傷英國職員，要賠償醫藥費二千銀圓，寶順洋行營業損失洋銀五千圓，也必須由主謀黃阿祿嫂全額償付。另外鬥毆嫌犯十二人，以黃季山為首，清廷都必須立刻捉拿，戴上枷鎖，重杖責罰，再遊街示眾，以儆效尤。

為求息事寧人，淡水廳同知富樂賀嚴正聲明：艋舺租屋是黃阿祿嫂背地所為，黃家族人概不知情。買辦李春生兩面手法，明知不合法，還慫恿洋行遷入，漁翁得利，罪加三等。

但這些理由，英方統統不買單。何為霖還傲慢地宣稱，若清廷不在五日內做出令他滿意的答覆，就要派兵攻打淡水廳。

1 花旗國：即美國。

兩艘掛著米字旗和星條旗的砲艇和軍艦在淡水河口附近徘徊，艋舺人心惶惶。頂郊紳商召開緊急會議，希望大家出資出力，抵抗外侮。

黃阿祿嫂身為爐主，禍端由她而起，她只好擔下所有罪名，低聲下氣向眾人道歉，同時捐出三千銀圓。

「只捐幾個臭錢就夠了嗎？事情搞到這個地步，我們被洋人欺負，官府又軟腳，幫不上忙。現在都火燒眉毛了，那些兵船的洋砲隨時都會打進來，你要怎麼解決？」

「無法度啦！我們根本打不過紅毛番。我看，乾脆大家把錢湊一湊，把他們要的人交出去就沒事了！」

「不行！這次讓步了，那些洋人只會更得寸進尺。」

「你看官府的這份文告，說什麼洋人合理租屋，把我們說成刁民，豈有此理！」

爐腳們你一言我一句，爭論不休，眼看洋人給的期限，只剩兩天了。

頂郊在過去幾十年的械鬥，雖然都慘烈取得勝利，但這回的對手是訓練精良、有槍有砲的洋人軍隊，頂郊人再勇猛，也不是他們的對手。犧牲了無辜性命，還未必能討回公道，調集兵勇只會徒勞無功。昨天上海通商委員馬新貽大人來過腦館，特地警告黃季山和他的手下，最好不要輕舉妄動，否則立刻押入大牢。

這麼一想，黃阿祿嫂毅然決定，此事還是要懇請德高望重的黃龍安當代表，出面和官府洋商斡旋談判，將雙方的傷害降到最低，才能保住艋舺的平安。

此話一出，立刻招來合興號頭家洪祥的輕蔑：

「查某人就是沒膽！外人都侵門踏戶了，還只想著委屈求和？咱艋舺人又不是吃素的，怕什麼！」

很少發言的馬俏哥開口了：

「諸位聽我一句，時代不同了。咱是生意人，凡事以和為貴，也要懂得看勢頭。就拿我益興號的船來說吧，速度和安全都比不過洋人製造的輪船，你們出口的貨，有些也都改租輪船載送了。難道我生意拚不過，就只能放火燒了人家的輪船嗎？黃阿祿嫂說得不錯，咱的武器不如人，拿性命硬拚，不但打不贏，到頭來也只是害死自己人。不如先委屈一下，輸贏不看一時，給自己留條後路，將來還有機會討回公道。」

「將來？那要等多久！我就是吞不下這口氣！」

「他說得也沒錯，咱不是做兵的，不需要拿命去拚……。」

眾人議論紛紜時，一臉莫測高深的黃龍安做個手勢，要大家安靜下來。

「各位的意見都有理。既然不是只有一條路可以走，咱就先走卡輕鬆的這條試試。既然爐主黃阿祿嫂開口拜託了，各位若不棄嫌，就讓我黃阿蘭代表大家，去找官府和洋商，大家坐下來談。洋人的要求太過分了，但是我們打傷人，破壞他們的生財工具，也是事實。我跟各位保證，一定以咱艋舺的利益和名聲為優先，盡早結束這次糾紛，談出一個最妥當的結果。」

由黃龍安出面，英方請出美國駐廈門領事李仙得（Charles W. Le Gendre）從中協調，最終雙方協議：黃阿祿嫂私自租屋給陶德，黃家宗族並不知情，該屋位於黃氏家族宗祠地界內，寶順洋行不得遷入營業。鬥毆首腦四人，由地方官自行辦理，杖責示眾結案。持槍恐嚇之洋人不必究責，黃姓族人需聚資賠償洋銀四千圓。買辦李春生，其人刻薄貪利，釀成亂事，寶順洋行應立行開除。

協調結果一出，官府立即派人前往萬順腦館，拘捕黃季山到案。黃阿祿嫂正與黃季生商議到竹塹番社送禮的細節，一見官兵來拿人，便攔在黃季山身前喝斥：

「好大的膽子！敢在我的地盤上撒野？」

帶頭的滬尾口通商委員馮慶良，平素聽聞黃阿祿嫂不讓鬚眉的事蹟，不便擺出官威，堆滿一臉諂笑，拿出手上淡水廳同知的諭令。

「得罪了，公文上頭寫得很清楚，您請過目，卑職只是聽命行事。」

黃阿祿嫂奪來一看，只見上頭筆墨淋漓，數落黃季山的罪狀，沒有一個字是實話。

「這太不公平了！黃季山拚命擋住自己人，為了保護陶德和李春生，還被磚頭砸破腦袋，你看！他頭上的傷都還沒好……不行！我得去找富大人討個公道！」

黃季山卻坦然走向拿著枷鎖的兵丁，伸出兩手。

「我跟你們走。」

「不行……。」

「頭家娘，讓我去吧，他們不會對我怎麼樣，關個兩天就出來了。」

「但是你根本沒出手！」

「既然說好，一切都聽阿蘭兄的安排，這罪名就讓我擔下吧！黃家的生意要緊，別再節外生枝了。」

他讓兵丁套下沉重的木枷，用鐵鍊拴住雙手，昂然走出腦館。官兵鳴鑼喝道，帶著幾個毆傷洋人的暴徒，遊街示眾。

黃季山面無表情地跟著隊伍走，街上的指點和議論，全都擾亂不了他，心中異常平靜。他在那些圍觀的人群中，認出幾張秀麗年輕的臉龐，都是媒婆熱心想替他撮合的閨女，臉上寫滿憎嫌與害怕。他忍不住對她們微微一笑，戴上犯人的手鐐腳銬，他的笑容想必更加猙獰邪惡吧？

剛從府城應試回來的阿嘉，遠遠站在對街，把母親追隨黃季山而去的目光，和她心焦不捨的神情，全看在眼裡。

寶順洋行遷出料館口街，轉往大稻埕落腳。其他幾家如水陸洋行、和記洋行，唯恐惹禍上身，也都悄悄跟進。頂郊商紳們聽到這消息，紛紛互相慶賀：

「好，太好了！就讓紅毛番去對付那些同安垃圾，澈底破壞他們的風水吧！」

「看吧，咱三邑人可不是好欺負的！」

黃阿祿嫂擺了十桌酒，向眾人賠罪，也向出面調停的黃龍安致上最深的敬意。

「多謝阿蘭兄幫忙，讓艋舺平安度過這次大劫。請受我黃吳氏一拜！」

黃龍安急忙拉住她：「萬萬不可！咱都是自家人，互相幫忙是應該的！」

「那麼，就讓我敬各位三杯。為了答謝黃姓宗親相挺，我在此宣布，捐出我剛蓋好的新宅，包含前後進房厝及土地，永久做為黃姓家廟！」

她豪氣地把三杯酒一飲而盡，在場的賓客簡直不敢相信自己的耳朵：捐出那座剛落成不久的氣派豪宅四合院和土地？那可是一大筆財產哪！

這女人要不是瘋了，就是口袋很深……。她到底有多少身家？該不會這麼一捐出來，就把黃阿祿留下的資產全敗光吧？

無論如何，黃氏族人接受了黃阿祿嫂鄭重的道歉，歡喜收下這份大禮。把這棟富麗堂皇的大宅定名為「江夏黃種德堂」，掛上黃阿祿「奉政大夫」的匾額，供奉祖先牌位，定期舉辦祭祖典禮。

黃阿祿嫂這事做得漂亮。往後包括三伯光淵在內的黃姓宗親，無人不對她心服口服。

2

萬順腦館和樟木生意，雖然不再有族人掣肘，必麒麟引起的樟腦糾紛，卻未就此罷休。加上幾個月前發生了鳳山教案，打狗領事以此為藉口，要求英國政府出兵。在英國代理領事吉必勳（John Gibson）默許下，從揚子江開來的英國艦隊，向安平砲臺的守軍開火，成功登陸，占領安平。

清廷不敵英軍火力，只得簽定樟腦條款，賠償必麒麟所屬的怡記洋行六千圓，同時廢除樟腦官辦制度。

此後外商不必經過腦館，得以自由入山採買樟腦，也能自行運至港口出貨。民間私熬的樟腦產量增加，洋行提供給製腦的貸款資金，又比華商優厚，樟腦經商權大半落入洋行手中。樟腦的需求越來越大，固然使價格上翻數倍，但洋人帶著大筆資金入山採購，使得競爭更加激烈了。

面對洋行的挑戰，黃阿祿嫂親自入山與製腦者和番社洽談的次數更多了。比起洋商的金錢優勢，她更擅長和生番地主及腦長拉關係搏感情。除了談生意，她更熱心布施，細心周到地照顧他們的生活需求。

砍下的樟木，不適宜熬腦的部分，也會發揮最大效益。早在同治五年，閩浙總督左宗棠在福州馬尾辦船廠，自造輪船，需要大量的樟木，萬順接下大批訂單，更要擴大伐木規模。

砍伐殆盡的林地，閒置可惜，黃阿祿嫂便指導當地住民種植大菁和木藍，並且學習製造藍染染料，賣給艋舺的青行批發商，不但讓當地人有了新的收入來源，負責運送批貨的萬順腦館也從中得利。

黃季山護送黃阿祿嫂入山的次數越加頻繁，他們交談時的眼神和互動的熱絡，看在十九歲的阿嘉眼裡，越顯得可疑。他通過院試，如今在府城進了學，正在加緊用功，準備次年到福建參加鄉試。

回艋舺過年時，他聽說馬俏哥替他的寡嫂王黃氏請託官員，向朝廷奏報她的節孝事蹟。如今王益興船頭行由王黃氏的次子王天錫接手，新任的淡水廳同知陳培桂還專程來訪，大受感動，奏請萬歲爺旌表，獲賜黃金三十兩，准予建坊立碑，表彰她的貞節孝行。

整個艋舺都津津有味地傳誦這件光宗耀祖的大事，紛紛奔走響應王家的募款，巴望早日集資建起這座節孝坊，替艋舺添光。好事者同時在猜測，將來黃阿祿嫂有沒有機會也得到這分榮耀。

「沒問題啦！阿祿舍生前就已經封官位了，等黃家大少爺考上狀元，要替他阿娘求到一座牌坊，那有什麼困難！」

「難說喔！畢竟出身不同。王家老夫人清清白白、光明正大地嫁進去，不像黃阿祿嫂，當初只是個細姨的陪嫁，又不是明媒正娶的，沒有名分。就算要把她列入黃姓族譜，也不是那麼簡單。」

「但是她黃家的事業做得這麼大，比阿祿舍在生時都還有錢，再怎麼說也該給她個位置……。」

「這你就不懂了。一個女人家，成天拋頭露面，和一大群男人到深山裡去砍樹熬腦，每次一去就是十天半個月，手下的十八王爺又對她那麼死忠。你想，這中間難道不會有些古怪？」

「她信任底下人，放手給他們分層負責管理工人，給的辛金福利又特別好，他們服她也是自然的。」

另一個人嘿嘿笑了，笑聲很曖昧。

「你相信是最好啦！就說那個王爺頭黃季山吧，長得一表人才，為人重義氣，不賭不嫖，存錢這麼多年，名下的房子土地不少。條件那麼好，要替他作媒的人，從來沒少過，怎麼到現在都快四十了，猶原是個羅漢腳，你不覺得怪怪的？」

「說的也是。照你看，到底是為什麼？」

「那還用說嗎？吃頭家娘，睡頭家娘，這麼好康，誰還想娶某？」

坐在戲臺下等開場的阿嘉，聽見後方輕薄的閒磕牙，怒不可遏地一拍桌，差點打翻瓜子花生殼和熱茶，正要起身去向對方理論，卻被弟弟阿瓊一把拽住。

「走吧，別惹事！」

「你沒聽見他們把阿娘說得多難聽？豈有此理！」

阿瓊的力氣比哥哥大，掩住他的嘴，硬把他往外拉。

「就算打他們出氣，又怎麼樣？別人只會說黃家大少爺仗勢欺人。要是阿娘問起來，你敢把那些難聽話說給她聽嗎？」

「我……別人亂說話，你心頭不難過嗎？」

阿瓊在碼頭當學徒，從搬運工做到監工，原本瘦弱的身子骨變得強壯結實，大家都說他越來越像年輕的黃阿祿。只不過他內向寡言，有了幾年工作經驗，學到母親沉穩行事的風格，看上去倒比專心讀聖賢書的阿嘉還成熟。走在張燈結綵的新年街道上，俏麗的姑娘都扭捏起來，忍不住多看他一眼：喲！是黃家二少爺。

「嘴生在別人身上，要管也管不完。要是阿娘在乎那些閒話，她還能撐得起我們頭上這片天嗎？」

「但是……阿娘和季山師傅，確實走得太近了。」

「連你也相信這種事？」

阿瓊在一個攤子前停步，買了兩盒貼紅紙的茶點，帶阿嘉往另一個方向走。

「我們要去哪？」

「去給季山師傅拜年！」

「哎！帶這種露攤仔的伴手禮過去，太隨便了吧。」

「總比空手到好。你要是懷疑，當面問他不就得了？」

黃季山的私宅位在田野中，能遠眺綿延的觀音山。老僕領他們進門時，他正在庭中，對著環繞如林的木樁陣練劍。

只聽得劍聲颼颼，隨著他矯健的身姿起落，快如閃電，木樁上的枝芽，三兩下就被削落在地，只剩下光滑椿身。阿嘉看入了迷，不覺叫好。

「季山師傅還是這麼厲害，寶刀未老！」

黃季山把劍交給老僕，拿他遞來的巾子擦汗，迎上來拱手笑道：

「見笑了，大少爺二少爺，罕見呀。新年恭喜！」

他把兄弟倆迎進大廳，廳裡收拾得整潔樸素，擺設極少，幾枝掛著紅彩紙的盆栽，是屋裡唯一的喜氣。

兄弟倆在家熱鬧慣了，這裡冷清蕭索的氣氛，倒讓他們有點不自在。小時候他們跟著季山師傅學打拳，也經常不知天高地厚地把他當馬騎，黃季山娓娓談起那些陳年趣事，兄弟倆都不好意思地笑了。

「時間過得真快，一轉眼你們都是大人了。要不是為著考狀元，阿嘉也早該娶親了吧？」

阿嘉快速瞄了弟弟一眼，決定借機切入。

「還早呢！倒是季山師傅您，怎麼還不娶個媳婦，熱鬧過年？」

「我這人脾氣古怪，就愛清靜。一個人自由自在，習慣了就好。」

眼看這話題就要被打發掉，阿瓊收到哥哥打來的求救信號，連忙接口：

「這些年來，多謝師傅照顧我娘。下回入山時，我也想跟著去，阿娘年紀大了，本該留在家裡享福，卻還要做這種辛苦的工作，說起來，是我們兄弟不孝。」

黃季山爽朗地哈哈一笑，拍著阿瓊的肩：

「有這份心就好。黃家的生意，早晚都要交到你們兄弟手上，應該盡早讓你學習山裡的業務。那種苦頭，普通男人都受不了，你娘真是了不起，再怎麼粗重的活，再危險的地方，都難不倒她。她的意志力比男人還強！」

看他臉上流露的崇拜之情，阿嘉有些尷尬，彷彿無意間撞見女人更衣，趕緊叉開話題。

「是啊！有這樣的阿娘，是我們前世修來的福。季山師傅聽說了吧？王益興船頭行的頭家要替他娘建一座節孝坊，我的心願，就是將來也能替我娘這麼做，讓子孫後代都能記得她為黃家的犧牲和付出。」

黃季山一怔，沒聽出阿嘉的言外之意，只是嚴肅地捋鬚沉思，微微點頭。

「說得對，你真有孝心。將來你考上狀元，當上大官，奏請萬歲爺封你娘當一品夫人，不知要比節孝坊好上幾倍呢！」

阿瓊認為，從師傅坦然磊落的神情看來，應該不用懷疑。但阿嘉還不死心，非得去試探他娘的口風，吃飯時有意地提起那座節孝坊。

「娘，將來等我考取功名，也來幫妳爭取建座牌坊好嗎？」

黃阿祿嫂詫異地笑了：「傻孩子！只是一塊刻字的石頭，我要那種虛名做什麼？」

「你不是叫我們好好讀書，將來出人頭地，替黃家爭光？」

「爭光爭名，那都是男人的事，和女人無關。」

「既然這樣，妳這些年挨過的羞辱，一個人挑起這麼沉重的擔子，又是為了什麼？」

「當然是為了把你們帶大，養活所有在我手下工作的人，還要幫助那些孤苦無依的窮人啊！」黃阿祿嫂溫柔地看著兒子們，滿足地吁口氣：「看到你們平安健康，將來都能順利地成家立業，我這世人就沒有白活了。」

「妳做的這一切，就連普通男人也辦不到，我希望黃家後代能記得……。」

「他們不會忘記的。」黃阿祿嫂堅定地點頭：「只要啟天宮和黃氏宗祠還在，只要你們能好好把家業傳承下去，黃家後代都會記得我的。節孝坊再高貴，也是男人幫女人爭取來的。除了你爹，這輩子我從來都不靠男人，就算要名，我也只要自己掙來的名。」

阿嘉瞥見阿瓊對他微微搖頭，暗示這話題該打住了。

餐桌另一頭，阿胡正興高采烈談著即將到來的遠行，他已考取船政大臣沈葆楨在福州創辦的船政學堂，開春後就要渡海到馬尾港去報到了。聽說學堂裡不但教洋文，教材不只有沉悶的四書五經、子曰書云，還有各種最先進的西洋科技和算學，能接觸到許多前所未聞的新事物，多有趣！

幾個弟弟睜大眼睛，聽阿胡滿懷憧憬，描繪學堂許諾的未來：五年畢業後，他們就會到船廠實習，上訓練艦學習開船，成績優秀的，還會被送到歐洲去深造……。

「那你什麼時候才會回來？」

「不知道，過年休息會回來吧，像大哥一樣。」

「那你要是去外國，會不會像那些洋人，頭髮變成金色的？」
「嗯，有可能噢！我天天吃大菜，喝他們的水，搞不好皮膚也會變白了。」
黃阿祿嫂靜靜聽著兒子們說笑，心裡既不捨又充滿期盼。當年她隨父親搭船離開家鄉，將來孩子也會一個個搭船離開她，奔向更寬廣的世界去追求自己的夢。
她自己的夢想呢？她不敢奢求更多了。阿嘉說的話，久久縈繞在她心上，貞節就像裹腳布一樣，只是為了把女人牢牢束縛在陰暗不見光的家屋裡。
阿瓊說他們去向黃季山師傅拜年，他說了什麼？又有什麼可說的？她明白他的心意，但只能到此為止，再進一步，便是無底的深淵。
他明白她的難處，只要能守護在她身邊，就心滿意足了。
曾經動心，貞節兩字便與她絕緣。為了兒子，她可以付出一切，包括她自己的心。
年後開工，她做出艱難的決定：她年紀大了，往後帶領工人上山伐木的事，就交由二少爺阿瓊負責了。在黃季山的指導下，他應該很快就能上手。
宣布之後，她要阿瓊帶走伐木組，自己留下來，和負責大溪口碼頭的王爺們議事，假裝沒看見黃季山臨去前的落寞神情。
就這樣吧，她該放手了。

3

光緒三年，加拿大傳教士馬偕來到艋舺，在草店尾街租了一棟房子開講堂。

起初居民和教友相安無事，但閩南式的屋宇做為教堂，怎麼看都覺得突兀，出面租屋的教友決定整修，加高屋頂，引起附近居民的抗議，聲稱這會破壞周邊住家風水。

某日趁著馬偕外出，突然有兩百多人團團包圍住教會，把正在整修的房子拆毀，搬走施作的木料。教友不服，又不是暴民的對手，只能倉皇走避。

馬偕趕往淡水向副領事司格達求援，司格達請求駐防艋舺的李參將派兵保護教會。

淡水同知陳星聚出面審理此事。教友指控此次糾紛，是由黃龍安帶頭主使，萬順腦館的六少爺黃瑞更召來一夥少年，對著馬偕叫罵滋事。黃龍安聲稱他當時在場，是為了約束晚輩，可惜勢單力薄，阻攔不住。

陳星聚下令捉拿先動手拆屋的三人，賞以杖刑。黃瑞事先得到消息，早已逃走，官府便緝拿他的堂弟黃福，逼迫他交代黃瑞的下落。

艋舺仕紳反對賠償教堂的判決。黃姓族人更宣稱，不容許任何教會在艋舺建立，洋人不准吃洋教的居民拿香祭拜祖先，斥之為迷信，簡直是逆天行道。

後來馬偕拒絕接受陳星聚讓他在郊外覓地的建議，堅持在原址重建，之後更募款在八甲庄[2]買地，建立起他在臺灣的第十二座教堂。既然是購地自建，並不違法，艋舺人抗議的火

2　八甲庄：今老松國小一帶。

苗，便再也燒不起來。

沒人知道的是，八甲庄這片地，是對娘透過黃阿祿嫂賣給馬偕的。

對娘上了年紀，偶然聽入洋教的街坊大娘宣講上帝行使的奇蹟，漸漸入了迷。和斗娘講的輪迴和地獄故事不同，洋教的上帝是個削瘦善良的美男子，心胸開放，能接納妓女乞丐和痲瘋病人。那些教民身上彷彿有光，溫暖喜悅的笑容，看上去就讓人舒心。

當年聽說阿瑞帶人去草店尾街包圍教會，辱罵馬偕牧師，她著實吃了一驚。阿瑞十八歲了，雖然調皮愛玩，卻不曾惹是生非，怎麼會闖出這等大禍，鬧到官府都要來捉拿他了？她急忙去找他的雙胞胎兄弟阿喜，問他究竟出了什麼事。

阿喜才剛送完貨回來，渾身汗臭，唯恐薰壞二娘，遠遠站著回答：

「我也不大清楚，聽說有人和他打賭，說他見了洋人，就乖得像條狗。二娘也知道他的脾氣，被激怒就會做傻事。」

唉！這孩子不服輸的個性，賭性堅強，到底是像阿祿，還是阿帆呢？

「那他現在人呢？」

「不知道。五叔公家的阿福被抓了，現在我娘正在想辦法拜託官府，請他們早點把人放出來。」

正在說話時，外面傳來一陣喧嚷，幾條粗嗓子作威作福地大聲喝斥，僕人唯唯諾諾地應答著。

阿喜連忙出去應承，只見幾個官兵站在門口，說要進來搜查黃瑞的下落。一見到阿喜，不由分說，就要把他緝拿到案。

「冤枉啊大人！我是黃喜，是黃瑞的雙胞胎兄弟，我們長得像，您可不能這麼抓錯人哪！」

「你那個惹事的兄弟呢？是不是躲在屋裡？給我搜！」

「大人，您在外頭辛苦了一天，搜查這種小事，就交給手下小兵去辦吧！來，您先到廳上歇著，喝口茶，抽口菸。若他們果真搜到人，小的二話不說，就讓您帶走。」

帶頭的姜總兵見他氣定神閒，沒有半點慌亂，看來是真不在屋裡了？奔忙好幾個時辰，連水也沒時間喝，休息一下也好。他派兵去各屋裡查看，跟著阿喜進到大廳。

他是個粗人，薪俸不多，富商家裡的雕梁畫棟、精緻的字畫陳設和希奇古怪的洋玩意，看得他眼花撩亂。僕人奉上的武夷茶，芳美甘醇，更是極品。

正要拈起一塊麻粩送進嘴裡時，他恍惚看到屏風後的一面鏡子。鏡裡照出身旁的青年，卻沒自己的影子，難道是黃瑞？

他本能地拔劍起身衝過去，卻咕咚撞上一大面玻璃，勢頭太猛，被彈回倒地，玻璃嘩地碎了一地。

阿喜連忙趕去把他扶起來。

「大人您還好吧？有沒有受傷？來人哪，快拿金創藥來，把地上掃一掃！」

姜總兵撫著腫痛的額頭坐回椅上，幸好沒被割傷，只覺得頭暈目眩。

「沒事，沒事。我頭一次見到這麼特別的屏風，還以為是鏡子呢！」

阿喜微微一笑：「這屏風的確少見，鑲的是我三哥從西洋帶回來的五彩琉璃，玻璃面切割成不同方向，後面塗了水銀，會從各個角度折射出人影。」

姜總兵在心中驚歎：難怪只看得到黃喜，卻看不到他自己的倒影！

「壞了！這麼貴重的東西，竟然被我打破了，太失禮了！我怎麼賠得起啊……。」

「放心，姜總兵，只是個小玩意，不值錢的，別放在心上。讓您受了傷，才真叫我過意不去。」他吩咐管家取來兩錠銀子，誠惶誠恐地雙手奉上。「這點小意思，算是黃家賠償給您的醫藥費。雖然外面看著還好，就怕有內傷，最好還是請大夫診治一下。」

「黃少爺真是細心周到，那……在下就不客氣了。」

趁著手下來回報前，姜總兵神速地把銀子收進懷裡。負責搜查的兵丁回報，沒發現黃瑞的蹤跡，府裡上下也沒人知道六少爺的下落。

等姜總兵一行人離開後，阿喜這才快步繞到屏風後方，打開祕密隔間低聲抱怨：

「搞什麼！不是叫你別出來嗎？差點害死我！」

「還說呢！我叫你自己解決問題，你還讓我當替死鬼？幹麼請那個官爺進來泡茶聊天？」

「不表現得自然一點，他怎麼會上當？呼！幸好沒被他看出來……嘿，東西替我收拾好了嗎？」

真正的阿喜氣呼呼地把一個包袱扔到他兄弟身上。

「喏！拿去。我跟渡頭的阿茂仔說好了，等天黑後你再去找他。開往廈門的貨船今晚就會出發，你去找大哥，先避避風頭。」

阿瑞拍拍阿喜的肩。

「謝啦兄弟！你又幫了我一次。等我走了以後，你再跟娘說一聲，我真的不是故意闖禍，只是好玩，誰曉得會……。」

「好啦，你先在這裡躲著，別讓其他人看見了。到了廈門的商行，好好幫大哥做事，要聽大嫂的話，別再成天貪玩，給家裡人添亂了。」

阿瑞脫掉身上的馬掛和綢袍，換上短打粗布衣裳。阿喜穿上阿瑞換下的衣服，往外探頭，確定隔間外沒有旁人，這才溜出來，裝作若無其事地去向焦急的二娘回報。

目送滿載樟腦和大菁的自家貨船出港後，阿喜這才回來向母親秉告阿瑞的去向，換來一頓劈頭痛罵：

「變鬼變怪！你們又在玩這招，要是被拆穿了，愚弄官差，可是要罪加一等的！」

「妳不是總教我們，自己闖的禍自己想辦法解決嗎？」

「話是沒錯，但是……。」

黃阿祿嫂詞窮了，只有天不怕地不怕的阿瑞想得出這種鬼點子，還帶壞兄弟，強辭奪理，簡直是她年輕時的翻版。他既能設法脫困，就能照顧好自己，她放心了。

「送給官爺和阿瑞的錢，是從哪來的？」

「我自己存的。過年的紅包、在碼頭和腦館拿到的工錢，我都很少用到。」

黃阿祿嫂不覺皺眉：「存在床頭箱裡？這可不行，錢要讓它像水一樣流動才好。」

「娘放心，我只留了一小部分應急用，其他的都拿去借給大稻埕的茶商，利息比媽振館低一釐，三年來利上加利，也多了一筆小錢。」

沒想到看似老實木訥的阿喜，原來也挺有商業頭腦，黃阿祿嫂欣慰地想。在苦力和倉庫當過幾年學徒，是時候讓他到帳房試試身手了。

阿嘉通過鄉試，中了舉人，黃府張燈結綵，大宴賓客，在艋舺風光了好些日子。進京會試，連考兩次都沒考中，他脾氣又硬，不屑花錢去捐個更高級的官位。眼見朝廷日益腐敗，地方官員魚肉百姓，過去讀書做官的雄心大志，黯然熄滅，他深感過去幾年苦讀的光陰，全都白費了。

待在艋舺，從前對他的恭維讚美，漸漸有些酸餿了。不去做官，也不去書院給學童開蒙，就靠著家大業大，茶來伸手飯來張口。舉人不舉，豈不是個大笑話？

黃阿祿嫂見他終日頹喪，在家怨天尤人，正愁沒有辦法開導他時，正巧有位時相往來的廈門客人想找她合夥，打算在廈門開一家樟腦貿易行，供貨給當地洋商。條件優厚，又能幫萬順腦館開拓市場，她便把廈門貿易行交給阿嘉全權負責。

繼承家業，是他年少時曾有過的夢，現在有了母親的信賴和託付，又有機會遠離空氣窒悶的家鄉，大展身手，他一口答應了。父母的經營管理方式，阿嘉年少時就看在眼裡，史書上的貨殖列傳和孫子兵法，他讀得特別嫻熟，古人的經商智慧，加上和洋人交手的經驗，都讓他重拾自信。

貿易行的訂單成長速度很快，五年的業績就翻了一倍。阿嘉成為精明幹練的商人，在廈門娶親成家，讓黃阿祿嫂不到四十五歲就當上祖母。有了大哥的嚴格管束和影響力，又有賢慧的嫂子照顧起居，只盼遊手好閒的阿瑞，這回到廈門投靠阿嘉，能早日走上正途才好。

艋舺教會的租屋案無人受傷，沒有釀成上回寶順洋行的大禍，但是馬偕傳教士遭此大劫，黃氏族人脫不了干係。對娘心中過意不去，希望能做點補償，讓洋教能安穩在艋舺立足。

聽說馬偕不放棄在艋舺的教友，還想再覓地建立自己的教會，對娘立刻找黃阿祿嫂商議此事，願意用比市價稍低的價格，把八甲庄她名下的土地賣給馬偕。

黃阿祿嫂猶疑了，就怕十年前寶順洋行的事件再次重演。對娘卻拍胸脯保證：

「妳放心，契約上少不了我的簽名，訂合同時我也會在場。日後若再有糾紛，我會承擔下來。」

「為什麼非賣給馬偕不可？價錢可以再提高一點，這可是妳的私房錢啊！」

對娘笑了，純真羞澀得如同少女。

「什麼私房錢？這些全是妳拚命掙來的，我只是坐在家裡享現成。這筆錢，將來我會捐給教會起厝，蓋好了以後，我要去聽洋牧師講道。」

「妳不擔心那些親戚說閒話？」

「我都這把年紀了，要是怕東怕西，不敢做自己想做的事，人生還有什麼意思？」

馬偕在八甲庄建起新教堂時，依然遭遇不少居民的阻撓和抗議，對娘總是勇敢地挺身而出，心平氣和地勸告族人不可妄動。有人牙疼，就熱心介紹他去看馬偕醫師。

說也奇怪，這個黑鬍子番和之前的洋商不同，總是一臉和藹的笑容，耐心地對待每個病人，不到幾秒，就把嘴裡的爛牙拔出來，要命的牙痛立刻消失。

但仍有一幫頑固分子成天找教會的麻煩，甚至殺害信洋教的信徒。馬偕和家人學生一行人，曾經遇上抬著神轎的艋舺信眾，那些人不但出言侮辱，甚至想動手燒了馬偕學生的辮子，差點還燒瞎他妻子的眼睛。所幸他們逃得快，那些人為了趕著在吉時前抬神入廟，才沒再追上來。

教會周邊始終不大平靜，對娘謹小慎微，怕被牽扯進去，只能用道德勸說，偷偷捐錢資助馬偕在淡水蓋理學堂大書院，卻遲遲不敢受洗成為正式教徒。

許多被艋舺驅趕出去的洋人，紛紛來到大稻埕，設立商行和教會。同安人始終沒忘記被三邑人趕出艋舺的傷痛和屈辱，更能接受有同樣遭遇的洋人。

有錢的洋人請來工匠，在交易繁忙的大稻埕市街上蓋起了前所未見的奇特樓房，樓下是店面，樓上是倉庫或住家。外觀漂亮的石雕，不再是驅邪避煞的珍奇異獸，而是整齊細緻的花草圖案，或是氣派的溝紋石柱。

商人掙了大錢，就想趕趕有錢人的時髦，於是一棟棟洋樓冒出來，人車喧鬧的大街和市集，比艋舺的龍山寺周邊更熱鬧。但驕傲的艋舺人絕不會承認大稻埕的繁華，就快超越他們了。

「無效啦！那些洋樓蓋得比霞海城隍廟還高，正好壓過同安人的風水。」

「咱的手下敗將，若是懂得看風水，當初就不必逃到那裡去了。」

「他們那裡賣的都是些什麼東西：鴉片、茶葉和布？笑死人，又不是天天要用的。若是要買治病的草藥、拜拜用的佛具上等香和金紙、神明的繡旗和衣衫，當然都還是要在艋舺才買得齊！」

這天艋舺所有寺廟主持召集所有頂郊爐下，聚在龍山寺後殿討論大事。為了奪下越南宗主權，法蘭西大軍出兵攻打中國，運用了制海戰術，把船艦砲火對準孤懸海上的臺灣。

要取得更多煤礦供應船艦動力，就必須登陸雞籠，占領礦區。欽差大臣兼福建巡撫劉銘傳受命來臺灣督辦防務，予以還擊，戰況猛烈，社寮島的砲臺幾乎全毀。

幸好劉大人英勇善戰，在激烈的槍戰中，成功逼退登陸的法軍，迫使他們逃回砲艦上。砲擊不成，法軍轉而封鎖港口，兵分兩路，進攻雞籠和滬尾港。

滬尾守將孫開華為了防止法軍入侵，索性用大石頭沉下數十艘戎克船和舢板，塞住滬尾河口，並且布滿水雷，把法國軍艦阻擋在外海。

由於北部港口被法軍封鎖，貨船無法出入，即使是配有槍砲的客貨兩用輪船，也有一個多月無法進入，只能靠陸地運輸到中部的梧棲港，再冒險用小艇出貨。

不論陸上或海岸，沿路盜匪極多，必須加派更多武師護衛，費時更久，成本變高，風險也大。對外貿易的外郊商人個個愁眉苦臉，貨物進出口有困難，戰事又不知還要持續多久，眼看上半年賺的錢，這下子全要賠光了。

專做本地生意的內郊，向來錢賺得沒有外郊多，如今終於能揚眉吐氣，海運不通，他們生意照樣能做。

黃阿祿嫂心裡也愁煩著。法蘭西將軍孤拔攻不下臺灣，索性轉向另一邊出氣，把砲火對準閩江口，福建水師的戰艦被法軍擊沉，馬尾造船廠的砲臺也被轟炸了。

阿胡在福州船廠督工造艦，卻一點消息也沒有。阿瑞正押著一船樟腦到香港去，就怕他在海上遇到砲火。船和貨物沉了事小，她只盼兒子們能平安無事。

爐主洪騰雲清清喉嚨，請眾人安靜下來。

「各位，我知道近來生意不好做。今天特地請大家來，就是希望能幫官軍出力，早日打勝仗，趕走那些西仔，咱的貨船才能開出港。除了頂郊爐金捐出六千圓做軍費，我本人也會捐出二千圓，歡迎各位加入捐獻，有錢出錢，有力出力。」

他向站在一旁的大斫老吳點點頭，老吳立刻拿著筆墨帳本和一個布袋，坐到桌旁，勤快地磨起墨來，把捐款者的姓名和錢數寫在帳本上，一一唱名。

見那些外郊富商幾百幾千地踴躍捐款，內郊商人們有些為難，錢少了拿不出手，捐多了又心疼。他們的生意並不受影響，憑什麼要蹚這渾水？

黃阿祿嫂慷慨解囊，捐了三千圓，抬頭看到內郊商人聚在一旁竊竊私語，便意識到他們小氣的盤算。她附耳對親家洪騰雲說了幾句，他會意過來，又大聲宣布：

「如果官軍阻擋不住，這些西仔不但會占領雞籠市區，還會從滬尾入港，直接攻進臺北城，到處搶劫咱的金銀和貨物，甚至對咱的妻女下手。拜託各位，沒有捐錢的，也可以幫官軍出一份力。聽說滬尾的孫將軍需要一批義勇軍支援，想上前線的，也可以來老吳這裡登記。大稻埕的那些同安人湊了六千圓，咱艋舺輸人不輸陣，絕對不能被他們看扁了，笑我們窮酸又沒膽。」

被這番話一激，愛面子的內郊商人也只得乖乖捐錢。

結束了會議，走出龍山寺一看，只見許多人大聲叫嚷，朝著八甲庄的方向跑。

黃阿祿嫂派跟班一問，原來有人聽說西仔出兵欺負臺灣人，加拿大人馬偕既是洋人，一定和那些洋軍隊內神通外鬼，就拿艋舺教會出氣，號召大家去拆洋人的房子。房子拆完了，大家就開始搶奪裡頭的財物，或是羞辱阻擋暴民的教友。

黃阿祿嫂擔心對娘的安全，急忙吩咐轎夫抬她回家。幸好對娘沒出門，聽說教會被拆了，她又氣又急，立刻就想趕去現場阻止，卻被黃阿祿嫂一把拖住。

「妳去了能做什麼？那些人瘋了，只要替教會說話的，在他們眼裡全是洋人的走狗。」

「但是，好不容易蓋好的教會……。」

「妳放心，這回他們不是跟妳租房子，責任不在妳。土地是教會的，房子被拆了，將來還會再蓋起來。」

去過現場的族人興高采烈地回來說，他們給馬偕一個狠狠的教訓，揚言只要有艋舺三大姓在，就絕不允許耶穌教立足。馬偕臨走前，卻安詳地這麼回答他們：

「教堂再建時，要比你們的寺廟還高。」

艋舺人歡欣的鼓譟：大鬍子馬偕怕了，只是嘴上不認輸，他手上連一把槍都沒有，根本打不贏勇敢的艋舺人。

黃阿祿嫂和對娘聽兒子們興沖沖轉述堂兄弟的話，只能無奈地相視苦笑。

4

西仔反這一仗，法軍和清軍互有勝負，清軍火力雖不如法軍強大，卻占了地利之便。

劉銘傳判斷，滬尾往臺北這段平坦道路難以防守。基隆多山，還有獅球嶺這道天險，於是毅然改變戰術，只留下三百兵力守住獅球嶺砲臺，派出大軍隊馳援滬尾。法軍在幾無抵抗的狀態下，迅速占領基隆市區。

從大稻埕傳來前方失利的戰情，又見許多人攜家帶眷，推著家當從雞籠滬尾逃來艋舺，頓時人心大亂。戰功彪炳的劉銘傳將軍竟然落荒而逃，可見這些西仔番有多厲害！逃吧，又能逃去哪裡？海岸全被法軍封鎖，山裡又有獵人頭的生番，都是死路一條。

郊商和居民們正在苦惱著財產和生命的安危時，忽然有人在街上大嚷：

「來了來了！劉將軍帶著兵仔從臺北來了！」

「有多少人？」

「一千多個，他們把基隆的礦井炸了，還帶著金銀財寶，看來是準備要落跑到竹塹了！」

「幹伊娘咧！又是一個狗官！我們捐了那麼多錢，不好好打西仔，還想落跑！」

「太沒有天理了！走！咱去把他擋下來，看他往哪裡跑！」

浩浩蕩蕩的軍隊從臺北府城行經艋舺時，就被當地居民團團包圍住。大隊兵馬裝載的，不是傳說中的金銀財寶，而是大批軍械槍砲和糧草。當中一頂官轎，被手持大刀的兵勇護衛，裡頭坐的想必就是劉大人了。無奈他們手無寸鐵，又被官兵拿著武器威嚇，只能召喚更多街坊鄰居出來，堵住軍隊的去路。

「狗官下來！別躲在轎子裡！」

「漢奸！有膽就出來！守不住基隆，打不過西仔，就拿你的命來抵！」

儘管有士兵重重阻擋，依然有人乘隙鑽到轎子旁，門簾一掀，把一身朝服的劉大人硬拉出來。群眾們遠遠見到紅頂戴上的花翎，就怒火沖天地吶喊起來，蜂擁上前去拳打腳踢，侍衛官見狀，立刻舉起長槍，對天鳴放，群眾們才嚇得往後潰逃。

包含黃阿祿嫂在內幾個郊商卻毫不退縮，恭敬地站在轎前。爐主洪騰雲朗聲道：

「劉大人和各位將官，一路征戰辛苦。歡迎來到艋舺，請讓頂郊商人盡地主之誼，有請大人移駕到龍山寺休息，用頓便飯，順便補充飲水和糧草。」

瘦小黃黑、滿臉麻子的劉銘傳大人，炯炯掃視過這些身穿綾羅綢緞的富商，目光停留在風韻猶存的貴婦黃阿祿嫂身上，心中暗忖：好大膽的婦人！竟然不怕我軍的刀槍和王法，是哪個富商之妻？也罷，既能讓女人出頭，這幫人諒必還算講理。

「多謝各位的盛情。行伍粗人，只怕玷汙神聖清靜的寺廟寶地。」

他一口濃濃鄉音的官話，要聽懂還得費些工夫。幸好馬俏哥不當家後，在外頭跑慣了，五湖四海的口音都難不倒他，立刻堆起一臉笑。

「大人客氣了。來，請官爺們往這邊走。」

到了龍山寺後殿，劉銘傳只帶一位副將進屋，把其他護衛都留在外頭，表示對郊商們的信任。從旗亭叫來的一席酒菜，是他連月來吃得最滿足的一頓，郊商們對戰事的憂慮全寫在臉上，他只當作沒看見，痛快地掃光眼前的佳餚。

有個茶商哭喪著臉，擔心他庫房裡快發霉還運不出去的茶葉，按捺不住，先開了第一槍。

「小民斗膽，敢問大人，基隆已經淪陷，臺北還守得住嗎？」

劉銘傳總算放下筷子，抬頭環視眾人。

「你們這當中，沒有法蘭西派來的奸細吧？」

黃阿祿嫂感覺他的眼光停留在她臉上，未免輕浮。剛才一番客套酬酢也夠了，該進入正題。她用嚴厲的眼光瞪回去：

「這話應當是我們問的。請問劉大人，如何棄守基隆，又不留在滬尾港鎮守，偏偏跑到艋舺這個不容洋人的所在？莫非是被那些西仔的槍砲逼急了，才逃到這裡來？」

這話單刀直入，完全不像她平日的委婉作風，其他人不由得倒吸一口氣：劉大人腰間還配著把刀呢！

劉銘傳一怔，沒想到這個小女人竟敢冒犯他，來人哪……咦，慢著！剛才他聽說，軍工料館黃家是當地的望族，也受封過正五品官位，怪不得口氣這麼大。這寡婦既有以下犯上的氣魄，又能獨力撐起事業，擁有淡水河口碼頭的龐大勢力，往後或許還有倚仗之處，這不是耍官威的時候。

這麼一轉念，他繃緊的臉頰立刻放鬆，換上受冤屈的苦笑。

「夫人言重了。棄守基隆，是戰略上的考量，法蘭西水師不擅長陸戰，有獅球嶺阻隔，可以暫時將他們牽制在叢林裡。如今有孫將軍駐守滬尾，敵人暫時攻不進來，各位請放心。這趟來到貴寶地，是為了迎接竹塹來的援軍，籌畫戰略，以便在臺北城附近部署後方兵力，防範敵人進逼。」

既然黃阿祿嫂率先開口，男人們再不出聲就太孬了。有人索性放大膽子問，滬尾港是否還守得住？法軍何時才會撤走？商家的生意幾個月來，因為海運不通，蒙受的損失實在太大了。

「這個嘛……。」劉銘傳撫著髭鬚沉吟，萬萬不可在這些殷切的老百姓面前露出怯戰的蛛絲馬跡，免得毀了他的一世英名。「海上封鎖何時能解除，這要看他們陸戰實力如何。法軍雖然幾度成功登陸，卻都在短時間就被我軍擊退。法軍在海上的後援不少，一直增加船艦和兵力，這會是場長期抗戰，各位恐怕要有心理準備。若能斷絕法軍後路，兵疲糧少，終結戰事的日子就不遠了。」

這套繞圈子的官腔，話不說死，輸贏未定，大家聽得似懂非懂，一顆心依然懸著。馬俏哥爽快地接口：

「若是官軍缺糧餉，大人儘管吩咐，艋舺人出錢出力，為了保護家鄉，必定全力做大人的後盾！」

「實不相瞞，這趟本官來到艋舺，就是為了請求民間有力人士的支持。如今死守住獅球嶺的，正是阿罩霧莊的頭人林朝棟，他對國家一片赤膽忠心，親自率領五百兵勇，自備兩個月的糧餉，投入這場保家衛國的戰役……。」

劉大人對林朝棟讚不絕口，聽得郊商們熱血沸騰。阿罩霧林家的豪勇事蹟人盡皆知，遠在中部的富商都投入北部的戰事了，艋舺人豈能置身事外？

他們立刻去召募民兵，同時集資二十萬兩做軍餉，送劉銘傳大人回到臺北府坐鎮。第二天，八艘法蘭西軍艦對滬尾港猛烈砲轟，摧毀三座砲臺。砲擊的聲響和震動，連艋舺都能隱約聽到。

黃阿祿嫂心緒不寧，平日從不迷信的她，聽見孫兒不小心摔破碗，或鴉雀不合時令的鳴叫，都懷疑是壞兆頭。

此時海運不通，腦館和碼頭的業務都停擺了。包括黃季山和她的兒子阿喜阿坤在內，黃家的十位王爺主動請纓，帶著三百名佃農和工人去支援前線的戰事。

這回他們面對的，不再是同鄉的拳頭和棍棒，而是洋人強大的軍火，有多少人能平安回來，她一點把握也沒有。

斗娘天天到啟天宮媽祖面前上香，對娘勸她一起向上帝禱告。她用同樣虔誠的心意祈求，只願上天垂憐，保庇這些男人們都能取得勝利，平安歸來。

十月八日，在法艦砲火掩護下，清除港口水雷，八百名法軍陸戰隊在滬尾沙崙搶灘登陸，兵分三路，準備占領砲臺和掃雷。守將孫開華和滬尾雞籠增援的兵力，分途截擊，或埋伏在法軍必經之地，利用地形夾攻，甚至用短刀近身肉搏。四小時之後，終於擊斃法軍三百多人，斬首二十五人，或驅入海中溺斃，成功地擊退法軍，保住臺北。

這場滬尾大捷，有人說是軍民合作的勝利，也有人相信是請出淡水清水祖師爺助陣的結果。

然而黃阿祿嫂的心碎了，她迎回來的不是勝利的喜悅，而是黃季山和阿喜兩具冰冷殘破的遺體。阿喜被砲彈碎片刺穿腹部，內臟都流了出來。只受輕傷的阿坤哭著描述當時的情景：黃季山被法軍流彈射到右手臂，仍然抽出佩劍奮勇殺敵，一連殺了七八個法軍，最後體力不支。眼看一個法軍舉起手槍，正要從背後偷襲阿坤時，黃季山用盡全身力氣，衝出來擋住槍口，同時一刀劃向那個西仔番的頸項，兩人同歸於盡，救了阿坤。

她再也忍不住心中的悲痛，哀號痛哭了一天一夜。想到阿喜生前孝順體貼的模樣，想到黃季山臨走前要她安心的溫柔笑容，她的眼淚就停不住。

第二天一早，她睜著徹夜未眠的浮腫雙眼，髮髻梳得光亮嚴整，換上白色喪服，在嬋娟和次子阿瓊的協助下，辦好兩人的喪事，也到其他犧牲者的家中探訪吊唁。她不能讓他們白白犧牲，日子再艱難，依然要過下去。

法軍雖然在滬尾大敗，依然不肯認輸。他們決定放棄占領臺灣本島，改變戰略，攻打澎湖。

十月二十三日起，孤拔將軍運用海軍優勢，擴大封鎖範圍，不再只限北部，而是用軍艦封鎖臺灣所有港口。本來還能由梧棲或安平出入的小艇，這下子連最南端的瑯嶠[3]全都不通了。

3　瑯嶠：今恆春一帶。

幸而阿瑞趕在封鎖安平港之前，搭上外籍輪船回到臺灣，化裝成苦力從陸路往北走，機警的避開海盜和搶匪，安全回到艋舺。

臺灣被封鎖了幾個月，香港的樟腦價格一飛沖天，翻了三倍。扣掉沿途打點的旅費，他不只帶回賣出貨物的兩萬五千圓，還和在廈門的大哥阿嘉聯絡上，得知人在福州的老三阿胡平安無事。

好消息讓她打起精神，勇敢面對接下來的現實。港口被封鎖，各項交易完全停止，物價高漲。臺灣生產過剩的稻米油糖價格下跌，私鹽進不來，官鹽價格更是貴如黃金。

占領基隆的法軍，雖然翻越不過獅球嶺，不時攻打暖暖等地，隔年一月，更以三千兵力南下，與清軍激戰。軍隊退到五堵七堵，臺北城大受威脅，逃到艋舺的難民更多了。幸好法軍彈藥用盡，加上大雨使河水暴漲，援軍及時趕到，法軍才被阻絕在基隆河北岸，無法再進一步。

龍山寺周邊的大街窄巷，餓死的青紫屍首、衣衫襤褸的乞食、嚎啕大哭的孤兒，樣貌可怖的痲瘋病人、趁火打劫的盜匪和暴力搶奪財物的羅漢腳，處處可見。

郊商們除了用公款幫助乞食寮和育嬰堂收容更多無家可歸的人，提供房舍給養濟院收容貧戶和病人，也熱心捐獻，在各大廟口發放熱粥和衣物棉被，希望能幫難民們捱過這個最寒冷的冬天。

雖沒有生意可做，黃阿祿嫂也沒閒著。她每天到龍山寺去，挽起袖子來幫忙煮粥捨食，到育嬰堂和養濟院去補充物資和人力缺口。同時派阿瑞到郊外的農田，發放來年的秧苗錢，買下佃農們收成的稻米和蔬菜。要阿瓊和阿坤帶禮物去大嵙崁、三角湧[4]和新店拜訪腦長，談好來年的收購價格。在相熟的番社頭目引介下，探勘有潛力的樟林地，順便帶回價格便宜的大菁和染料。

留在家裡的么兒阿烈眼看母親每日忙進忙出，家裡的存糧一直往外搬，大手筆的灑錢出力做善事，派哥哥們出門大量採買，還向錢莊和大稻埕媽振館借貸一大筆錢，忍不住開口了。

「娘，現在東西都賣不出去，家裡糧食越來越少，妳這樣花錢借錢，到時欠錢莊一大筆錢，要怎麼還得出來？媽振館那些奸商，會把妳的血吸到一滴都不剩！」

黃阿祿嫂看著個頭比她還高的么兒，微微一笑，要他留下來陪她一起消夜。把抱在懷裡的孫兒送還給奶媽，叫兒媳們把還在踢毽子翻花繩的孫兒女帶回房去睡覺。等眼前沒有旁人時，這才神祕地低聲對阿烈說：

「你信不信？等做完媽祖生辰之後，這些西仔就會退出基隆，解除封鎖？」

阿烈瞪大眼睛看著母親：這些日子她天天奔走，飲食減半，臉頰瘦出稜角，雙眼的火焰卻燒得更旺，原本富泰的貴婦變成女巫，莫非她神智不清了？

「怎麼可能！難道妳和外公一樣，也會算命？」

「不必算命，等你經歷的事情夠多，就會知道。法蘭西離臺灣那麼遠，吃的東西喝的水都不一樣，基隆的法軍攻不下山頭，那裡天天下雨，溼柴也燒不起來，長期住野外，哪裡受得住？在船上生活的士兵，又能撐得了多久？」

4　三角湧：三峽。

「好吧，就算他們水土不服，但是妳借的這些債……。」

「傻孩子，守財奴是發不了財的，機會是留給準備好的人。戰爭一結束，船就能出港，到時候樟腦木料和大菁的訂單，只怕我們接都接不完呢！」

三月媽祖生，本來是艋舺郊商的年度大祭典之一，在物資嚴重缺乏的狀況下，祭品不若以往的豐盛，歌仔戲班人手不足，酬神的布袋戲勉強湊出兩臺，民眾們祝禱祈求的聲音卻更虔誠了。

媽祖肯定聽見他們迫切的懇求，也以垂憐之心回應。駐守基隆的法軍，大批染上風寒或霍亂，傷亡慘重。三月底，孤拔再攻打澎湖，占據媽宮城，清軍幾乎瓦解，大量法軍卻也因水土不服，病死他鄉。

法國政府決定不再增加軍費，四月初，孤拔將基隆法軍撤到澎湖，準備集結再攻越南。四月十四日，清法雙方議和，第二天，法軍正式解除臺海封鎖。船通貨出，短短一個月內，黃阿祿嫂不但還清先前的借貸，更賺入比戰前更多的財富，也贏得曾受恩於她的佃農、生番和百姓的心，事業版圖擴張得更遠。

阿烈這才慚愧地承認，母親的商業嗅覺果然是他遠遠不及的，從此心悅誠服。

5

在黃阿祿嫂的主持下，黃家被戰爭打亂的生活逐漸步上軌道，萬順的生意好容易恢復了舊日榮景。只有隨侍在旁的阿瓊看得明白，母親白天拚命工作，就為了暫時忘掉心底的傷痛，夜裡卻在阿喜從前的房裡，擁著他的衣服和衾被，低聲哀哭。她胃口不好，瘦削的身子，始終沒有恢復往日的豐潤，前額的皺紋更深，鬢邊白髮也添了許多。再這麼折磨自己，不放慢腳步，恐怕很快就會病倒。

他去找二娘商量。

「唉！該說的我都說了。你知道你阿娘那脾氣，像條牛似的，根本講不聽。」

「我有個想法，最好阿娘能暫時離開這裡，不必天天看到阿喜用過的東西、待過的地方，或許就不會那麼傷心了。」

「可能嗎？你阿娘根本停不下來，要她一天不工作，還不如用條子勒死她算了！」

對娘眼珠子一轉，突然想起一件事來。

「對了，前幾日我聽教友說，香港的樟腦比艋舺賣的價格還高兩倍，難道說，香港那裡做的樟腦，比臺灣的還好？」

「那倒沒有。香港賣的樟腦，也都是從我們這裡買去的，只不過……。」阿瓊猛然拍了下腦門，大叫一聲：「對啊！我怎麼都沒想到？」

「想到什麼？」

阿瓊來不及跟她解釋，忙著要走。

「我這就去給大哥寫封信。二娘，多謝妳了！我回頭再來看妳。」

他關起門準備好筆墨，思索了半天才下筆。大意是說，戰事平定之後，樟腦再度開放民營，腦館的專賣事業恐怕有所變化，必須及早因應。霧峰林朝棟和夫人楊氏幫助平亂有功，取得樟腦專賣權之外，更與德籍公泰洋行出口樟腦，獲利頗豐。劉大人把腦務總局設在大嵙崁和彰化，獨肥林家，其他樟腦大戶不能不另做打算。聽說香港的洋商極多，也競相出高價購買樟腦，價格比從臺灣出口高出數倍。母親操勞多時，加上喪子之痛仍未平復，需要找個理由讓她離家散心。望大哥打聽消息，是否能有門路接洽港商。若有機會，請大哥親自來信告知，只提公務，其他不必多說，如能成功說服母親前往香港一遊，萬幸！

果然去信不久之後，黃阿祿嫂便接到阿嘉的消息，說他透過在香港的友人，認識兩名英商和荷商，希望能找到穩定充足的樟腦貨源，願意長期合作。他們聽說萬順的名聲，非常希望和頭家當面洽談合作的可能性。但由於他們在香港還經營其他貨物貿易，分身乏術，希望能邀請黃阿祿嫂到香港見面，親眼看看洋行的經營規模和樟腦交易的盛況。

收到這封信，黃阿祿嫂有點心動。自從法人入侵以來，她更加意識到洋人的野心，船堅砲利只是他們用來發大財的工具。洋人雖然精明狡詐，但只要談定的生意，簽妥的合約，說一不二，比好鑽漏洞、翻臉不認帳的同胞，是更好交關的對象。戰爭時香港的樟腦漲了三倍，居然還沒到頂，除了用在香水、藥品和無煙火藥，樟腦是賽璐珞這種合成樹脂的主要原料，用途越見廣泛，洋商的需求更殷切。

雖說劉大人恢復樟腦專賣，暫時保障腦館的利益，但哪天又受到洋商施壓，再度廢止公賣制，誰也說不準。中部的林朝棟搭上德國人的線，早晚會把北部的樟腦也全吃下，她可不能坐以待斃，只不過……。

「和洋人交涉的事我不懂，派阿嘉去就好了。萬順和家裡的事，沒有我可不行……。」

「誰說的？阿娘忘了，妳總是教我們，不管年紀多大，隨時都要學新東西，怎麼現在妳反而縮起來？既然我是二頭家，妳就給我這個當家的機會吧！再說還有阿坤和阿瑞盯著山上和碼頭，二娘和嬋娟也能照顧家裡，妳放心！讓阿烈陪妳去，順便去廈門看大哥和幾個孩子，還有大嫂剛生的小女娃。妳不是一直想搭大型輪船去外頭走走嗎？這是個好機會。」

從前的夢想，又被勾了起來。阿瓊說得有理，十年前去廈門主持阿嘉的婚事，搭的是自家載滿賀儀的雙桅戎克船，才出海不多遠，就被吐著黑煙的小火輪船平穩快速地超越，還被它掀起的浪花搖晃得站不住腳。如今載貨都改租外國輪船了，她卻還沒搭乘遠行過。英國人治理的香港，華洋雜處的異國風情，令她神往，也聽過許多金門人到南洋去經商致富的傳奇。既然法國人的封鎖已經結束，她何必在心裡築牆，把自己拘限在小小的艋舺，拒絕到外頭去探險？

阿嘉居中聯繫，約定好雙方會面的時間地點，黃阿祿嫂忙著交代好家中各人該管的事項，整理好行裝和要帶去的樟腦。斗娘日夜趕工，繡了好幾套綢緞被褥、手帕和嬰孩肚兜，對娘則參考教會朋友的意見，備辦最受洋人歡迎的各色臺灣土產。

她在阿烈的陪同下，帶著貼身僕婢和箱籠，搭船直下淡水，再從那裡換乘得忌利士輪船公司的海龍號。從高高的甲板憑欄往下望，港口繁忙穿梭的戎克船帆，就像碧藍海面上的白蛺蝶。輪船出港之後，遠望接駁貨物和客人的手梯船、雙撐仔和龍艚，就像列隊搬運食物的工蟻。

在白色鷗鳥的相伴之下，海龍號緩緩航向寬闊蔚藍的大海，船身就像順利切過豆腐的刀刃，幾乎感覺不出太大的晃動。空氣如此新鮮，她不由得深深吸口氣，從喉頭到胸口，鬱積許久的憂傷，瞬時被微鹹沁涼的海風滌去三分。

她遣開隨侍的婢女，好享受片刻自由。身邊多是戴著禮帽和面紗、說著洋文的白人紳士淑女，沒有人認識她。拋下長年緊箍住她的責任和忙碌的行程，連心思都變得輕快有活力，貪婪地吸收眼前的新鮮事物。

船上有對即將返英的洋人夫妻，說得一口還不壞的官話，先是妻子盛讚她衣服的精美繡工，又為她平穩的步履大感驚奇，和黃阿祿嫂攀談起來。原來喬先生曾是廣州旗昌洋行的職員，後來又受僱於大稻埕的寶順洋行，為陶德當了十多年的經理，專門負責茶葉進出口。談起寶順洋行在艋舺租屋的陳年糾紛，喬夫人睜圓了一雙藍眼睛，拍著胸脯，心有餘悸地說：

「幸好那年我們還在廣州。要是遇上那麼一群喊打喊殺的暴民，我一定當場就暈過去了。」

黃阿祿嫂只是微笑，不想多談她和這事的關聯，也未表明身分。她刻意轉移話題，只說是去香港探親，拜訪經商的兒子和剛滿月的孫女，同時向他們打聽香港的市況和風俗。

「他在做樟腦買賣？了不起！這可是今日的黃金啊！」喬先生撫摸胸前銀灰色的髫鬢，威儀十足地說：「據我所知，香港的樟腦行情變化很快，仲介人也不少，不熟悉當地情況的話，很容易遇上騙子。這樣吧，我來替令郎寫封介紹信，讓他去見怡和洋行的總買辦何東爵士，如果你們有上好的貨色，他肯定會很感興趣。」

突然一串噹噹搖鈴，原來是下午茶時間到了。船上大司務來宣布，請二等艙以上的貴客移駕到甲板下方的餐室，船長史崔坦先生將在那裡招待各位嘉賓。

黃阿祿嫂本想告退，卻被喬夫人親熱地拉住不放。

「一起來吧！到了香港，每天這頓下午茶也是跑不了的。」

喬先生也呵呵笑了：「說起來，我的生計，全是拜這個優良的英國傳統所賜。」

只見餐室中央擺了張長餐桌，鋪著雪白的檯布，上頭放著幾個用黃金和白瓷盤組成的三層架子，上頭有如花朵盛開的，是粉黃白黑各色小糕點。二十多個座位，前方都擺上全套的藍花骨瓷杯盤，兩個拖著辮子的黃面孔廣東侍者，端著茶壺繞著長桌，用洋涇濱殷勤地問客人要茶還是咖啡。

黃阿祿嫂在喬夫人身旁就座，還沒坐穩，就聽到背後傳來一聲輕呼：

「這不是萬順腦館的黃阿祿嫂嗎？好久不見！」

循聲轉頭一看，只見身後一位紳士脫下呢帽，修剪有型的髫髭上，圓框眼鏡後面一雙明亮熟悉的黑眼珠，正對她友善的微笑。她不由自主啊了一聲：

「李先生！你也搭這班船？怎麼剛才上船時沒看見？」

李春生兩鬢略見風霜，也發福了，更顯出中年實業家的成熟風度。辮子和呢帽懷錶，茶色綢長袍搭西褲皮鞋，別人穿著不倫不類，在他身上卻格外怡然調和，也鮮明標註出他的身分。

「我臨時有點事耽擱了，差點趕不上，剛才還在艙房發電報呢！」

視線移到她身旁的喬夫人，顯然是舊識。用英文寒暄之後，他低聲用河洛話問：「交到新朋友了？」

黃阿祿嫂點點頭，趁喬夫人轉頭和旁人交談時，悄聲叮囑：「別讓人知道我的身分，免得別人以為我們還是冤仇人。」

李春生朗聲一笑，臉上快速掠過一絲陰影，被她看在眼裡。他向侍者要杯咖啡，加了一小匙糖，文雅地用銀匙輕攪。

「事情過去那麼久，我早就忘了。說起來，我是因禍得福，離開寶順，才有機會去接觸煤油生意，在大稻埕做出自己的事業。」

「像您這樣大才，在哪裡都不會被埋沒的。要不是李先生的好眼光，臺北城和大稻埕也不會有今日的發達。」

這番奉承顯然很到位，李春生不覺舒開一雙濃眉，脣角生春。

「黃阿祿嫂過獎了。來來，用些點心，試試這個朱古力瑪芬，再喝口大吉嶺紅茶，一點都不輸烏龍茶配桂花糕呢。」

他動手替她夾了塊糕點，又叫侍者替她倒茶。看那西崽的臉色，似乎不大樂意服侍在場唯一的清國女人，倒茶動作魯莽，灑了幾滴在杯外，差點燙著她。李春生立刻變臉喝叱：

「狗奴才！一點小事也做不好！還不跟女士道歉？」許多的藍綠眼珠聞聲轉向這頭，那西崽慌忙拿下肘上的白手巾，一邊道歉，一邊擦去桌布上的茶漬。等他走開後，李春生咬牙切齒地罵道：

「有些人就是這樣，自以為當了洋人的狗，就瞧不起自己的同胞。」艋舺人罵李春生是番勢，心裡想的，不也是同一層意思？黃阿祿嫂試圖為那個不識相的小夥子緩頰：

「這些人不過是討口飯吃，別太苛責了。」

「不，就是這種仗勢欺人的角色，才會讓洋人更瞧不起清國人。要和洋人平起平坐，就要拿出實力和尊嚴，更不能看輕自己。」

看他一臉凜然正色，想必是他從洋行買辦到獨當一面的過程，吃足苦頭所悟出來的一番道理，她心中油然生出敬意，也暗中為他抱屈。旁人看他派頭十足，罵他靠洋人作威作福，卻不提他慷慨出錢出力，幫官府建城造街，造福鄉里的事蹟。

她盯著盤子裡沾著黑砂粒的油黃糕，不知從何下手，李春生示意她跟著他做：拈起一支前端開三叉的小銀棒，切下小塊送入嘴裡，苦甜味剎時溢滿脣齒，她急忙漱了口茶，又生出一股難以形容的甘香和愉悅。

「好吃嗎？」

她點點頭，李春生用小銀棒指出黃糕上的黑點：

「朱古力這東西，是從一種叫可可的豆子裡提煉出來的。說來奇妙，三百年前它就被西班牙人帶回歐洲，兩百年前，咱們的聖祖皇帝也嚐過，認為它是沒效力的藥，就沒留著它。沒想到過後這幾十年，洋人把它變得美味，相信它能讓人心情愉快，把它放進各種食物裡，大受歡迎。洋人腦筋動得快，就像陶德先生一樣，跑到非洲去種可可，大量生產，再運回國內賣。還有咖啡，」他的視線落在杯子裡的濃黑液體，「也是差不多的情況，德記洋行在臺灣試種過，可惜運氣不如陶德。現在可可的價值，都遠遠超過南洋的胡椒和豆蔻了。如今商場競爭越來越激烈，誰都想搶先一步挖出有價值潛力的商品。」

「難道李先生下一步也想引進可可，或是朱古力？」

「我不是沒考慮過，可惜我還有別的事忙。臺灣封鎖才解除幾個月，先前耽擱的都還沒處理完呢！黃阿祿嫂想必和我一樣，總是放不下工作。我看你這回到香港，不只是為了探望兒孫吧？」

沒想到他這麼單刀直入，她乾脆承認。

「什麼事都瞞不過李先生。」

「那麼，八成是有一大筆樟腦生意快做成，你這頭家非得親自出馬不行？」

她在心裡快速盤算：李春生現在開了貿易行，經營自己的進出口事業，雖然還沒碰到樟腦，但以他的精明貪婪，早晚會把手伸過來。他和洋人打交道有優勢，但如果與他合作，難保不會被吃定，利潤恐怕也會少掉許多。她莫測高深地微笑了，淡淡瞅他一眼。

「這倒沒有。我只是想出來透透氣，順便看一下香港樟腦怎麼交關。就如您說的，洋人有本事，我們多學學，也做出成績來，才能談得上實力和尊嚴。」

「那麼，我倒可以替你引見幾位朋友……。」

他說出太古洋行渣甸洋行的幾個人物，聽上去都頗有來頭。既然他願意費心，黃阿祿嫂也樂得順水推舟，多認識些洋人和買辦，給自己留些後路。

維多利亞港邊聳立著成排的樓房和倉庫，海面一片黑綠，被戎克船和輪船擠得水洩不通。海龍號等待入港時，便有許多小駁船聚攏過來，船員放下繩子，讓身手矯健的苦力們爬上來搬運貨物。一箱箱的貨物綁好垂放到駁船上，或是由苦力們直接扛著麻袋溜下去。雖然看上去挺危險，卻不失為有效率的做法。等英國領船員指揮著海龍號往碼頭靠岸時，駁船早已滿載貨物離開。

碼頭的人潮和貨物船隻，足足是淡水港的好幾倍，各色人種和五湖四海的語言匯聚在此，看來這裡的商機無可限量。空氣中，瀰漫著汗水、塵土、大煙和腐臭的海水味，纏著頭巾的黑膚印度人、赤膊枯瘦的華人苦力、戴小圓帽的回族人，成群往返在貨棧和駁船之間，搬運堆積如山的貨物。水上的住家把糞桶裡的汙水往海裡倒，出海口不遠處還有漁船在作業。

相形之下，海關附近白人男子的筆挺西裝、女人們小巧的洋傘和玉臂、拖曳在地上的絲綢裙襬，更顯得奢侈而刺眼。那個西崽的勢利眼，就是在這種環境下養成的吧？

和李春生告別之後，黃阿祿嫂一行人搭上阿嘉僱來的黃包車，往城裡去。穿過水洩不通的路人和胡亂拼湊的木板棚屋，車子一拐一轉，漸漸地往上坡走，來到一條樟樹森森的林蔭道上。

道路越見開闊，行人也少了許多，隔著翠綠的樹叢看去，是一棟棟華美氣派的石造洋樓、尖頂教堂，間或穿插有石獅子看門的大宅院。最後停在一棟有著拱門和迴廊陽臺的三層白色洋樓前，已有幾個廣東僕傭在門口等著。

「這是我香港朋友的產業，他全家到婆羅洲去種橡膠了，讓我們借住幾天。」

阿嘉穿著雲頭紋藍緞馬甲和長袍，蓄著小鬍子，有老闆的富泰威風。他用廣東話吩咐僕傭們搬運行李，把阿烈和謝文隆安置在二樓的房間，自己帶領母親繞過大廳後方的天井，來到一間陳設特別精緻的大房間。

這建築外觀雖然洋派，室內隔間是道地中國風。房裡除了鑲五彩螺鈿的黑檀木大床、洋紗羅帳，成套的黃楊木明式桌椅，洋畫屏後方，是內鑲穿衣鏡的花梨木衣櫃和梳妝臺。阿嘉一掀床旁的簾幕，裡頭是寬可容二人的小隔間，牆上地板貼著光滑的花磚，伸出一高一低兩個白色大瓷缸。阿嘉伸手一扭高瓷缸上的金把手，水便從下方的管子汩汩流出，消失在瓷缸底部的洞裡。

「瞧！這是自來水，想用水，只要一轉就來。還有這個，」他一屁股往低磁缸上一坐，再伸手按一下後方的拉杆：「這是馬桶，水一沖就乾淨，房裡就再也不會有味道了。」

黃阿祿嫂驚訝地轉動瓷缸上的把手，只見那水一流一收，就像變魔術似的。

「啊呀！竟有這麼神奇的東西，是這房主自己做的？」

「不，這是買來裝的，洋人重視衛生，有錢人家裡都會裝這種洗臉臺和馬桶。還有這裡，過來看！」

他拉開隱在後方的一扇白門，裡頭有個巨大長圓形石缸，底下有四隻金爪子撐著，只比棺材略小一點。黃阿祿嫂心裡有些忌諱，別過頭去。

「呸！怎麼在房裡擺這個，真不吉利！」

「娘，您想到哪去了？這是洗身軀用的，可以坐在裡頭泡水……。」

黃阿祿嫂連連搖手，退出浴室。

「算了！這些洋玩意，我用不慣。」

阿烈跟進來，撫摸那些瓷缸，讚歎不已：「哇！他們想得到這些，真是太進步了！我們也買幾個回去家裡裝吧？」

「這裡有意思的洋玩意可多了，要是全想帶回去，恐怕一艘船也載不完。」阿嘉轉頭對母親說：「娘，您先休息一下。晚一點我再來接您去吃大菜。」

「我不餓，簡單點就行。」

阿嘉帶著阿烈出去了。黃阿祿嫂讓婢女留在屋裡收拾衣箱，自己信步踱到後門外的陽臺上，在一張靠背藤椅坐下。幾級臺階下方，便是一片綠油油的後院草坪，草皮盡頭的石牆後頭是大海，閃動著夕陽反射的金紫光線，偶有幾點帆影緩緩經過，看來不是主要的航路，海面顯得清爽許多。

她望著遼闊的大海，幾乎忘了自己身在何處。從前的悲歡恩怨，彷彿都離她很遠很遠，不相干了。

6

在香港待了四天，黃阿祿嫂學會了「摩登」這個新詞。見識到不夜城的魅力，欣賞過畢打街的華麗自鳴鐘樓，每天讀著《中外新報》上熱騰騰的市場消息，笨拙地學習用刀叉吃西菜，結結實實開了洋葷。但是她此行最想拿到的樟腦訂單，似乎沒有預料中的順利。

先是見過阿嘉牽線的英商和荷商，這兩人雖然對樟腦都很有興趣，但是訂量不夠大，光是運費就吃不下來。李春生沒忘記對她的承諾，替她引見太古洋行的經理史惠爾先生。太古洋行規模雖不如怡和洋行，但兩家是競爭對手，怡和在臺灣直接代理樟腦出口，低價買進，運到香港再高價賣出，很讓太古眼紅。太古沒有在臺灣設分行的打算，卻非常希望能搭上樟腦的順風車，有大盤樟腦商願意供貨，自然再好不過。

「戎克船運程太慢，保險費也太高，不能用輪船出貨嗎？」

「加上輪船租運的費用，每次起碼五百斤，一擔樟腦的成本至少要增加五圓，變成五十圓了。」

史惠爾敲敲煙斗裡的灰，重新填實菸草。他吐出濃重的煙圈，讓對手看不清他的心思。

「這樣吧，我們現在有自己的輪船和定期航線，來回日本時，可以為了樟腦貿易，多增加淡水這個停舶點。我可以吸收這部分運費，但是我們換個交易方式，我用四斤鴉片，換你的兩斤樟腦，如何？」

史惠爾的口音很重，黃阿祿嫂以為自己誤會了。待阿嘉再次確認他的提議，向母親複述一遍時，她的臉孔瞬間凍結，毫不客氣地立刻回絕。

「失禮了，我不做鴉片生意。」

「為什麼不？現在鴉片在臺灣賣得很好，我提供的這個條件很優惠，妳找不到更便宜的……。」

黃阿祿嫂霍然起身：「那就不必談下去了。謝謝。」

她轉身就走，阿嘉匆匆向史惠爾道歉之後，追上健步如飛的母親。

「娘！別這麼就走了呀！看樣子他很想買樟腦，還可以再談談……。」

「再談？樟腦的那麼多好處，能跟害人的鴉片拿來相比嗎？做生理也不能賠上良心，為了自己賺錢，讓更多人上癮。你忘了你爹就是被鴉片害死的？」

阿嘉無話可說了，只能默默陪著母親漫無目地走在街上。看她氣消得差不多了，他才大起膽子，提議去茶樓坐坐。

「又要喝咖啡，還是英國下午茶？算了吧，那種苦我吃不慣。」

「不，我們去本地茶樓。這附近有一家的蟹黃燒賣做得特別好，配壺菊花茶，正好替您消消火氣。」

知道兒子體貼，她就不跟他嘔氣了，兩人走進一家人聲鼎沸的茶樓，阿嘉多付點小費，要了一個二樓角落的雅座。雖然遠離熱氣蒸騰的一樓，但是其他客人聊天時大嗓門哇啦啦的，互相比拚，迫使阿嘉也得扯開喉嚨才能點菜。

溫熱的菊花茶緩緩滋潤她的心，剛才和史惠爾的爭論重新浮現出來：目前樟腦從臺灣出口，一擔三十圓就算是高價了。她狠心向史惠爾出價，一開口就是五十圓，他也沒直接反對，看來這價錢還可以接受。根據這兩天的報紙，目前香港樟腦市價，照阿嘉替她換算的，賣出價大約是七十圓。太古洋行這種員工遍布各國的大公司，絕不會滿足一擔二十圓的利潤，難不成他掌握了後勢看漲的行情？相較之下，從臺灣出口的價格，實在低到離譜。但是用鴉片換樟腦，不是直接給現洋，這就欺人太甚了……。

她正在心中滴答打算盤時，阿嘉的目光卻和樓下的人碰個正著，他興奮地用力揮手，想必是遇到熟人了。他張嘴對她笑喊了幾句，但環境實在太吵雜，她根本聽不見。不一會兒，他就起身走到外頭，再回來時，身邊多了一個李春生。

「哎！我剛從太古洋行出來，他們跟我說你已經走了，怎麼這麼快？」

李春生丹田有力，不需費力張嘴說話，她就能清楚聽見他說的每句話。黃阿祿嫂搖搖頭，開口才說一句，卻發現自己的聲音淹沒在喧囂之中，只得朝阿嘉比手勢求救。阿嘉會意，湊到李春生耳邊說了幾句，他點點頭，把跑堂叫過來結帳，提議換個清靜點的地方談話。

到了他下榻旅館的大廳，黑白交錯的地磚和厚重的天鵝絨掛毯和窗簾，織錦的布面沙發，彷彿把外頭的嘈雜車馬聲都隔離了。大廳一角有臺黑得發亮的巨大木箱，一個褐髮洋女人正坐在木箱前，用十隻手指快速敲打箱子裡的成排黑白木塊，叮叮噹噹，發出怪好聽的音樂。侍者領他們到落地窗旁的一張圓桌坐下。

聽完黃阿祿嫂描述和史惠爾的交涉，李春生替他們各倒了杯錫蘭紅茶，重新坐定後，發出不滿的感慨：

「真沒想到，史惠爾會向妳提出這種建議，太過分了！真失禮，早知道如此，我就不該讓妳走這一趟，還白白受氣。」

「哪裡，這不是你的錯。多虧李先生幫忙，我總算見識到，和洋人做生意沒那麼簡單。」

「是不容易，不過他們掌握的信息多，優勢也大。」李春生沉吟一下，「不知黃阿祿嫂是否聽說了？洋行現在的樟腦貨，不只有臺灣，在日本也買得不少？」

「這我知道。但是日本的樟腦產量，遠遠比不上臺灣。」

「是，日本的樟木沒有臺灣多，但是他們的技術，卻已經超越臺灣太多。同樣數量的樟木，他們用省工省時的方法，做出量更多質也更好的樟腦，賣相好，價格自然比臺灣高。」

阿嘉附和道：「對！我聽說日本人發明了一種土佐式腦灶，只用一個土灶，三百一斤碎樟木可以做出六斤半的腦砂外加腦油，做出來又沒有半點雜質……。」

比起傳統腦灶，二百斤碎木做出四斤腦砂，沒有樟腦油，又容易混雜木屑和結晶水，顯然有效率太多了。但一聽到成本貴上兩成，她剛萌發的興趣立刻被熄滅了。

「聽上去不錯，但是要說服腦長和腦丁學新技術，可不是件容易的事啊！」

黃阿祿嫂說了幾件舊事，當初要拉攏那些自製樟腦的散戶，她費了多少心親自教導他們更好的熬腦方式，還是有幾個沒耐性學，寧可把自己的地盤賣斷她，拿一大筆錢走人，過一兩年坐吃山空實在混不下去了，只好再回來從腦丁做起。

「看來，那位史惠爾先生，在日本也有樟腦貨源吧，只是價格不如臺灣低。」

「那當然，」李春生看著阿嘉，似乎很讚許他的舉一反三：「洋人聞到錢味，比狗還靈，動作更快。日本樟腦是不錯，但若能拿到更便宜的臺灣樟腦，豈不是更妙？」

「只可惜，這塊大餅，我們是看得到卻吃不到了。」

「那可未必！」李春生提高聲音，雙眼發亮地反駁黃阿祿嫂：「就算沒能直接拿到洋人訂單，還是有別的門路可走。實不相瞞，我這趟來香港，就是來買下招商局輪船公司的股份，有輪船運送我自家的煤油和洋貨，省下運費成本，利潤會更可觀。如果能順道載送樟腦，更能充分利用的船艙空間。」

「你的意思是……。」

「黃阿祿嫂擔心的是運費成本吧？不嫌棄的話，可以跟我合作。不必透過洋商，省了經紀費和佣金，直接向萬順買樟腦，用輪船載到香港賣出。在臺灣用每擔比市價高五圓的價格向妳買下，到香港賣出的利潤，再給你們兩成，妳看如何？」

這麼好的事，可能嗎？更何況他們多年前曾經有過官司糾紛，他是否真的心無芥蒂，也很難說。她甚至懷疑，該不會史惠爾的提議，也是他精心安排的一場戲吧？

她給阿嘉投去一瞥，他立刻會意過來，打著哈哈：

「李先生願意慷慨幫忙，當然好。在臺灣買樟腦的洋行，為了壓低成本，都寧可直接向山上的腦寮收購。我想李先生的門路，肯定比那些洋人還多。腦館的價格，原就比產地還高，要是李先生每擔再加五圓，又要負擔運費，脫手後再分兩成的利潤給我們，對你來說，豈不是太不合算了？」

李春生好整以暇地搖著白摺扇，顯然對她的問題有備而來。

「說得對，生意人從不做虧本的事。更何況我向你買樟腦，成本就比洋行採購便宜多了，再加上我有銷售管道，洋行就沒機會插手，中間的差價由你我均分，豈不是兩利？再說了，要是能花點小錢，買到更長遠的好處，那可是個好投資。實話直說吧，樟腦這塊市場，我注意幾年了，也試著和新店幾個番社接頭，但是不論我出價再高，那些長老就是不肯點頭，說黃阿祿嫂對他們長年的照顧，不是用錢就可以辜負的。所以……。」

他收起扇子，雙手合十擱在桌上，誠懇地說：

「我這才學到了，做生理，有時不單靠一個利字，情分也少不得。我看好北部的樟腦產值，還有未來一飛沖天的行情，更想和萬順腦館成為生意夥伴，多花一點錢也值得。既然史惠爾放棄這個大好機會，我當然不能錯過了。」

「李先生過獎了，我沒讀過書，全憑蠻幹，哪有什麼值得你學習的地方？我一直把你當朋友，不必如此見外。」

「黃阿祿嫂這麼說，莫非是嫌我誠意不夠？若每擔再加個一圓，您意下如何？」

黃阿祿嫂倒吸口氣，默然暗忖：他這麼大方地自動加價，可見利潤極高，對他非但沒有損失，還勢在必得。如果再不鬆口，他會再往上加嗎？要是就這麼答應了，將來會不會吃虧？

阿嘉見母親不說話，場面一直僵著也難看，只得開口陪笑道：

「這個提議太突然了。我想，還是等我們回去商量過，明天再給李先生回覆……。」

「不用了！」黃阿祿嫂果決地抬起頭來，「既然李先生這麼有誠意，咱們就來合作吧！」

李春生露出中了頭彩的微笑，半秒也不肯浪費，立刻叫侍者拿了紙和鋼筆墨水瓶來，當下和他們擬了草約，寫下相關條文，約好第二天正式簽約的時間地點。

回程的路上，阿嘉忍不住開口問母親：

「李春生是出了名的精明狡詐，你不怕他背後耍什麼花招？」

「他當然是看到好處，才肯給我們這麼好的條件。他和洋人關係好，這也是我們要仰賴他的地方。再說了，他在大稻埕開的布莊和家具行，顧客不少，他還願意讓我們插股洋貨生理，機會難得。做生理，也要隨時代改變方式。從前我們只知道把自家東西賣出去，進口洋貨這條路倒沒試過，早做總比不做好。」

眼看母親眉飛色舞地談著生意經，阿嘉心裡憂喜參半。看來她已經一掃陰霾，又重新振作起來，此行的目的，算是圓滿達成了。但是這麼衝動的答應和曾有過節的李春生合作，到底是福是禍？他實在沒有多少把握。

尾聲　落日

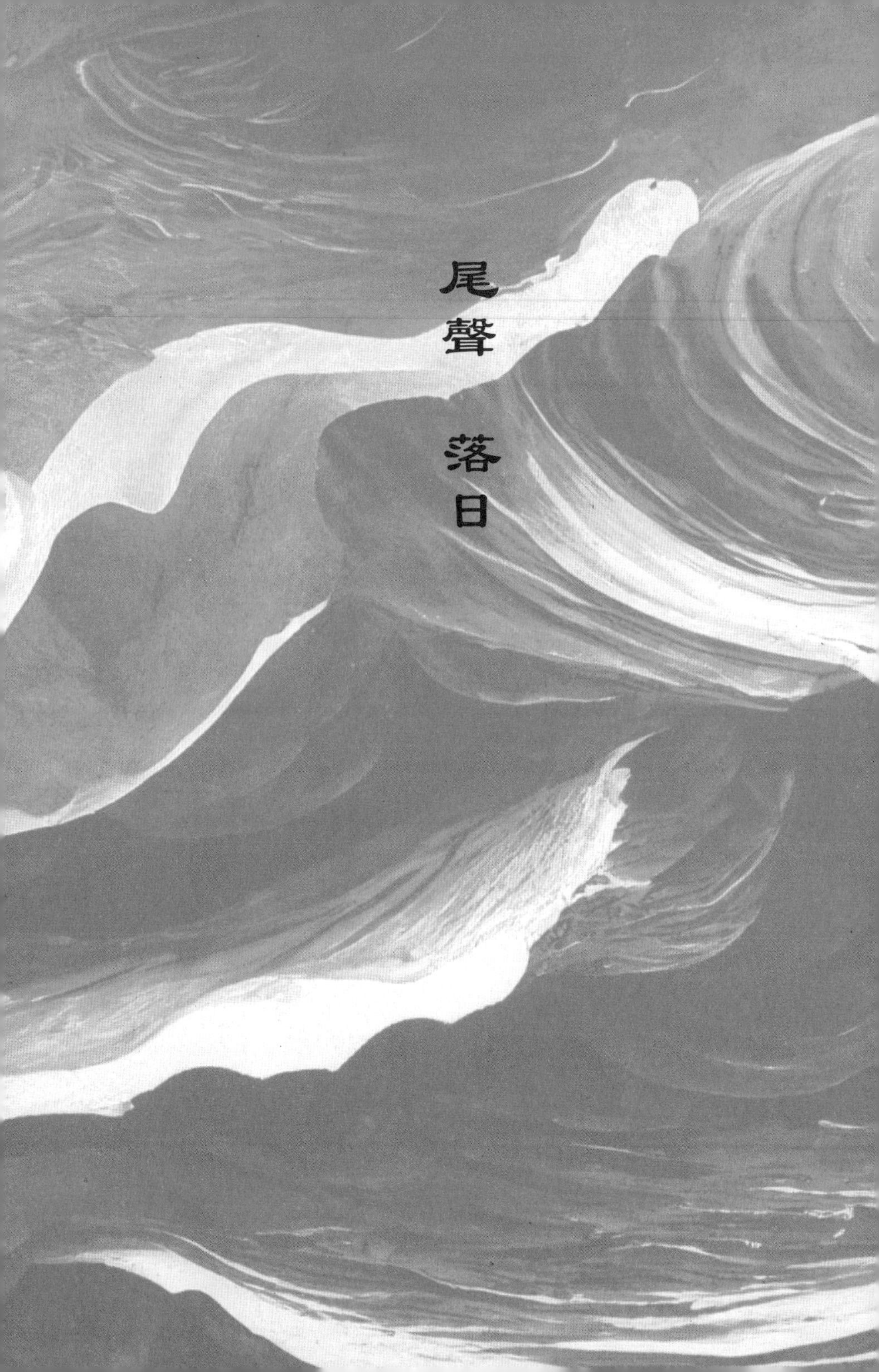

1

西仔反一役，最大的功臣當然非劉銘傳莫屬，也驚醒了遠在北京的清廷，發現臺灣重要的戰略價值。劉銘傳對中法天津條約的內容大為憤怒：明明是我方被侵略，越南的戰事也是清軍大勝，為何戰勝方還要支付賠款，又放棄對越南的宗主權？

淮軍名將左宗棠和負責議和的北洋大臣李鴻章一向勢如水火，得知這份屈辱的和約內容，更是氣出病來，同年九月，即病逝於福州。

掌握外交和軍事實權的李鴻章，心裡比誰都明白，清國沒有本錢再和法軍纏鬥下去，只是不便明說。同時期垂涎臺灣這座寶島的，還有蠢蠢欲動、不停找藉口出兵攻臺的日本。

戰爭結束之後，兼任福州與臺灣巡撫的劉銘傳立刻上奏，應把臺灣與福建分離治理。光緒十一年九月五日，清廷宣布臺灣升格為行省，並任命劉銘傳為首任臺灣巡撫。首要之務，就是要辦好防務、團練、撫番，還有最棘手的財政問題。

朝廷雖然指派福建與各海關每年接濟臺灣八十萬兩，但是長期封鎖和戰事，使得原本富裕的臺灣蕭條破敗，只靠官方資金來建設臺灣，不但挹注有限，也緩不濟急。

聽說劉大人回北京上奏時，還變賣他所有的家產，捐助臺灣建省。他這份在臺灣終老的決心，使艋舺商人大感震動。

以往派來治理臺灣的官員，大多抱著被流放邊疆的鬱卒心情，不是打混就是狂撈油水，草草處理平民之間的糾紛，凡事銀子做主，窮人告官申冤也沒用。各地層出不窮的械鬥，官員們總是置身事外，放任老百姓自相殘殺，等到勝負即將定時，再出來講幾句不痛不癢的官話安撫雙方，寫篇摺子上奏朝廷，賜個匾額告誡大家和平相處，就算完事。

這麼輕鬆快活的大官，領著定期俸祿嫌不夠，還要剝削人民。一提到官，人們能想到的，盡是這些貪得無厭的嘴臉。

如今這位劉大人，不但親身征戰，派自己的兒孫上第一線殺敵，替他們趕走西仔番，還捐出所有家當要來建設臺灣，簡直是大家做夢也想不到的。真會有這種好康嗎？

劉銘傳回到臺灣，立刻捲起馬蹄袖來工作，什麼海防船務撫番清理田賦，忙得幾乎沒時間睡覺，底下辦事的官員跟著人仰馬翻。被清算出的土地還得多繳稅，嚴格捉緝走私，貨物進出該課的釐金，便不再有漏洞可鑽的大地主和商人們，無不怨聲載道。

一年後，等他宣布要辦理鐵路局和電報局，想尋求商人們集資入股，開招商說明會時，人們不滿地鼓譟起來：稅賦比往年多，吃飯都成問題了，蓋什麼鐵路？鐵路是什麼東西？讓馬在上頭跑嗎？官方錢不夠，還來向百姓乞討，簡直豈有此理！

「各位，請聽我說。若有一條鐵路，用燒煤炭的火車頭帶著十截車廂，不到一天的時間，就能把人和貨物從臺灣頭載到臺灣尾，比一百匹馬跑得還快，能載的重量超過五百部牛車。當年法軍犯臺，若是有火車，軍隊和槍砲可以快速移防，戰事也不至於拖得那麼久。在內陸往來，談生意訪親友，比牛車平穩又快速。如今淡水河口一年比一年還淺，只能行駛小船，若是貨物可以用火車載到港口，再用輪船運出去，貨物進出口的速度一定會比現在快上三……不！五倍也有可能。」

戰爭的陰影猶存，艋舺三大碼頭的淤塞，也的確是令人頭痛的問題。但是火車和鐵路？聽都沒聽過，完全是超乎他們想像的事。不管劉大人再怎麼比劃解說，甚至拿出圖樣來，大家還是一頭霧水。

有個常跑上海天津的許姓糖商移開嘴上的水煙管，慢條斯理開口了。

「火車嗎？我知啦！十年前洋人在上海的吳淞碼頭附近有做過，通車時我還去鬥鬧熱，就兩條長長的鐵支路嘛，頂頭跑一隻比樓仔厝還高的黑色鐵妖馬，上面冒黑煙，還一直嗚嗚叫著，驚死人！」

「太好了！」劉銘傳以為找到知音，暗黃的麻臉上泛出一層喜悅的緋紅：「這位許老闆正好可以作證，那個火車頭跑得有多快，人坐在上頭，簡直就像神仙一樣騰雲駕霧……。」

許老闆響亮地往地上吐一口痰，等劉大人誇讚完火車的美妙之後，才徐徐接口：

「是啦，跑起來是快啦，但是被撞死的牛和人也不少，鐵路經過，有些人家的墓地和風水也跟著害了了。我相熟的一戶綢緞莊頭家，通車後不久就得怪病，風水師說是鐵路壞了他家的龍穴，為著治病，傾家蕩產，不到半年，人沒救回來，綢緞莊也破產了。」

一時之間人人自危，原以為鐵路可能帶來的利多，原來卻是個掃把星。劉銘傳見大家交頭接耳，和臉上的不信任，連忙敲打桌子，請大家安靜下來。

「若是能裝上安全設備，提醒人們注意安全，這些都可以避免的……。」

「是嗎？」許老闆冷笑一聲：「要是真有那麼好，為什麼上海的鐵路最後還是拆了呢？」

「有道理，沒蓋鐵路就不會有事了。」

「萬一風水壞了，將來賺多少錢都救不回來。」

人們嗡嗡地附和，眼看這事難辦了。劉銘傳不死心，攤開另一張路線藍圖，說明這條鐵路經過的地方，將如何為地方帶來獲利，往北穿過大稻埕，不必繞道就能直通基隆港口。將來路線延伸向南，還可直通安平和打狗。初期載客，只要投資鐵路局興辦的股東，未來營運之後，還能從客運的車資分得若干利潤。

但是富商黃川流眼尖，立刻憤憤不平地指著地圖上的一點大喊：

「不行！這塊剛好是我家的菜園，蓋了鐵路，不就整片毀了？」

「這座鐵橋從艋舺直通大嵙崁，可以減少船運的不便……。」

「那怎麼行？你們評評理，這橋直通料館口街，正好衝到黃氏家廟大門，是大路衝耶！萬一破壞黃家風水，這筆帳我們要找誰去討？」

黃家族人也跟著幫腔，堅決反對鐵路經過艋舺。招商大會草草結束之後，黃川流和族人商議，當晚立刻寫一份陳情書，未經爐主允許，逕自蓋上龍山寺關防。第二天親自面呈劉銘傳，說是艋舺地方人士決議，請求劉大人打消在艋舺興建鐵路的計畫。

大紅色的關防，阻斷劉銘傳心中的鐵道夢。幸好在大稻埕沒有得到太多阻力，當地豪紳李春生從買辦起家，熟悉洋務，又是基督長老教會的信徒，斥風水之說為迷信。當初建設臺北府城和修築幹道，都有李春生的大筆資助。再加上李春生與板橋富豪林維源交好，合設商號，兩人義無反顧地擔任鐵路局委員，同時向南洋華商發動募款，建造鐵路的龐大經費，總算有了眉目。

當年的福建巡撫丁日昌，在上海的吳淞鐵路被拆除時，隨即奏請將這批鐵軌機頭等設備，用船運到臺灣來，暫存在打狗港碼頭。不料募得的建設經費被朝廷挪去做軍費，這批鐵路設備就這麼被棄置在倉庫，一放就是十年，如今正好可以拿來廢物利用一下。

戰後的市面慢慢恢復生機，和李春生合作樟腦出口，也證明黃阿祿嫂下對賭注。自從劉銘傳將樟腦改為官辦專賣，設立腦務局，並用部分專賣收入用做開山撫番及製腦者的經費。樟腦統一由腦館買賣，腦商能鑽營走私的空間少了，該扣的稅金逃不了，起初頗有怨言。但是少了洋人分一杯羹，降低入山被生番出草的風險，也不算吃虧。

自從美國人海特發明了用途廣泛的賽璐珞，樟腦的價格就一再翻漲，一飛沖天。腦商們因此大發利市，個個笑得合不攏嘴，都稱讚劉大人有先見之明，要是繼續讓洋商自由地收購樟腦賣出去，白花花的銀子，不就全肥了外人？

樟腦的國際價格水漲船高，李春生賺得容易，萬順腦館的銀子也像自來水一樣源源而來。黃阿祿嫂本著讓錢流通的原則，又加碼投資在更多樟林地和大稻埕的洋貨上。等生理重上軌道，黃阿祿嫂就逐步退居幕後，讓兒子們接手事業，自己拿出部分盈餘，把全副心思放在慈善事業，漸漸不太過問腦館的業務。

聽說劉大人在艋舺招商失利，還有族兄黃川流阻攔鐵道通過艋舺的事，她把阿瓊和阿坤找來，詳細問清當日會議的情況，和艋舺人的反應，不由得喃喃感慨：

「劉大人的這些建設和計畫，真是深謀遠慮。可惜啊！眼看著大稻埕都進步發達了，艋舺人還是想不通？唉，等著看吧，咱黃家日後若是敗落，定是敗在自己的頑固守舊……。」

阿坤想著捐輸一向不落人後的母親，這些年格外喜歡投資新項目，唯恐她這回又想插足鐵路局的事務，不安地向二哥阿瓊丟個眼色。阿瓊點點頭，便開口對母親說：

「娘，雖然劉大人說鐵路蓋起來，可以補碼頭的不足。現如今資金還差得遠，要找洋技師來幫忙，還要招苦力，不知道鐵路哪年才會蓋好通車？照我看，這筆投資是穩賠不賺的，既然堂伯和叔叔們都表明態度不參一腳，咱就別再去碰這件事了。」

黃阿祿嫂篤定地微笑，嘴角透著她做好通盤計算才出手的自信滿滿。

「誰說我要投資鐵路局了？等到火車能載客分紅，恐怕我早就進棺材了。既然那批鐵軌是十年前運來的，當年的枕木，現在應該都蛀爛不能用了。阿瓊，你準備點禮物，上門去拜訪劉大人，就說萬順腦館無法投資鐵路，但願意盡一份心力。建造鐵路需要的樟木，全由萬順供應，不但質地上好，還會比市價更優惠。」

阿瓊和阿瑞恍然大悟，母親的商業直覺，永遠比他們快好幾步。

「那可是好大一筆訂單啊！」

「這招高啊，娘！不用等鐵路蓋好，直接賣樟木給鐵路局，馬上就收得到錢！現在用樟木造船，不比鐵殼船耐用，訂單漸漸少了，正好替這些木料找到新買家。」

「可不是嗎？有了這筆資金，再去開採更多樟木……。對了，娘，最近樟腦的價錢又翻了兩倍，搶手得很！」

「不過有些洋人還是偷偷上山，他們對付生番很有一套，資金又多，口袋不深的話，還真不是他們的對手。」

黃阿祿嫂悠閒地嗑著瓜子，白的黑的瓜子殼紛紛散落在盤裡，猶如她手下敗將的屍骸。

「先別想太遠。等樟木的生意談成了，劉大人一高興，還有什麼事不能商量？」

這場及時雨，是劉銘傳巴望已久的。他正愁枕木的經費不足，若依黃瓊開的價格和代為加工，他足足可以省下十萬兩，用來聘請更多修築鐵路的工人。一聽說是黃阿祿嫂的主動提議，他更是拜服不已。

「令堂向來熱心公益，勇於任事，沒想到識見也遠在一般男子之上，果真巾幗不讓鬚眉啊！等鐵路修築通車之後，本官必定上奏，誥封黃老夫人為朝廷命婦，請萬歲爺親賜御匾，光耀貴府門楣。」

阿瓊連忙起身，鄭重地拱手稱謝。

「不敢，不敢！大人遠離京城和家鄉，戮力建設孤懸海上的臺灣，才是我們這些化外草民最大的福氣。能略盡棉薄之力，替大人分勞，也是應當的。」

「臺灣這塊寶地，我大清過去兩百年未能好好治理，實在有負各位。如今要好好整頓，刻不容緩。待辦的工作千頭萬緒，本官能力有限，正要倚重黃二少爺和在地紳商的襄助。開山撫番這一項，貴府長期經辦採伐和焗腦業務，與內山番人多有接觸。屈尺界的馬來八社[1]的情況，不知黃二少爺是否熟悉？」

「實不相瞞，馬來八社的林地正是與在下長年合作的租地之一。」

「那太好了！長期以來的漢番衝突，多因語言和文化習俗不同，產生誤會。若能用合作開發和教育的方式，取代過去的武力鎮壓，使番人歸順，定能成為治臺的助力。本官預備成立番學堂，請八社頭目各選子弟一人到淡水讀書學禮儀，每月給予該社洋銀與口糧，請番社親至官衙領取。番漢多有機會接近，必能減少糾紛。不知黃二少爺是否能代替本官，向馬來八社和其他內山部落，探詢各社的意願？」

阿瓊聽劉銘傳說明撫番的諸多細節，越聽越敬重他的認真勤政與遠見。過去的臺灣官員怕事，一味把番界當作法外之地，置之不理，就怕被生番砍腦袋，卻也給了日本諸國出兵攻打臺灣的好藉口。若是能把生番納入管理，使臺灣主權更完整，清查山林土地，開通深山到平地的道路，取得更多資源，就不怕外人再來生事侵犯了。

「怪不得家母總是稱讚大人，有勇有謀，這麼周詳的計畫，也只有大人能想得到。在下與馬來社素有交情，番學堂的事，請交給小的去傳話。倒是……。」阿瓊停頓一下，見劉大人臉

1　馬來八社：今馬來一帶。

色和悅，這才放膽試探：「近年仍有洋人入山採樟熬腦，與臺商爭利，平白使本地財富流出海外，問題日益嚴重，大人恐怕也須有對策才行。」

劉銘傳長歎一聲，重重拍腿道：

「正是！洋人蠶食本地資源，已非一朝一夕之事，不徒樟腦，煤礦和近來發現的硫磺黃金，也都為洋人所垂涎。雖然已將這些資源礦產收歸官辦，洋人必須透過腦館收購，目前看來，暫時有遏止的作用。只不過……。洋商狡詐，經常藉端滋事，擴大成外交糾紛或戰爭，此事仍得從長計議。」

果然又被母親料中。看來這事急不得，既然劉大人把它放在心上，早晚總會有個決斷。阿瓊閒話兩句，不便再擔誤公務繁忙的劉大人，起身告辭。

過數日，他趁著入山伐樟之便，去馬來社轉告官府對番人的最新優惠待遇。頭目們對陰險的漢人和官員向來提防，即使出自長年有交情的阿瓊之口，也還是半信半疑。

不久之後，一場強颱肆虐，山林裡樹倒路斷，番社有不少房頂被吹跑。在森林裡生活，難不倒生長於自然之間的番人。麻煩的是他們到平地進行交易的道路不通，買不到日用的鹽和藥品，不少人因此病倒了。幸好有位漢人營長帶著兵勇在附近開墾修路，頭目派個懂漢語的族人前去求援，不但及時得到他們所需的物資，兵勇們也幫忙修繕屋子，開通屈尺山區到灣潭的道路。

第二年，番學堂招生的訊息一傳來，頭目們爭相送自己的孩子去上學，定期去探視，還能帶回洋銀和許多日用品。番人靠天吃飯的原始生活，因此改善許多。

自從滬尾到福州的海底電報線路接通之後，人在上海的阿胡和廈門的阿嘉，就能快速報平安，也能即時接到家中的消息。

馬偕取得教會被拆毀的賠款，在八甲庄重新蓋起有尖塔的艋舺教會。阿烈受對娘影響，受洗成為耶穌教徒，離開學海書院到淡水的理學堂大書院入學。

收到消息，阿嘉頗不以為然，立刻打電報來責備么弟：

「生為清人，何以忘本？」

類似的話，阿烈在學海書院也聽先生說過許多次了。劉大人在大稻埕辦西學堂的新聞一傳來，陳先生便一捻髭鬚，輕蔑冷笑道：

「巡撫大人不是科舉出身，單憑武力晉身官位，識見有限。只曉得洋槍洋砲的好處，哪懂得經史子集的博大精深？」

阿烈當下便想起大哥阿嘉，也是因為這一念想，他才起意轉學。前半生被科舉所誤，如今在廈門洋場見多識廣的阿嘉，怎麼骨子裡還是個迂腐書生？

他思索一下，決定用剛學的洋文和他開個玩笑，立刻打電報回覆：

「Old not die, New not come」（舊的不去，新的不來。）

算算字數，揣著袋裡的錢，還夠。他再附加一句：

「Me not you」（是我，不是你。）

不確定阿嘉看不看得懂。總之，他沒再針對阿烈的選擇表示意見，即使趕回來送大娘最後一程時，也沒再提。

除了拜拜迎神，斗娘向來很少跨出黃家大門，肝氣鬱結的毛病也有三年了。自從她最疼愛的阿喜戰死在滬尾一役，心情更為鬱悶，只能藉著禮佛唸經、含飴弄孫稍解愁思。她失去從前的好胃口，圓潤的臉蛋消了風，像顆皺縮的桃核，少見日頭的皮膚越加蠟黃。

儘管身體消瘦，肚腹卻鼓脹如有孕的婦人，快七十歲的寡婦竟然有喜？

女眷們閨中的玩笑話，立刻被大夫嚴正地否決了：這不是有喜，而是思慮過度導致的氣血虧損，溼熱邪氣鬱積肝膽所致。用了幾十帖逍遙散和防風白朮，半年仍不見效，對娘特地從滬尾偕醫館請來周漢森醫師看脈。

只見德國醫師的大毛手，探入床幃，往斗娘腹上一摸，濃眉立刻糾結，輕輕搖頭。退出房門，就向家屬報告：這是肝腫瘤，已經太大了，用再多的漢藥西藥都是枉然。萬幸的是，肝臟沒有神經，病人不會感受到太多痛苦。在她陷入昏迷結束生命之前，請家人盡量陪伴她，快樂地走完最後的日子吧！

黃阿祿嫂和對娘商議之後，決定向斗娘隱瞞她的病情，也讓媳婦們輪流來問安伺候，幫她置辦中元普渡和艋舺大拜拜的供品，日頭和暖時邀她去踏青。斗娘容易疲倦，不到半個時辰便說要回家休息，更加懶怠不出門了。

這陣子，街坊都在傳著一件稀罕事：臺北城裝電燈了！一到晚上，不光是撫臺衙門和布政使司一帶，連祖師廟和西門北門街上，都亮晃晃的像白天一樣！

什麼是電燈？不用花生油煤油，燈要怎麼亮？

「欽差已經點燈火，點火點來較月光。」去看過電燈的下人和孫兒女們興高采烈地談論，勾動了斗娘的好奇心，黑漆漆的夜晚變成白天，人們還能在大街上走動談笑？真神奇。

她活了一輩子，只能想像阿鼻地獄熊熊的烈焰。不用火，不用上元節的成串花燈，要如何蓋過黑暗？去過的人都說，那裡比花燈節更熱鬧明亮，兩手空空，也能在夜裡走路，要是能親眼看到，死了也沒有遺憾。

黃阿祿嫂聽說她的願望，立刻派人備好轎子，親自陪她到臺北城去。出了艋舺，一路有保鑣打著火把照路，轎夫的燈籠，穿行一片漆黑的田地和竹林，就像閃動飛舞的火金姑。

出了竹林，遠遠便見到一團白光，照出城牆的輪廓，斗娘急忙用衣袖掩住嘴，免得失態的喊出聲：那就是電燈？

走進寶成門，轎夫們索性吹熄燈籠，轎子沐浴在日頭般的光明裡。地上的石板，分明映出路人的黑影，路人喜悅的神情，隔著十幾步便能清楚看見。就連十五暝的月光，也沒有這麼燦亮。

在撫臺街上，黃阿祿嫂吩咐停轎，扶著斗娘走到衙門前，為她指點木杆頂端戴鐵斗笠的電燈泡、連接木杆的電線，和電線末端的蒸汽燃煤發電機。解說了半天，斗娘越發糊塗。

她像個小女孩迷惑而驚喜，看著自己在燈光下的手掌和衣衫，都像鍍上一層水銀。街道整齊潔淨，腳下的影子，不論一動一靜，都在燈光下追隨著她。抬頭看時，巍峨官舍上的屋脊紅磚和窗花，都被電燈照得纖毫分明。更遠處的屋頂樓舍，被電燈分散的光暈潤澤，宛若一波波靜止的海浪。

斗娘看得目眩神迷，不覺旋轉起身子，怎麼都看不夠。幸好嬋娟一直在旁緊盯，才沒讓她因為暈眩而跌倒。黃阿祿嫂連忙問：

「大姐累了？我們回去吧！早點休息。」

正要扶斗娘上轎時，官衙緊閉的大門呀的一聲開了，走出來的，是身穿藍袍常服的劉銘傳和他的便服隨從。見到黃阿祿嫂，他就迎上來打個揖。

「許久不見了，黃老夫人！近來可好？」

黃阿祿嫂行個萬福，笑道：「託大人的福。因為聽說臺北城裝了電燈，所以特地帶大夫人來開開眼界。在衙門外喧擾，真是失禮。」

「何來喧擾之說？黃老夫人客氣了。」

見她們正要告辭離去，劉銘傳突然想起一件事來。

「黃老夫人請留步！」

不料兩位黃老夫人同時回頭，這倒尷尬了。他只得抓著頭陪笑：

「失禮，我是說……呃，黃阿祿嫂。」

斗娘欠身施禮，在嬋娟的攙扶下，吃力地上轎。她早就不在意了，黃阿祿嫂成了三妹的專有頭銜，彷彿黃阿祿只有這麼一個妻子，但老實說，也只有多年來辛勤當家的她，配得上這個稱號。

黃阿祿嫂讓斗娘的轎子先走，等著劉大人說下去。時間晚了，他不便請她入官舍奉茶，就怕引起閒話，好在也只是一兩句話就能打發的事。

「是這樣的，為了答謝臺北仕紳慷慨襄助，助攻法軍，建設鐵路、辦理各項新政，本官日前奏請朝廷賞賜地方有功人士，也打算表揚貴府的義舉。黃老夫人功不可沒，我打算請萬歲爺賜封誥命夫人……。」

黃阿祿嫂深深施了一禮：

「多謝大人費心，老婦微賤，承皇上分封賜爵，實在不敢當。」

「夫人客氣了，論功行賞，是天經地義的事，和出身高低本不相干。」

「大人誤會了。老婦的意思是，萬順腦館能有今天，都是先夫一手創建，老婦只是本分守成，無顏邀功。若要封賞，老婦斗膽請求大人，為先夫黃祿追封官位，使黃家子孫永懷先人恩澤，共同接受這份榮耀。」

劉銘傳沒料到她竟有這份心思，愣了一下，才撫掌大笑。

「沒想到夫人對外行事果決，器識不凡，還有如此的謙沖賢淑的婦德，更令本官敬佩。好吧！既然是黃老夫人的誠心請求，本官必不負所託。還請夫人日內將尊夫的名諱勳位，送交撫臺門下的王師爺，好讓本官盡速上奏。」

兒子們聽到這個消息，起初也難以置信，母親日理萬機又身兼父職，黃家的事業規模比父親當年還大，不想接受貞孝牌坊的表揚也就罷了。阿坤的岳父洪騰雲不久前才因為捐助建造臺北考棚，劉大人奏請表揚，為他建造一座急公好義坊，更得鄉里敬重。黃阿祿嫂一介女流，卻是許多男人也難望項背的成功富商，熱心公益不落人後，甚至犧牲愛子，難道不值一個三品夫人的頭銜？

黃阿祿嫂聽見兒子的不平之鳴，只是沉靜一笑。

「你們哪裡懂得？我要是在乎這些虛名，當年也就不會甘願做沒有名分的細姨，更不可能有機會學做生意。做人要懂得飲水思源，沒有你爹的慷慨幫助，對我的厚愛和教導，我哪能走到今天這一步？」

兒子們默然了。黃阿祿嫂倒想起年輕不羈的阿祿，認真精明的老闆派頭，熱情善良的天性，夜裡狂野又溫柔的氣息，她心頭便湧起一陣酸楚：要是他能讓她倚靠到老，她又何至於不眠不休地拚命工作，只為了忘掉深閨裡的寂寞？

臺北城的電燈，輝煌地照耀一個多月，卻因為耗費昂貴而熄滅了。幸好斗娘還沒來得及聽到這個新聞，就安詳滿足地離去了。

光緒十四年，從大稻埕跨越淡水河的大木橋落成，同年，臺北到錫口[2]的鐵路完工通車。嗚嗚叫著冒煙的「騰雲一號機」跑得比馬快，北部的民眾爭相湧到大稻埕的車站去買票試乘。

2　錫口：今松山區。

艋舺人起初不屑地嘲笑：

「好喔，看那匹黑鐵妖怪會吃掉多少人！等著吧，大稻埕這麼風水一敗，還能撐多久？」

可他們的預言落空了，大稻埕非但沒有破敗，林維源和李春生出資闢建的千秋和建昌街上，有錢人的洋樓一棟棟地蓋。商店攤家越聚越多，碼頭比艋舺更繁忙，靠火車載運來的客人更多。各種進口的新奇玩意和上好貨色，都只能在大稻埕買到。就連新張豔幟的青樓和旗亭戲院、煙館、大菜館，都爭相在霞海城隍廟周邊落腳卡位，唯恐錯過更大的錢潮。

因為淤泥導致河道縮減，艋舺三大碼頭的吞吐量，漸漸不如以往。所幸用小船運到淡水港，再換輪船出海，運程都比過去快速，海盜搶劫的風險也低許多。

黃阿祿被追封為正二品資政大夫，生前受賜的「奉政大夫」匾額原本掛在家廟大廳裡，此時便摘下來，日後再由族人送回潘湖祠堂懸掛。

這個月例行的黃氏宗親會，舉辦了盛大的家祭，將萬歲爺賞賜的鏤花珊瑚頂戴和繡錦雞補服，供奉在祖宗牌位前，請出黃祿的牌位，慎重地列於正中。

御筆親賜的「資政大夫」匾額，黑亮耀眼地懸掛在上。祭祀禮成，守在門外的少年們，迫不及待地燃放起成串長鞭炮。

氤氳的香火和鞭炮青煙，一時齊作。漫天的煙霧，薰得黃阿祿嫂眼淚直流。

阿祿，你在天上看到了嗎？這是屬於你的榮耀。

放心吧，艋舺的黃家子孫有你的庇蔭，和劉大人的用心勤政，未來會過得更好。

2

然而，好景不常。

劉銘傳努力地改革與建設，使臺北成為當時全中國最現代化的城市，卻也得罪不少地主和官員。丈量土地、清理田籍查出隱田，雖然幫政府增加不少賦稅收入，地主們的財富卻縮水了，連素來協助劉銘傳不遺餘力的板橋富商林維源也有微辭。

主導建設臺北城的臺灣兵備道劉璈，出身軍機大臣左宗棠麾下的湘軍，和有淮軍背景的臺灣巡撫劉銘傳素有恩怨。兩人都是不可多得的將才，一南一北，同樣盡心治理臺灣，然而一山不容二虎，隨時都想找出宿敵的弱點，加以痛擊。

當年西仔反一役，劉璈駐守府城，卻只是袖手旁觀，無意捐餉或出兵相助。劉銘傳突然從基隆撤軍到滬尾，基隆失守，就被劉璈上奏失職，參了一本。

建省之後，劉銘傳為報劉璈背後放冷箭的舊仇，羅織十八條罪名，說劉璈涉及諸多貪汙不法，奏請彈劾。

奏摺中的罪狀未必完全屬實，但劉銘傳有北洋大臣李鴻章撐腰，李左兩人在朝中的矛盾也非一朝一夕，這份奏章正好可以做為內鬥的使力點。左宗棠去世不久，劉璈便遭到罷黜，流放黑龍江，兩年後，病歿於邊疆。

與劉璈交好的臺灣仕紳紛紛替他打抱不平。淡水知縣在彰化丈量土地，引發大規模的民變。樟腦官辦三年後，又屈從洋商勢力而撤銷，腦商們更是怨聲載道，民間對劉銘傳的指責和告狀檢舉，從來沒少過。

劉銘傳委託英商開辦基隆煤礦，一波三折。被朝廷懷疑有官商勾結的舞弊，飭令他革職，留任查辦接受處分，更是最後一根壓垮他的稻草。

舊疾纏身的他，心灰意冷，兩次奏請開臺灣巡撫缺，以便去職回內地診治養病，但上面只賞假三個月，並申斥他「率意瀆呈」。幾年的勵精圖治，全心奉獻，卻換來裡外不是人的譏評。劉銘傳老了，累了，幾年前的意氣風發，如今也被挫折得黯淡無力。

被留任看察，他無事可做，看書令他氣悶，又找不到實力相當的對手弈棋，只好四處漫遊散心。

他帶著隨從，登上獅球嶺砲臺，去憑弔當年壯烈犧牲的將士。欣慰地看著排除萬難開鑿的隧道，南邊洞口還有他親筆題的「曠宇天開」。想到過去幾年在臺灣經營的種種，多有阻難，終究也做出點成績，並非一無所獲，便釋然開懷了。

儘管體力大不如前，他仍舊拄著手杖，氣喘吁吁的奮力爬上基隆山頂。清風吹拂，望著遠方開闊的青天碧海，令人心曠神怡，瞬間忘卻身體的勞累。

只見東北方有團灰翳雲氣，他接過隨從遞來的望遠鏡，調整焦距，只見那端海面艦影點點，後方依稀可見一抹翠綠。

他不覺放下望遠鏡，深深喟歎：「那邊煙靄蔥鬱的地方，就是日本吧？」

隨從的副官不明就理，大人何以明知故問？

「是！」

「你們可知道，我在臺灣大力推動新政，還設立西學堂，為的是什麼？就是因為除了法國，各國對臺灣的垂涎，從來不曾停止，特別是離我們最近的日本，隨時都想趁機介入臺灣事務。建造鐵路時，我堅決不用倉信敦推薦的日本技師，就是這個道理。牡丹社事件，就是日本犯臺再明顯不過的事實。偏偏朝廷又不聽群臣建言，加強建設海軍。老佛爺寧可挪用海軍費用去修建頤和園，也不准海軍再購買新艦，真是讓我痛心至極！」

隨從們面面相覷：大膽批評紫禁城裡的皇太后，要是傳出去，一個不好，可是要被殺頭的！沒人敢接話。劉銘傳自顧自地感慨：

「要保住臺灣，運輸通訊和軍備這幾項，最是要緊。人家正在謀害我們，我們卻自己把藩籬撤去。明知道對方有所圖謀，我們還無所作為，長此以往，總有一天終會成為人家的俘虜！」

不久之後，朝廷終於准允劉銘傳第四次奏請開巡撫缺，第二天便交卸職務離開臺灣，回到合肥老家休養了。

接任巡撫的是前布政使邵友濂，有感於財政困難，一切以省錢省事為原則。除了即將完工的基隆臺北段和建設中的臺北新竹段鐵路，其餘的前任新政，如番學堂西學堂礦務局等，一概廢止。連原本用來加強自衛能力的民間團練和勇營，也都停辦。同時將全臺兵力裁撤三分之

一，平日的軍事訓練，逐日廢弛。

劉銘傳最擔心的惡夢，果然成真了。

光緒二十年，中日共同出兵平定朝鮮內亂，但日本拒不撤兵，於是中日兩國宣戰。清廷的海軍費用全被挪去修築頤和園，光緒大婚也極盡豪奢，北洋水師沒錢購置最新的軍艦和強大火力，海戰不堪一擊，黃海制海權很快落入日軍之手。遼東半島的陸戰，苦撐了半年以上，但戰術不如日方調動靈活，清廷戰敗，被迫議和，史稱「甲午戰爭」。

戰爭期間，邵友濂與布政使唐景崧不合，稱病離開臺灣。唐景崧繼任臺灣巡撫，頗有大志，立刻整飭軍紀，任命曾在越南大敗法軍的黑旗軍領袖劉永福鎮守臺南，屢建戰功的霧峰林朝棟鎮守臺中。

次年，日軍攻破澎湖，守將潛逃，清軍節節敗退。李鴻章受命到日本議和，簽下不平等的馬關條約，將位處邊陲的臺灣和澎湖割讓給日本。

劉銘傳聽聞日本的野心得逞，苦心孤詣經營數年的臺灣，竟落入日本之手，氣急攻心，一病不起，不久便含恨而死。

被割讓給日本的消息一傳來，臺灣人大為震駭。臺北仕紳群集在巡撫衙門前，要求唐景崧領導軍民固守臺灣。

各地鳴鑼罷市，官吏也放棄辦公，日常的生活秩序大亂，到處都是惶然失魂的百姓。被祖國拋棄，沒有未來，沒有盼望，日本人會帶來什麼樣的災難？誰也不敢多想。

在北京參加會試的臺灣舉人們聯合上書請命，願捐銀贖回臺灣，清廷置之不理。他們轉向國際尋求聲援，但列強各有盤算，誰也不想蹚這灘渾水。

既然沒有外人支持，絕望之餘，只能自立自強了。

五月初二，臺灣民主國成立，國號永清，升起藍地黃虎旗，公推唐景崧為大總統。同時設立軍政各部，並集合仕紳，成立議院，丘逢甲為義勇統領。集合全島富商紳士，設立官銀票總局，並召募義民，修築砲臺，練兵備戰。

勇敢的艋舺人保家衛國，從不落人後，這次當然也不例外。阿瓊阿坤從外頭回來，正興沖沖地討論要召募兄弟族人，加入義勇軍的行列時，卻換來黃阿祿嫂罕見的發飆痛斥：

「你們聽著，只要還認我做娘的，統統不准去！」

阿坤不敢置信地瞪著母親：「敵人都要來了，我們怎能不起身反抗。娘，當年我和阿喜加入劉大人的軍隊去打西仔，你不是也鼓勵我們去？」

「現在不一樣。當年我們名正言順地有官兵帶領，還發洋槍子彈，現在呢？皇帝都不要我們了。自從劉大人走後，衙門官府前面的那些守衛兵，站沒有站相，平常又不練武，能用嗎？官兵都不能戰了，還想推你們這些只有竹篙和菜刀的三腳貓當肉盾，要去對付那些有裝備有訓練的日本兵，根本是用雞蛋去碰石頭。你們的命就這麼賤嗎？我辛辛苦苦把你們拉拔到今天，是要你們好好過日子，不是要你們白白去送死！」

從小到大，阿瓊兄弟們還是第一次見到母親發這麼大的脾氣。只見她咬牙切齒，氣得滿臉通紅，他們唯恐她再度中風，急忙扶她坐回椅上，倒杯茶來勸她喝下，婉言好語地替她消氣。

「娘，您別擔心，我們只是想盡本分出點力。過去您不是一直這麼做嗎？國家有需要，您絕對會第一個跳出來幫忙……。」

黃阿祿嫂用力握拳敲桌，滿頭銀絲也跟著顫抖：

「問題是，國家把我們送給別人了，大官也沒有肩膀！你們硬想強出頭，到底還有什麼意義？又是為了誰？」

阿瑞搶著說：「要是我們不出面抵抗，會被別人笑……。」

黃阿祿嫂嚴峻地轉頭盯住他：「誰？誰敢笑你？你都成親當了爹，最該在意的不是你的名聲，而是保護好自己的妻兒！等你死了，叫你去打仗的那些人，會替你養家嗎？怕被別人嘲笑，就衝動跑去送死，才是大憨頭！做出正確的選擇，就堅持住，再大的誤解和屈辱都能忍耐，再怎麼艱難都能活下來的人，才有資格笑到最後！」

她有點頭暈，搖晃兩下她站起身，阿烈和阿瓊見狀，立刻上前攙扶，卻被她一手揮開。

「在艋舺，靠拳頭逞凶鬥狠拚輸贏的時代，已經過去了。我話就說到這裡。你們都不是小孩了，自己要做的事，自己想清楚。如果你們還是決定去幹傻事，我也不阻擋，就算是咱母子緣分已盡，往後各人走各人的路。」

兒子們目送婢女扶母親回房去休息，把她剛才說的那些話反芻一番。母親有她的道理，因為戰爭，她已經失去一個兒子，要是再有人戰死沙場，恐怕會要了她的老命。

「我實在沒法什麼事都不做，眼睜睜看著日本人來欺負我們，把我們辛苦掙來的錢財統統搶走！」

「是啊，要這樣任人宰割，當那些倭人的奴才，我實在不甘心！」

「咱家族裡的男人已經有一半都去參加團練了，萬順腦館不能就這樣被看扁了！」

「聽說日本兵的武器和訓練都是最新式的，火力強大，我們根本沒有勝算。要是打輸了活下來，恐怕比死還艱苦……。」

除了單身的阿烈，各人想起自己年紀尚輕的妻小，不覺都陷入愁思。四兄弟商量了一夜，依舊沒有兩全其美的解決之道。

隔牆有耳。第二天一早，黃阿祿嫂就派人去把少爺們召集到她房裡，替他們指引明路，和顏悅色地說：

「我知道，昨晚那些勸告，你們聽不大入耳。這樣吧，既然現在罷市，暫時無事可做，我有幾件事要請你們幫忙。阿胡在杭州的岳父，月底要做七十大壽，阿瓊帶禮物和全家人去幫我盡點心意，順便帶孩子到蘇州上海四處逛逛，見見世面，別太早回來。潘湖的祖祠要翻修，需要有人帶錢過去監工修繕，阿坤，你就帶你媳婦和孩子們過去，在老家住下，看看鄉親有什麼需要，隨時打電報回來。過了端午，臺灣的氣候一天比一天溼熱，你們就在那裡待到中秋後再回來，也可以上山到涼快的地方住一陣子，免得小女兒的暑熱病再犯。」

她轉向阿瑞，遞出幾本庫存清冊。

「現在生理停頓，咱庫房裡的三千擔樟腦和四百擔大菁，還是得想辦法賣出去。大稻埕那邊，可以不用去管它，有李先生顧著。你就帶著家小，把這些貨送到廈門阿嘉那裡去吧。我拍了電報給阿嘉和阿胡，他們會好好接待你們。我已經租好兩艘輪船，你們回去好好收拾，明天一早就從大溪口渡頭出發。」

這太突然了，兄弟們面面相覷，母親刻意把他們遣離臺灣，就是怕他們衝動地加入義勇軍。要是他們拒絕，違逆了母親的用心良苦，又太說不過去。阿瓊用袖子抹去眼淚問：

「娘，要是我們都離開了，那誰來照顧您？教我們怎麼放心？」

「就是啊，要走，娘也一起去。」

黃阿祿嫂搖頭。「我年紀大了，禁不起風浪。這裡是我的家，我哪裡也不去。」

不管兒子們再怎麼動之以情，用各種理由試圖說服，她就是固執地堅持她的計畫，不動分毫。

「娘如果不走，我們也全都留下，不能讓外人說我們不孝，貪生怕死……。」

黃阿祿嫂豎起雙眉，厲聲叱罵：

「你們都是有家室的人了，怎麼還跟小孩子一樣不懂事？娘只有一個，親手把你們兄弟幾個拉拔長大，什麼大風大浪沒見過，都一把年紀了，還需要你們來保護？你們有妻有小，全都要依靠你們，別一心只擔心外頭的閒言閒語，光顧著面子，忘了自己該做什麼！」

最後還是阿烈挺胸而出：「娘說得對，哥你忘了？這裡還有我啊！放心吧，我會一直守在娘身邊，寸步也不離開。」

黃阿祿嫂苦勸對娘跟著阿瓊他們離開，無奈對娘怕暈船，即使再三保證輪船比戎克船平穩許多，但一聽說渡海得花上兩個時辰，她就更不願意了。她甚至樂觀地相信，只要虔誠禱告，上帝必定垂憐，絕不會讓她身遭險厄。

五月二十九日，黃阿祿嫂在碼頭親自為兒孫們送行，指揮工人搬運貨物和行李上駁船，臉上始終掛著鎮靜安詳的微笑。等到船影去遠了，阿烈才看到她悄悄用衣袖拭去眼淚。

黃家族人們聽說黃阿祿嫂的兒子們全搭船離開了，沒人加入義勇軍行列，各種難聽的酸言酸語可多了：

「哈！沒想到阿祿舍少年時那麼能打，後生卻沒一個有卵葩！」

「就是說啊！被那麼愛錢又怕死的女人帶大，個個都乖得像孫子……。」

「你們懂什麼？人家這叫孝順！再說家廟上掛那麼大一塊匾，面子也夠了，錢也賺飽飽了，當然要惜命來享福才行啊！」

這些話鑽進阿烈耳裡，恨不得立刻衝出去撕爛這些人的嘴。但母親殷殷告誡，一再勸他冷靜，就當那些話是瘋狗吠。為了母親，他只能忍氣吞聲。

家裡如今只剩下五位王爺，其他幾位都加入勇營團練，日日練槍耍刀，聽到旁人對東家的批評，也只能搖頭歎息。他們實在想不通，向來熱心義助官府、愛鄉捐獻不落人後的黃阿祿嫂，這回為何袖手旁觀，還讓兒子們淪為艋舺人口中的笑柄？難道真是老糊塗了？

六月一日，李鴻章之子李經方在基隆外海日本軍艦上，正式與海軍大將樺山資紀辦理交割事宜。次日，日軍攻陷基隆，登陸澳底。

臺灣民主國總統唐景崧聞訊，立刻逃到滬尾的得忌利士洋行躲避。再過幾日，他和幾個官員帶著錢財，變裝成平民老婦，企圖潛逃出海，被守軍識破後，就用錢賄賂，最後順利搭上德籍輪船，潛逃到廈門。

第二天，聽說唐景崧已逃走，義勇統領丘逢甲眼見勢不可為，也立刻攜家帶眷離開苗栗故鄉，逃到廣東避難。被推為議長的板橋富商林維源，和抗法統領林朝棟，嗅出苗頭不對，也早就收拾財物，帶著眷屬們遠走廈門了。

消息傳來，臺北守軍自亂陣腳，巡撫和義勇軍領袖都棄職逃走了，他們還留守在這裡做什麼？兵餉沒有著落，大家只好隨人顧性命了。

臺北城一時陷入脫序狀態，本該保衛百姓的官兵，開始大肆劫掠，遇到路人就搶，踹進大戶人家裡去燒殺擄掠，甚至姦淫婦女。

萬順腦館的大門被踹破，桌椅箱櫃也都被翻倒，搶奪一空，損失慘重，幸而大宗財物都已早一步送到廈門。

無主的士兵四處流竄，自然不會放過豪宅大院。幸而黃阿祿嫂事先囑咐過家人，這些被拋棄的士兵可憐，不過是求財求溫飽，別和他們拚命。王爺們盡責地把關守護府內安全，黃阿祿嫂又殷勤客氣，親自奉送盤纏，上菜奉茶，派出自家閒置的戎克船，免費送士兵回福州，這才免於遭到粗暴對待。

對娘被牆外傳出來的槍彈哀嚎聲嚇得夜不成眠，又聽到官兵們登堂入室的粗魯叫囂，唯恐自己被玷汙，一時想不開，便在房裡上吊自盡。黃府上下正忙著應付那些土匪般的清兵，等婢女發現時，已經搶救不及了。

當地人組成的義勇軍，有些挺身奮勇阻止官軍搶掠，混亂砍殺之際，死傷難以計數，更多人放棄抵抗，索性加入搶匪的行列，趁火打劫。臺北城一片混亂，無法可管，簡直成了活生生的人間煉獄。

大稻埕的富商以李春生為首，來到龍山寺和艋舺仕紳商議，再這樣亂下去不是辦法，日子都別過了。

「照我看，還是請日本人進城來維護秩序吧！」

「也只好這樣了，不然我們連店頭都快保不住了，根本別想做生理，損失只越來越大。」

李春生當即要來筆墨和紙，讓書辦逐字寫下他口述的內容。大意是，臺北城如今已無官員駐守，盜匪蜂起，情勢危急，艋舺和大稻埕的仕紳代表經過商議，願意開城投降，請日軍派兵前來接收，維持城內安定。

但是寫好了呈文，總該有人去送信吧？富商們你看我我看你，誰也不敢接下這個危險任務。

「李先生你懂洋文，又會辦外交，還是你去吧！」

李春生臉色很難看，冷笑一聲，定定看著艋舺三大姓代表。

「主意是我出的，信是我寫的，現在還要推我當信差，這還有天理嗎？你們總說艋舺人是第一勇，再高大的洋人都不怕，喊打喊殺不手軟，現在倒怕起這些短腿的倭國人？」

黃川流討好地賠笑道：「怕的不是倭國人，李大哥你也知道，他們派來的是正規軍隊，槍子又不生眼睛，語言又不通。萬一被他們當作是要去抵抗的義勇軍，砰砰砰亂射一陣，那不就完了？」

「不是我不想去，只是我一家老小都還靠我養……。」

「哎！我這腳腿實在走不動，最近風溼的毛病又犯了……。」

五花八門的推托藉口紛紛出籠，唯有一個三十上下的瘦弱青年沒開口，他原是鹿港人，在艋舺開一家雜貨店，生意清淡，家累有限。

「喂！辜仔，你還年輕，身體還行吧？」

名叫辜顯榮的青年淡淡一笑，心裡正在盤算：他離鄉背井來到此地，做了幾年生意，總是不見起色，家裡只有一個妻子，萬一他出了事，她還年輕，要改嫁也不難。眼見家裡米缸都空了，就算不被亂兵或日軍殺死，他早晚也要餓死。既然都是死路一條，光天化日下一槍解決，總比卑微地躲在破屋裡等死痛快。

寧為太平犬，不做亂世之民，不如賭一把吧！他遲疑地舉手。

「好吧，我去！」

眾人巴不得一聲叫好，紛紛過來拍肩與他稱兄道弟，讚美他有勇氣，還有人轉身去打聽這個新面孔是誰，膽子還真大。

依照李春生的建議，辜顯榮在一把英式雨傘上綁著白布條，隻身出城去迎接日軍。

就這麼放手一搏，引日軍入城的辜顯榮，從此飛黃騰達。日軍不費一兵一卒，順利地接收失序的臺北城。

中南部的義勇抗日行動仍在持續，臺北在日本人的治理下，逐漸恢復平和，代價卻是卑屈苟且地偷生。唯有辜顯榮和李春生搶得先機，迎日有功，地位遠在一般臺人之上。

艋舺改名為萬華，辜顯榮當上臺北保良局長，拿到樟腦買賣特許權，在萬華設立商號「大和行」分店，專營樟腦製鹽等臺製產品的外銷事宜。

「辜大人」剪去辮子，頭戴黑禮帽，穿著筆挺光鮮的西服，親自來到萬順腦館，高傲地向少東黃烈宣布總督府諭令：臺灣樟腦全部收歸國營公賣，沒有特許權，往後不得再製作樟腦販賣。私賣如經查獲，將處以重罰。

「說關就關，哪有這樣的道理！還有好多工人腦丁和職員靠我這家腦館養活，總要給點時間處理吧？」

辜大人哈哈一笑：「這個不勞黃少爺費心，我底下有的是人，他們可以幫你清理這些亂糟糟的雜事，不要兩天，就能讓人人滿意！再說啦，時代不同了，日本的土佐式腦灶，比你們那種土灶更有效率，質精量大，樟腦交由我來做，不是更讓人放心嗎？」

不顧阿烈的抗議，他向跟班招手，跟班彎腰嗨一聲，便指揮一批人闖進腦館。他們翻箱倒櫃，把庫存的腦砂和製腦工具統統搬走，逼著掌盤謝文隆交出鑰匙，把帳冊全部帶走。稍有不從或抵抗，隨扈的日本兵就大喝一聲，拿著上了刺刀的長槍對準來人。

「別怪我無情，黃少爺。這是上頭的命令，我只是奉旨辦事。」

後頭有人小聲地啐道：「三腳仔，漢奸！日本走狗！」

辜大人的一臉假笑立刻翻成嚴冷，瞪著出聲的方向。

「誰敢批評本局長？不想活了？」

為了保護員工，不再節外生枝，身為頭家的阿烈只得低聲下氣賠不是。

「大人不計小人過，請原諒他，下次不敢了。」

「哼！你身為甲長，要好好管住底下人哪。要是他們敢作亂，你也跟著遭殃。你是聰明人，知道該怎麼做吧？對了，回去勞煩替我向黃老夫人道謝，她前日送給內人一對純金手環，還送廚師到我寒舍來幫忙辦桌，真是有心。你啊，多和令堂學學，識時務者為俊傑，將來若有好處，我才不會忘記你的一份。」

臨走之前，這群人還不忘摘下萬順腦館的招牌，扔在地上，用榔頭砸個粉碎。

阿烈渾身發抖，強忍了大半天的憤怒與屈辱，回到家便對母親一五一十爆發出來：

「憑什麼要把我們辛苦掙來的財產，還有阿爹一手打造的事業，全部拱手讓給那個姓辜的卑鄙小人？」

家中人口減少，僕人也遣散了大半。黃阿祿嫂繫起圍裙，坐在灶間的小凳上，幫嬋娟刮魚鱗，頭也不抬，平靜地說：

「有什麼可氣？那是他應得的。」

「應得的？他出過什麼力？就憑他那副對日本人鞠躬哈腰的奴才相？」

「可不是嗎？他出面向日本人投降，制伏那些土匪亂兵，保住大家的命，也算他有膽識。若你放得下身段，腰彎得比他還低，辦事比他勤快可靠，還怕謀不到好差事？」

阿烈簡直不敢相信自己的耳朵，向來要求兒子們正直誠實的母親，竟會贊同那個三腳仔認賊作父的行為？真是教他太失望了！黃阿祿嫂毫無反應，彷彿沒聽見他的滿腹牢騷，依舊忙著手上的工作。

母親年紀大了，腦袋昏瞶，難道聽力也不行了嗎？正當他自討沒趣，打算轉身走開時，黃阿祿嫂卻開口了：

「人生在世間，頭一件大事，就是要想辦法活下來。太平時代，要當個正直的好人不難。

若是遇上亂世，求生是本領，不義才能富貴。不管是富是窮，對得起自己的良心，才能好好活著，若還有能力，才能幫助別人。氣節名聲地位，比起錢財，更是身外之物。」

與其說她在告誡兒子，更像在總結自己的一生。她把殺好的魚交給嬋娟，點頭對她一笑，又從水桶撈出一條新鮮亂跳的活魚，放在砧板上，毫不遲疑地揮刀而下。

「喏！人的命運就和這條魚一樣，全交在老天手上。我從一無所有的孤女，僥倖享受幾十年的富裕，頂多也是回到一無所有，更何況我還有你們這些好兒子，這世人也不算白活。我一隻腳早已踏進棺材，現在街面平定下來，但是改朝換代了，從前的艋舺和腦館，再也翻不了身。你還年輕，若是待不住，就早點離開，去投靠你兄弟吧。」

阿烈默然無語，只是用力一跺腳，嚇走想靠近的饞嘴野貓。他伸手接過母親手上溼滑的魚，拿起刀背，蹲身刮起魚鱗。

傍晚的夕陽斜照進廚房，母子倆沐浴在金光之中，並肩享受難得的寧靜。

隔著幾重牆外，黃氏家廟人聲喧騰，幾十個族人正為家廟產權不清，甚至被偷偷變賣和抵押的糾紛，吵得不可開交。

但是這些都和黃阿祿嫂無關了。她暫時停手，閉上眼睛，感受陽光灑在身上最後的溫暖。

附錄：參考文獻

〔清〕郁永河，《稗海紀遊》（臺北：臺灣省文獻委員會，一九九六年。）

王郁琦《俎豆同榮：紀頂下郊拚的先人們》（臺北：聯合文學，二〇一〇年。）

王詩琅著，張良澤編《艋舺歲時記：臺灣風土民俗》（臺北：海峽學術，二〇〇三年。）

王傳熹《劉銘傳：臺灣現代化的推動者》（臺北：幼獅文化，一九九〇年。）

石芳瑜《花轎、牛車、偉士牌：臺灣愛情四百年》（臺北：有鹿文化，二〇一二年。）

必麒麟（W. A. Pickering）著，陳逸君譯《歷險福爾摩沙：回憶在滿大人、海賊與「獵頭番」間的激盪歲月》（臺北：前衛出版，二〇一〇年。）

司馬嘯青，《臺灣五大家族》（臺北：玉山社，二〇〇〇年。）

法蘭克・韋爾許（Frank Reeson Welsh）著，王皖強、黃亞紅譯《香港史：從鴉片戰爭到殖民終結》（香港：商務印書館，二〇一六年。）

卓克華《清代臺灣的商戰集團》（臺北：臺原出版，一九九〇年。）

卓克華《清代臺灣行郊研究》（臺北：揚智出版，二〇〇七年。）

柯裕棻，〈淡水風月〉，《短篇小說》第一期（二〇一二年六月），頁一〇五－一三三。

香港中文大學中國文化研究所文物館、香港中文大學歷史系編《買辦與近代中國》（香港：三聯書店，二〇〇九年。）
黃沼元《臺灣老街歷史漫步：臺灣的記憶，臺灣的歷史》（臺北：遠足文化，二〇一五年。）
張蒼松《典藏艋舺歲月》（臺北：時報出版，一九九七年。）
陶德（John Dodd）著，陳政三譯《泡茶走西仔反：清法戰爭臺灣外記》（臺北：五南文化，二〇一五年。）
臺北艋舺扶輪社編著《艋舺百年風華》（臺北：艋舺扶輪社，二〇〇四年。）
臺北艋舺扶輪社編著《艋舺千帆再起》（臺北：艋舺扶輪社，二〇一二年。）
謝至愷編《圖說：香港殖民建築》（香港：共和媒體，二〇〇七年。）
劉明修（伊藤潔）著，李明峻譯《臺灣統治與鴉片問題》（臺北：前衛出版，二〇〇八年。）
戴寶村《世界第一・臺灣樟腦》（臺北：國立臺灣博物館，二〇〇九年。）

鏡小說

074

破浪

艋舺女首富黃阿祿嫂傳奇

作　　者：陳瑤華
責任編輯：孫中文、張　瑜
責任企劃：藍偉貞
整合行銷：何文君

副總編輯：陳信宏
執行總編輯：張惠菁
總　編　輯：董成瑜
發　行　人：裴　偉

封面美術：蕭旭芳
校　　對：聞若婷
內頁排版：宸遠彩藝工作室

出　　版：鏡文學股份有限公司
　　　　　114066 臺北市內湖區堤頂大道一段 365 號 7 樓
電　　話：02-6633-3500
傳　　真：02-6633-3544
讀者服務信箱：MF.Publication@mirrorfiction.com

總　經　銷：大和書報圖書股份有限公司
　　　　　248020 新北市新莊區五工五路 2 號
電　　話：02-8990-2588
傳　　真：02-2299-7900

印　　刷：漾格科技股份有限公司
出版日期：2024 年 5 月 初版一刷
I S B N：978-626-7440-13-1
定　　價：390 元

國家圖書館出版品預行編目 (CIP) 資料

破浪：艋舺女首富黃阿祿嫂傳奇/陳瑤華著. -- 初版. -- 臺北市：鏡文學股份有限公司, 2024.05
　面；　公分. -- (鏡小說 ; 74)
ISBN 978-626-7440-13-1(平裝)

863.57　　113006510